Safari

华丽的冒险

Safari

华丽的冒险

——环球奢游帝国开创者
杰弗里·肯特回忆录

【英】杰弗里·肯特
【美】克莉丝汀·加斯巴尔 著
黄杨勋 译

人民出版社

赞　誉

"与杰弗里的初相识是在我平生首次的非洲探险之旅中，当时他便对我断言：'你会一程接一程跟着我们走下去。'果然被他言中，现如今，我已和杰弗里一起将我的梦想清单逐一圆满完成又毫无意外地重新刷新。杰弗里阐释的探险旅行不仅可见天地之美，可结挚友之情，更是有机会重新认知自己的'精神 safari'。恭喜本书即将与中国读者见面，相信读完后的你们，一定会像我一样成为杰弗里和 A&K 的忠实铁粉，再也无法停下求知探索这个美丽世界的脚步。"

——刘利（Susan Liu），美国投资公司 Astrella Partners 创始人之一和现任管理合伙人

"这本书告诉你，浮于表面、走马观花式的旅游与真正旅行者的身心历程，二者之间有着天渊之别。将自己投入、沉浸于不同的文化之中，不啻于古代的朝圣修行——心怀敬畏，去经历一场灵魂深处的洗礼，从而改变你的人生。"

——斯汀与妻子特鲁迪·斯泰勒（Sting and Trudie Styler），英国歌手

"我的一生都奉献给了一件事——追求极致的旅行体验。这不仅仅是为了万豪酒店款待过的数以百万计的客人，也是为了我的家人。旅行不仅拓展人们的所见所闻，更给予人们深入接触不同文化、历史，或是语言的机会，从而激发灵感、开阔心胸。杰弗里·肯特了解我对旅行的热爱与激情，因为他也是性情中人——读了这本书，你就会明了。他为更多的人打开了更广阔的世界，因为他有远见卓识，明白旅行能够改变人们的生活，能给社会带来崭新的变化。此意此心，我由衷佩服。"

——小比尔·马里奥特（Bill Marriott），万豪国际集团执行
主席兼董事主席

"旅行不仅仅将你带到从未到访的城市与国家，更将你带到从未听闻的地方。本书中的这些故事，就是这样的宏大冒险经历。"

——罗玛·唐尼（Roma Downey）和马克·伯内特（Mark Burnett），
美国好莱坞制片人

"正如 Abercrombie & Kent 带领人们远征旅行一样，肯特的回忆录成功地使你置身于一片新的风景之中。"

——威尔伯·史密斯（Wilbur Smith），美国男演员、制片人和嘻哈歌手

"和我的好朋友杰弗一起旅行，就是以完全不同的方式体验这个世界。他经验丰富、人脉广布，去过不计其数的地方，对于旅行的精华有一种异常精准的直觉把握。这一切都令人叹服。他教我'留住纪念，而不是纪念品'。同他一起旅行的经历给了我最为珍贵的回忆。"

——韦斯·艾登斯（Wes Edens），堡垒投资集团
（Fortress Investment Group）创始人

"不管目的地是哪儿，旅行能够真正地改变你看待世界的方式。旅行让你头脑清醒，眼界开阔，思维拓展，甚至给予你醍醐灌顶一般的感悟。"

——泰德·特纳（Ted Turner），美国新闻人、
美国有线新闻网（CNN）创始人

"旅行是人类所知最为强大的自我开发工具。旅行的经历越丰富，从人与地域的多样性中学到的就越多，就会越了解为什么这个世界与人类是我们所有人最宝贵的财富。"

——曼弗莱迪·德·克伦尼厄斯·迪·巴索拉诺（Manfredi De Clunières
Di Balsorano），银海邮轮公司（Silversea Cruises）董事长

"背景知识很重要。一无所知地去旅行，就像缺乏背景知识而埋怨抽象画看不懂一样。Abercrombie & Kent 提供了诸多背景知识，不事先了解，在旅行中就会错过很多。要欣赏，而不仅仅是观看；要思考，而不仅仅是感受。这就是感悟的旅行者与行走的游客之间的区别。"

——邓永锵爵士，中国传统服装品牌上海滩（Shanghai Tang）创始人

"从杰弗里踏足旅游业开始，我们一家就知道他了。看到旅游业不仅丰富了旅行者的生活，也给旅游地社区带来繁荣，我们也一样感到欣喜万分。现在，杰弗里在这本书中分享了他丰富而多彩的经历与感悟，这真是难能可贵。正如我们在 Virtuoso 常说的，投资金钱获得投资回报，但投资旅行却获得'生活回报™'。"

——马休·厄普丘奇（Matthew Upchurch），Virtuoso 公司首席执行官

"杰弗里·肯特写道：'游猎，正是冒险中的冒险。'而杰弗里自己的生活与事业，正是这冒险人生的最好注脚。《华丽的冒险》将我们带至地球上最吸引人的地方，杰弗里就是世界上最为出色的向导。在这本书里，从开篇与演员理查德·伯顿一起的游猎，到杰弗里陪伴查尔斯王子、比尔·盖茨旅行的不同经历，再到他远征北极，在天寒地冻中游泳的惊人之举，杰弗里亲身向我们展示了旅行就是华丽的冒险，它将改变人们的生活，同时也将让这个世界变得更为美好。"

——杰弗里·D. 萨克斯（Jeffery D. Sachs），经济学家、
联合国可持续发展行动网络主任

本书献给我的父母，约翰·肯特（John Kent）上校和瓦莱丽·肯特（Valerie Kent）。在非洲荒野，他们陪伴我度过了一个难忘的童年。和我一样，他们也都认为摄影旅行可以帮助保护非洲的野生动物。本书也献给我的妹妹安妮（Anne），在我一生的伟大旅程中，她一直伴我左右，尽一切努力支持我。本书还要献给我的儿子乔斯（Joss），我们身上都流着同样喜爱远征探险的热血。

此外，我要将这本书献给 Abercrombie & Kent(A&K) 的大家庭。在这里，不论男女，我们都热爱自己的国家，并全心投入到旅游事业之中。旅行不仅改变了人生的轨迹，也让生活变得更加美好。我还要将本书献给乔丽·巴特勒·肯特（Jorie Butler Kent），感谢她与我合作，将 A&K 的足迹扩展到非洲之外。

最为重要的，还有我的妻子奥塔薇娅（Otavia）。我们一起周游世界各地，共同经历了许多令人难忘的冒险旅程。她敦促我与他人分享我一生的故事，以及在我人生旅程中有幸遇见的那些杰出人物。

Abercrombie & Kent 在肯尼亚著名的游猎项目——"钢铁巨蟒"(Iron Snake)。20 世纪 70 年代中期，这个蒸汽动力火车头把我们从肯尼亚首都内罗毕带到第二大城市蒙巴萨。

目 录
CONTENTS

恩戈罗恩戈罗火山口（Ngorongoro Crater）[1] 下，野花丛中一只孤独的公象。

---

[1]　位于坦桑尼亚北部东非大裂谷的死火山口，是世界上最完美的火山口之一。周围风光绮丽，野生动物 3 万余头，拥有完备的生态系统，成为新的世界奇迹之一，被誉为"非洲伊甸园"。

前　言

❖❖❖❖❖

杰弗瑞·卡森伯格（JEFFREY KATZENBERG）
梦工厂动画公司（DREAMWORKS ANIMATION）前首席执行官

　　我非常幸运，曾经有机会同杰弗里·肯特一起旅行，能享受这种特殊待遇的人可并不多。如今，随着本书的问世，任何一位读者都可以跟随他的脚步，漫游世界上最具特色与情调的地方，体验与他一道旅行的乐趣。杰弗里的基因中根植着发现与探究的精神，这种精神也深深感染着他的客户。就我而言，在非洲、埃及和中国与他同行的旅行体验中，我获得了无数的启发与灵感，并一一体现在多部电影之中，例如《狮子王》、《马达加斯加》、《埃及王子》和《功夫熊猫》。阅读本书，在书页之间穿梭于杰弗里的旅行故事中，你也会有一种"身临其境"的神奇感受。而其中一章所讲述的故事，我实际上就在同行者之中。那是南美洲的非凡之旅，我和妻子都参加了这个行程。我们在加拉帕戈斯（Galapagos）群岛 [1] 浮潜，沿亚马逊河泛舟，在热带雨林中穿越《夺宝奇兵》式的悬索桥，探索马丘

---

[1]　又称科隆群岛，位于太平洋东部，接近赤道，属于厄瓜多尔领土，为火山群岛，面积7976 平方千米。2015 年 7 月，被美国最畅销的旅游杂志 *Travel+Leisure* 评选为世界上最棒的小岛。——本书脚注除个别标注外均为译者加注，下文不一一说明。

比丘 (Machu Picchu)^[1] 的高地，远足巴塔哥尼亚 (Patagonia)^[2] 高原的山峰丘壑……整整八天，精彩纷呈。不管哪一种冒险，只要杰弗里碰上了，他准会爱上它。如果你痴迷于奇妙、神秘而壮阔的旅行，那么绝不要错过这本书。因为在这个星球上，没有任何人能比杰弗里更了解什么是旅行。

---

[1]　位于现今的秘鲁境内库斯科西北 75 千米，是秘鲁著名的前哥伦布时期印加帝国的遗迹，约建于公元 1500 年，是世界新七大奇迹之一。

[2]　一般是指南美洲安第斯山脉以东、科罗拉多河以南的地区；主要位于阿根廷境内，小部分属于智利。

是时候来一场激动人心的乘车探险了。

这是一个现代化的帐篷。理查德·伯顿在游猎时居住的就是这样的帐篷。

序　非洲从不让人失望

◆◆◆◆◆◆

旧金山，1976 年

"我们在垂德维克餐厅（Trader Vic's）见面。"

酒店电话的另一头传来理查德·伯顿（Richard Burton）[1] 疲惫的声音，听起来就像是汽车轮胎在粗砾石上摩擦般沙哑。通常这是吸烟所致。但今晚，他却似乎由于承受着巨大的压力而显得心力交瘁。他一定有麻烦，因为时候不早了，他却约我去旧金山最有名的夏威夷风情餐厅喝上一杯迈代鸡尾酒（mai tais）。

拿着电话，我想弄明白这到底是怎么回事。年初的时候他和伊丽莎白·泰勒（Elizabeth Taylor）[2] 离了

---

[1]　理查德·伯顿（1925—1984），英国著名电影演员，七次被提名奥斯卡最佳男主角，20 世纪 60 年代好莱坞最著名、身价最高、红极一时的明星，作品主要有《多尔文的末日》、《灵欲春宵》、《最长的一日》等。与美国著名女演员伊丽莎白·泰勒两度结婚，两度离婚。

[2]　伊丽莎白·泰勒（1932—2011），英国及美国著名电影演员，两届奥斯卡影后，一度成为好莱坞片酬最高的女星。代表作品有《青楼艳妓》、《灵欲春宵》和《埃及艳后》等。泰勒一生共结过八次婚，有过七个丈夫，其中与理查德·伯顿的婚姻持续的时间最长，他们的浪漫史也是众人津津乐道的逸事。

婚。这是他的第二次婚姻。但就在前不久，他又和英国模特苏西·亨特（Suzy Hunt）订了婚。"我会去的。"我告诉他，"八点见。"

我到餐厅的时候，他嘴里叼着一根香烟，把烟上下摇晃着。"幸好你还在城里。"他说，眼睛都不抬一下。

"我马上就要走了。"我在他正对面包厢的皮制软垫上坐下来，我们的头上亮着一盏柳条编织的灯，"明天出发，去游猎。"

"我应该和你一起去，杰弗[1]。"他点燃了香烟，把火柴盒扔到桌上，皱起了眉头，"我不能待在这里。"

"和苏西闹别扭了？"

"不，不是苏西。和苏西一起很开心。实际上，多亏了她，我现在才没变疯。"他抬起头看着我，眼睛里满是疲惫，"但工作让人发狂，而且坦白告诉你，和伊丽莎白离婚简直是一场噩梦。"

"事实上，我也听说了。"

"杰弗，我都不知道还能躲避记者多久。而且，她的律师一刻不停地给我打电话，更不要说孩子抚养权的事了。还有，我们的财产还理不清。"最终，他的目光与我的相遇，"你知道我为什么打电话给你，对吧？"

"你需要一趟游猎。"

他吐出一口长长的烟雾，烟雾在我们头顶的灯光中弥散："我需要一趟游猎。"

一路上，我一个个地盘算曾经为理查德·伯顿保留的旅游目的地。我这样做，就是为有一天他会想要一场"说走就走的旅行"而准备。如果明天一早就离开，不到两天，我们就可以身在丛林了。

肯尼亚的马赛马拉（Masai Mara）是一个远离尘嚣的世界，而这正是我带他来这儿的原因。从内罗毕机场到营地，一路都颇为通坦，唯有最后一段，路面变得坎坷不平。车行于上，我们的下颚都被颠簸得嘎嘎作响。

---

[1] 杰弗里的昵称。

猎豹更喜欢高地，以便更好地看清周围的平原。

在路虎车里，理查德转过头来，无奈地朝我咧嘴一笑。我一脚把油门踩得更猛了一点儿。

非洲从不让人失望。

草原上生长着阔叶金合欢树，长颈鹿在草原间悠哉地溜达。马拉河（Mara River）是最适合逃离尘世烦恼的地方：她极其美丽、野性十足，景致丰富而令人无限惊叹。理查德深陷于这美景之中，无法自拔，将自己的烦恼抛诸脑后。人们说，只有时间才能治愈一颗破碎的心。然而，任何精神上有所寄托的人都知道，冒险却能更加快速地治愈伤痛——而游猎，正是冒险中的冒险。

尽管如此，在第一个晚上，当夜幕笼罩于我们搭建在河边的帐篷上，理查德·伯顿重新想起了自己的痛苦。"伊丽莎白，"他叹了一口气说，"这个日落让我想起了我们结婚的那一天。"

"和她哪一次的结婚？"

"第二次。"他说，用万宝路打火机点上一支香烟，深深地呷了一口，"那是在博茨瓦纳。唉，还说这些没用的干什么。"他看着夜空，似乎在寻找一些安慰，"忘了她吧。谢天谢地，我还有苏西。杰弗……我能说的只有这些了。"

在我们的晚餐桌前，一堆巨大的篝火在熊熊燃烧。它是我最好的导游点燃的。他提着两瓶冰镇马提尼酒走出来，把酒放在理查德和我面前的桌子上，又悄无声息地转身走进帐篷。"女人怎么那么爱吵闹？"理查德开口说，那副样子好像刚刚大彻大悟了一般。

"伊丽莎白？"

"哦！你无法想象。那种咄咄逼人、歇斯底里和恶言恶语，你永远也别想着会忘掉。而她认为那就是对我的爱！杰弗，认识我的人都知道，为了爱我可以付出一切……但是，她这样小题大做的闹剧性格，只有电影里的场景才适合她。"

就在这时，一阵突如其来的骚动吸引了我们的注意力。一只水牛冲向了营地，而它的身后，紧跟着三只狮子！那一刻，看起来好像它们立刻就会扑到我们的身上。理查德惊恐万分，浑身僵硬，一个扑楞趴在了地上。"杰弗！"他哭嚎起来，"天哪，杰弗！我不敢看！"

我把餐桌竖立起来，一片混乱中酒杯落地，马提尼酒四下飞溅。母狮子结队把那只不停悲鸣的水牛摔倒在地，就在篝火旁把它撕开。

理查德一直躲在桌子后面，直到嘶吼声和咆哮声平静下来才慢慢地站起身来。他和我一起，目光越过我们临时搭起的盾牌，看着那群母狮子心满意足，又无声无息地离去，只见那只水牛的尸体倒在火堆中，烧得劈啪作响。他把头转向我："杰弗……"

"怎么了？"我盯着前方，没有看他。

"如果我把苏西带到这儿来，你会再做一次吗？"

"再做一次什么？"

"你能不能重设一次这个场景？"他再次把头转向前方，满脸惊奇地看着狮子远远离开，进入丛林，"苏西会喜欢的。"

◇◆◇◆

我知道理查德·伯顿心里在打着什么算盘，这一点毫无疑问，游猎足以赢取任何人的心。自那时起，要说令人感到万分刺激的东非地区有什么不同，唯一的改变就是它的吸引力大幅增长，同时 Abercrombie & Kent 也在尽力改善那种颇为原始而粗糙的旅行体验。

对我而言，在现代游猎活动中，每天早晨我醒来的时候，世界的其他地方通常还处于睡眠之中。在一片黑暗的宁静中，帐篷服务员哼着肯尼亚的民间小曲穿过小路，来到我的帐篷前。他以这种方式，还有走过帆布帐篷的轻轻脚步声，礼貌地告诉我他已经到了。"指挥官先生（Bwana Commander）？"他的声音温和而低沉，让我有一种身在家中的感受。"指挥官先生"是我在肯尼亚的昵称，"已经五点半了。您的早餐准备好了。这是您早上的咖啡和橙汁。"

我道了声谢谢，这时响起一声轻轻的叮当响——是茶匙放进了糖碗里。我掀开了厚厚的被子，双脚踩在床边的织毯上。不论在这些年里我们是如何改进和完善游猎的体验的，有些事从未改变过。在大地准备迎接日出之际，喝上一杯热乎乎的咖啡，在帐篷边的露台上冥想片刻。这些事雷打不动。

我走出帐篷。就在下面，河马在打着哈欠，早就将自己浸在凉爽的马拉河中休憩，保护它们的皮肤免受第一缕晨光的伤害。闪耀的星星之下，河水在岩石周围平静地流淌。在对面的河岸上，只能看见稀树草原的一片阴影——那是树梢和茂密的灌木丛。大自然的每一个元素都栖归于此，正在观察着它们的我，也是这一切的一部分。

半小时之后，太阳就将露出它的脸庞，在稀树草原上洒下一片浩荡的金色光芒。日出如此壮丽，哪怕这七十年来我已见过无数次，此刻目睹这番美景，仍然能感觉到一瞬间内心柔情满溢。我走向餐厅，去参加早餐会。从业五十多年以来，经历过无数这样的早晨，我也能够非常轻松地从客人的脸上读出他们的心情。这是怀着未知的不安，却又充满激动与期待的时刻。在导游的催促下，客人们一一进入路虎汽车。他们意识到，在自己的一生中，也许再没有比这次旅行更大胆的了。他们想知道，这会不会是在挑战

我的父母约翰·肯特和瓦莱丽·肯特沿塔纳河（Tana River）泛舟。

极限。是的，他们把自己的极限，从安逸的环境中推向了荒野。"游猎（safari）"一词源于斯瓦希里语（Swahili）[1]，结合了"长途旅行"和"冒险"这两个概念。从本质上说，游猎充满未知与不确定性，唯一可以确信的，就是它定将令人难忘。这是伟大的冒险，一天的时间，就将改变一个人的一生。

在我的整个职业生涯中，每当我问客户为什么要旅行，几乎所有人的回答都大同小异：了解自己从未经历过的世界。旅行不仅传授给我们有关这个世界的知识，还让我们进一步认识自己——它把我们的注意力从微不足道的日常挑战中转移出来，重新校准人生的视野，将我们带入更为辽阔、意义更为深远的天地。我始终坚信，如果有人发现自己六天之后就会

[1] 斯瓦希里语属于班图语族，是非洲使用人数最多的语言之一，与阿拉伯语和豪萨语并称"非洲三大语言"。斯瓦希里语是坦桑尼亚、肯尼亚、乌干达等国的官方语言，也是刚果民主共和国的官方语言之一。

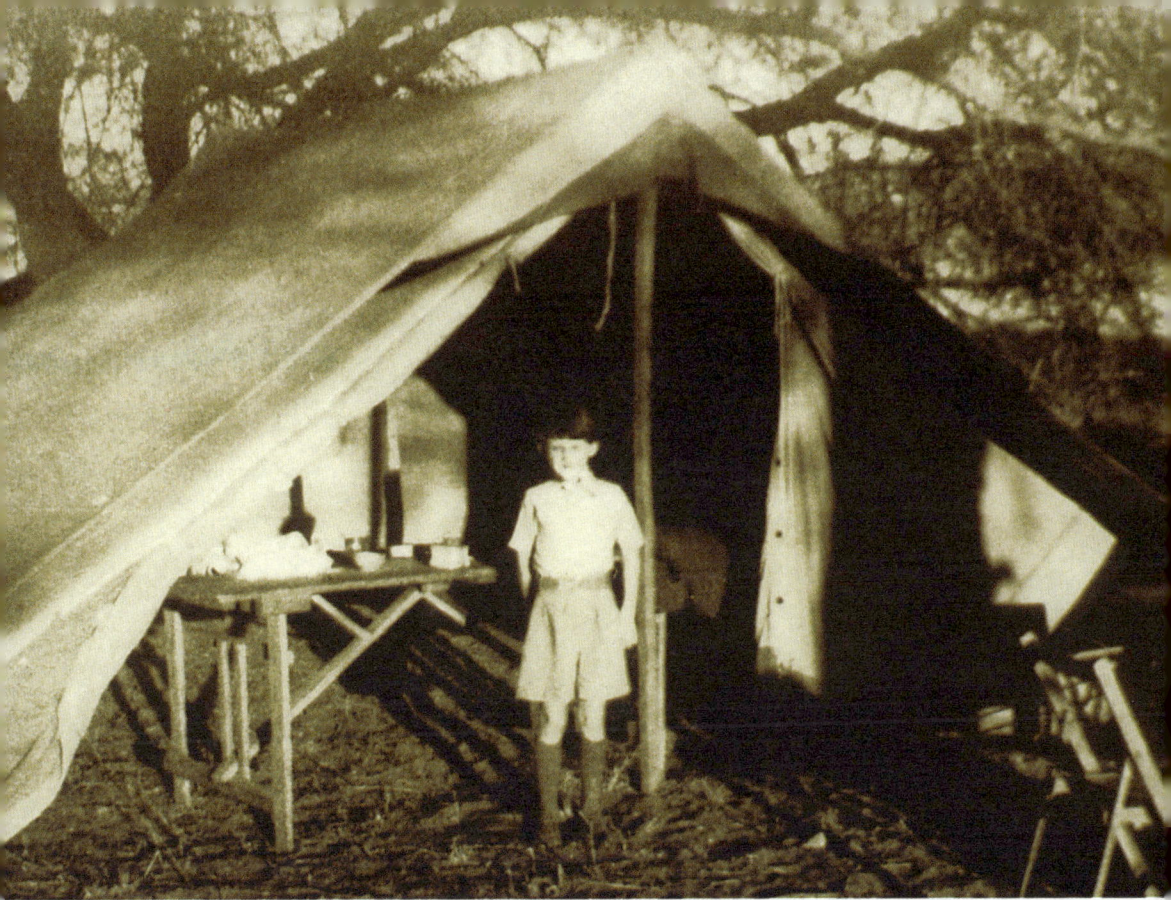

巴林戈湖（Lake Baringo）[1] 岸边的早期游猎。

死去，那么所有人最终的想法无外乎同生命中最重要的两方面有关：所爱之人和所经之地。此二者对人一生的影响非其他因素可比。

当我们尽一生之力开发的肯尼亚不再属于我们的时候，父母和我创立了 Abercrombie & Kent。许多企业家认为，最大的失落方能激励我们去追寻更伟大的目标。当最宝贵的东西被夺走，我们就会尽一切努力夺回。

甚至会为此走遍天涯海角。

本书不仅仅是我在这条道路上所经历的最美好时刻的汇总，它也记录了我的爱情故事。我把游猎中的冒险精神带到了世界的其他地方，从而开创了高端体验旅行的时代……不过，对我而言，我个人行走于世界的惊人冒险经历，正是这个环球奢游帝国成长与拓展的轨迹。

---

[1] 位于非洲东部的大淡水湖，以赏鸟活动著名，面积约有 130 平方千米。

华丽的冒险

在前往埃塞俄比亚的途中洗澡。这是我的第一次游猎。

引　言　情系阿非利加

◆◆◆◆◆◆

肯尼亚南基南戈普阿伯德尔 [1] 岁月，1936—1948 年

　　母亲第一次也是唯一一次去见算命先生的时候，算命先生告诉她，她会嫁给一个身材高大、皮肤黝黑、面貌英俊的男子，并且会去到遥远的地方，四处周游。听了这话，她转向朋友们，咯咯地笑着，随即就把它抛到脑后：认识瓦莱丽·沃克（Valerie Worke）的人都知道，她一心想找一位拥有贵族血统的丈夫，因为她就读的学校可是博耐顿女校（Benenden School）[2]。能进入这所位于伦敦郊外著名的女子中学学习的可都是出身于上流社会的女性。

　　然而不久之后的 1936 年，在一次于伦敦中心区举行的名媛新秀舞会（debutante）上，在舞池中簇拥着的几十名优雅的年轻女子和她们的追求者当中，她一眼就看到了他：古铜色的皮肤，略带忧思，身着军服，英俊得让人心疼，懒散而悠闲地挤在一群俊男美女当中微笑着。好像突然被魔咒附身一般，母亲走出了舞池，悄悄走到了房间的一处角落。那个位置十分微妙，可以让这个年轻的士兵看到她。当他们在路上相遇，他的心立刻被她带走了——当一曲终了，乐队休息的时候，年轻的瓦莱丽已经陷入了

---

[1]　基南戈普是肯尼亚的一片高原，海拔高度约 2400 米，其东面是阿伯德尔山脉。

[2]　建立于 1923 年，是英国领先的寄宿制学校，有较高的教育水准。

爱河。或许那个荒唐的算命多少应验了。是的，她主意已定，这个男人就将是她的丈夫。

约翰·肯特天性喜爱冒险，这让他显得有趣迷人，却也注定他将四海为家。但是，对她来说，在抛开了一切同上流社会联姻的愿望，放弃了名媛新秀的毕业舞会之后，就只能全心全意地投入爱情之中，别无选择。为了嫁给一位讲流利斯瓦希里语、受训成为大英帝国行政官员的英王非洲步枪团(King's African Rifles)军官，这个女人不得不把自己的一切都舍弃了。在接下来的三年里，母亲在伦敦接受了战时护理预备队的培训，并且请求前往爱人约翰所驻扎的肯尼亚工作。护理预备队拒绝了她的请求后，她又立即报名参加急救护士队(First Aid Nursing Yeomanry)[1]。"你疯了吗？"她妈妈急了，"急救护士队的护士是会被派往战争前线的！"此事立即在家族传开。

"这不用你管，我自己能行。"母亲回嘴道。

"你自己能行？你父亲拥有英国和印度之间的出口业务，是世界上最重要的出口大亨之一。你从小就是坐在捷豹车里，还有专门的司机送你……而现在，你却要学习怎么开救护车送伤兵？"

这时，我外祖父那洪亮的嗓门插了进来："你可是出身于梅费尔(Mayfair)[2]的女孩。看在上帝的份上，这是伦敦最好的街区之一。你可能会死在战场上，这一切都是为了你那荒谬的爱情幻想！"

妈妈的回应，则是第二天就立刻登上了停在苏格兰的一支军用船队。船队计划曲折横穿大西洋，然后她将在肯尼亚下船。船队在蒙巴萨停靠时，她见到了我父亲——他晒黑了，也显得更为深沉。自从他离开英格兰，这是他们第一次见面。

"亲爱的，我们三年没见面了。"他对她说，"你还爱我吗？"

妈妈的眼睛湿润了，双手紧紧搂住父亲的脖子，心里充满了久别后

---

[1] 英国独立注册慈善机构，成立于1907年，成员全部为女性。在两次世界大战期间，急救护士队在护理救助和间谍情报领域均很活跃。

[2] 伦敦西区高级住宅区，代表伦敦的上流社会。

的狂喜："怎么能不爱呢！"

"唔，但是如果我把这件事告诉你，我不知道你是不是还会这么喜欢我。"

妈妈镇定地后退一步，让自己平静，为最坏的结果做好心理准备："上帝啊，约翰，如果你让我经历了这么多，最后却告诉我，你有了其他的女人——"

"亲爱的，没有其他女人。"他说，"但是在我们俩的通信里，我们都同意至少等待一个月的时间再结婚。"

"说下去……"

"但是我今天早上得知，六天之后他们就会把我送到阿比西尼亚（Abyssinia）[1] 去。我立刻请了三天假——我们星期六就得结婚。"

"但是，约翰——"

"亲爱的，我都已经安排好了——"

"但是，谁来领着我走上婚礼台？"

"查尔斯·马卡姆（Charles Markham）爵士已经同意了。"由英国最受欢迎之贵族家庭的第二准男爵把新娘交到新郎手里，这真是再合适不过了。"你有礼服吗？"

妈妈看了看皮箱，又重新抬起头看着他："当然有。"

"太好了。那我们就这么定了。"

1940 年 12 月 12 日，在内罗毕高地圣公会大教堂（Anglican Cathedral of the Highlands）里，妈妈步入了婚姻的殿堂。簇拥着他们的，除了爸爸的战友们，还有一些陌生的面孔。"你和他们很快就会成为朋友的。"爸爸低声向妈妈保证。两人互诉结婚誓言之后，爸爸的战友们用军刀在新人的头上搭起了一排拱门，而其他的宾客则热烈地鼓掌，大声地欢呼。然后，众人前往负有盛名的穆海咖乡村俱乐部（Muthaiga Country Club）参加婚宴。在这里，妈妈和爸爸在一排象征着甜蜜祝福的郁郁葱葱的绿竹下拍摄

---

[1]　非洲东部帝国（1270—1974），是今日东非国家埃塞俄比亚的前身。

了婚纱照。

两天后，爸爸在阿比西尼亚——也就是如今的埃塞俄比亚——赶上了营队。而妈妈则和其他战时护士一道，留在了肯尼亚。作为一名结婚不久的新人，一名身在异国他乡的年轻妻子，她一开始所在的地方，也许是她怎么都不愿意去的——那是一个修道院。

很快，她就赢得了同事的喜爱，也证明了自己在护理方面的专业水准。爸爸从阿比西尼亚回来休假时，他找到一所房子，在内罗毕东南一个废弃的剑麻种植园里，离内罗毕约三十分钟车程，月租两美元。第一眼看过这个地方之后，妈妈高高兴兴地走了出来。"这房子还可以。"她说，"但是，厕所在哪儿呢？"

"在那儿。"爸爸说，指着前门外一个积满尘土的洞。

妈妈无奈地点了点头。

"亲爱的，我知道你会很不习惯。"爸爸说，"不过，我们很快就会拥有自己的土地。"

那年年底，妈妈发现自己怀孕了。之后，在 1942 年 7 月 14 日，她在北罗德西亚（Northern Rhodesia，后成为独立国家赞比亚）野外探险的途中生下了我。我的生日正好是巴士底狱（Bastille）被攻占的周年纪念日，也恰逢游猎的黄金时段。这个季节全天无雨，动物成群结队外出寻找水源。在我父母看来，在这一天出生，意味着我或许也会像我父亲一样，个性天生勇敢，不畏艰难。不过，没过多久，他们的猜测就得到了验证。事实证明，我并不是无所畏惧，而是出生后就不断经历艰难危险，能活下来简直是上天的恩赐。

出生后刚几天，我就病得非常严重。妈妈本能地意识到，如果我一直不肯吃奶就会脱水。而当我开始强烈地呕吐，她立刻明白我患上了幽门梗阻（pyloric stenosis）。在当时，这是一种危及生命的胃病，有时也会折磨新生儿。"如果再找不到医生，他马上就会有生命危险。"妈妈告诉爸爸，"我们必须带他离开这儿。"

母亲租了一架飞机，带着我飞到了内罗毕的儿童医院。这座医院后来被称为格特鲁德花园儿童医院（Gertrude's Garden Children's Hospital），以格洛根上校（Colonel Grogan）[1]妻子的名字命名。在那里，肯尼亚最好的医生之一威廉·博伊尔医生（William Boyle）为我进行了手术。手术奇迹般地成功了。妈妈透过一扇窗子看着我。她明白，自己作为一名军人妻子那无忧无虑的时光已经结束了。从现在开始，她需要把自己的小宝贝紧紧地保护在自己的羽翼之下。

◇◇◇◇

那时，在肯尼亚种植园里多住一天，妈妈就越感受到，我一定需要她的保护，一刻也离不了。在那儿，鬣狗整夜在我们的窗外吠叫。蛇频繁地穿过前院，要走出门阶，必须先仔细查看才能迈步。有一次，一头犀牛全速冲进了我们的房子，差点就把我们给撞死，还好那巨大的冲击猛然把我们给震醒了。有一天，我在婴儿车里，母亲推着车正走着，突然一条花豹挡在了前面。她吓坏了，但她立刻想起了爸爸的建议：保持冷静，原地不动，但愿花豹看到你的时候也吓一跳，甚至比你还要吃惊。幸运的是，一切正像爸爸所预料的那样，花豹一闪躲进了丛林。这时妈妈推着婴儿车狂奔起来，轮子仿佛都飞了起来，一刻不停地把我推回了家。

还有一天晚上，父亲外出值班，妈妈和一位护士朋友坐在一起。她们听到我的房间里传来了哭声。为了培养我的独立性，妈妈和朋友置之不理，暂且任我哭着，直到这哭声变成了剧烈的尖声嘶叫。她从没有听过我这样哭喊。"到底出了什么事？"她问道。当朋友跟着她进入我的卧室，她们发现有一大群昆虫爬上了我的婴儿床。

"瓦莱丽！狩猎蚁！"她的朋友惊叫起来。在经历了这里层出不穷、各

---

[1]　全名埃瓦特·司各特·格洛根（Ewart Scott Grogan，1874—1967），英国探险家、政治人物和企业家，是历史上第一位从开普敦到开罗横穿非洲的人。后为了纪念妻子格特鲁德·伊迪丝（Gertrude Edith）而捐出一片土地，建起格特鲁德花园儿童医院。

种各样的事件与遭遇之后，妈妈变得越来越机智多谋。她立刻跑开，抓了一罐煤油回来，用煤油淹死了尽可能多的蚂蚁。那个晚上余下的时间里，她把蚂蚁一一从我的身上拣走。有些蚂蚁用尖锐的下颌死死地钳住我的肉，妈妈把它们的下半身都掰断了，它们也不愿意松口。后来妈妈带着我赶到了医院，医生告诉她，本地区另一名婴儿被单独留在家里好几个小时，也遭到同种蚂蚁的袭击。当孩子的父母回到家，他们惊恐地发现，孩子身上的肉几乎被蚂蚁啃得干干净净，只剩下一副骸骨。

爸爸当天晚上回来的时候，妈妈还没有睡。他爬到床上，往身上盖被子时，她转过头来看着他。"约翰，我们很清楚不会很快就回英国。"她说，"但是，看在老天的份上，我们是不是要腾出时间来找个地方，自己盖个房子？"

我父亲在英王非洲步枪团里任职好几年了，没有人比他更清楚这个大陆的每一个角落。"我一直在关注一片土地，在这里的西北面。"爸爸说，"我退伍的时候，用它来经营一个农场再合适不过了。而且，它靠山，山间有很多新鲜的空气，对杰弗有好处，可以强肺。"

"我们一直在一点一点地存钱。"母亲说，"这块地有多大？"

"至少有几十英亩。"他更加兴奋了，"瓦莱丽，那简直是一个人间天堂，景色壮丽，视野广阔，溪流里有鳟鱼，在那儿的萨苏姆阿河（Sasumua River）附近还可以建起一小片采石场。那里有足够的空间让我们的孩子成长……你还可以拥有自己的花园！杰弗长大的时候，这个地方就是他的。这片土地将是我们的遗产。亲爱的，在英国，人们一生都在梦想着有一大片土地，有一个大庄园。而我们，可以让这个梦想实现。"

看到父亲对这个想法如此兴奋、憧憬，母亲也被说服了。他们一同前往，购买了内罗毕西北 50 英里（约合 80 千米）外的 50 英亩（约合 20 万平方米）土地。

我们的新农场在南基南戈普（South Kinangop），它的发音比较奇怪，妈妈的佣人们在教她念的时候都会忍俊不禁。这里风景秀丽，坐落于阿伯德尔山脉（Aberdare Mountains）三座壮丽山峰之一的山麓。这座农田背后的山高度有近 13000 英尺（约合 3962 米），轮廓看起来像是一只大象的头部，因此被称为"象头山"。山坡上布满了茂密的森林，有着高大的雪松，经年常绿，还有非洲橄榄树。瀑布像白色丝带坠入竹笋丛生的山谷中。阳光斑驳，大地像一块绿色的翡翠，铺满了野生的蓝色鼠尾草（有些像英国的蓝色风铃草）和花朵足有 1 英尺（约合 30 厘米）宽的艳粉色鼓状百合花。妈妈指挥着一群工人，用泥和板条搭建起一座临时的小屋。休息的时候，她脑海里总是思考着主屋该是什么样。她还怕我忘了似的，总是对我说："杰弗，你爸爸努力了一辈子，我们才有了这样一个居所……我们现在生活在世界上最美丽的地方。"

这个地方的确美丽，但是，要怎么改造它，这又是另一个问题了。妈妈雇了近三百人，其中大多数是基库尤（Kikuyu）人——他们灵活地按妈妈的指令帮她清理土地，开建农场。她开始深情地将这个农场叫作"凯姆玛瑞（Kiamweri）"。在妈妈正在学说的基库尤语中，凯姆玛瑞的意思是"流水潺潺"。爸爸回到了阿比西尼亚，战争将尽的呼声也越来越大，让人充满希望。而妈妈——这位曾经的天之骄女，出身于伦敦最为高贵而傲慢地区的上流社会名媛，也亲自动手清理低矮的灌木丛，开垦土地，种植水果、蔬菜和除虫菊。这些小小的白色雏菊在被焚烧时可以作为一种天然的杀虫剂，令人觉得不可思议。她知道，如果工人们继续积极地响应她的指令，她就能把事情做好，同时还能让除虫菊变成农场的主要经济作物。她种了 10 英亩（约合 40469 平方米）除虫菊。每周她都会把我放到汽车后面，满载晒干的除虫菊和大量的农产品，开到内罗毕卖掉。

父亲不在农场的时候，妈妈忙着干农活。她雇用的一位年轻的肯尼亚男子让她印象深刻，他叫尼尔森·奥莫洛·奥塞维（Nelson Omolo Osewe），而我会亲昵地拖长音，把他的名字念成"奥—莫洛"。奥莫洛只不过是一个十几岁的少年，内心却异常温柔，为人幽默，责任心强。母亲毫无保留地相信他，就像她信任伊萨瓦（Isawa）和安加瓦（Angawa）一样。伊萨瓦是管家，身高六英尺三（约合 1.92 米），板着脸，做事效率高；

而安加瓦则是父亲忠心的私人助手，当父亲染上疟疾的时候，他紧张之极，眉毛都像海绵一样挤成一团。爸爸抵达非洲后八年来的衣物都是安加瓦自己动手洗的。因此，妈妈让奥莫洛考虑，不如不做厨师，改为每天照顾我。最后，奥莫洛接受了母亲的请求，他很快就成了我的老师、我的保姆。不仅如此，他还成了我的守护人。

妈妈担心我可能会孤独或无所事事，但奥莫洛让妈妈放心了。只要奥莫洛在家，我就从来不会觉得孤单，更不会觉得无聊。他每天叫醒我，把我带到厨房，为我准备早茶。他把吐司四面的硬边切掉，把可口的炒鸡蛋夹在吐司里。"奥莫洛，"我嘴里满满地嚼着吐司，口齿含糊地问他，"你知道我是在爸爸野外探险时出生的吗？"

"不，小杰[1]，"妈妈会叫着我最喜欢的小名，打断我的话，"你是在你妈妈野外探险时出生的。"

"托托玩咕（Toto wangu）！"奥莫洛会笑着说，意思是"亲爱的孩子"。

在我小时候，他就把我当成自己的孩子一样。在河岸边、在土路上、在森林里，他教了我很多东西。一个在非洲长大的小男孩应该知道什么，他就教了我什么：怎么骑自行车，在哪里钓鳟鱼，以及如何说斯瓦希里语。有好多年，我的斯瓦希里语说得比英语还好。在一些特殊的日子里，他会答应我的请求，为我烤一个巧克力蛋糕。他烤的蛋糕出了名的好吃。每天晚上，我睡在妈妈的床上，他都会帮我盖好被子。而妈妈则在一旁仔细地查看她建造家园的规划，或者忙着记账，查漏补缺。

和妈妈一起睡觉，妈妈和我都觉得更加安全。不过，战争结束的时候，奥莫洛却把我放在了另一个房间的床上。妈妈站在门口，我生气地噘起了嘴，探出头，目光越过奥莫洛的肩膀，问她："妈妈，那个睡在我们床上的陌生人是谁？"

"那是你父亲，亲爱的！"她满心欢喜、笑容满面地对我说，"战争结

---

[1]　杰弗里的昵称。

我的妹妹安妮，还有一个朋友，同我一起坐在军车的车顶上，四处张望，寻找狮子。我们在开车去野营营地的路上。

束了，他现在要和我们在一起。一旦我们建好主屋，他就会和我一起经营农场。你喜不喜欢？"

我翻了个白眼，慢慢地蜷缩在奥莫洛刚为我铺好的被子下面。母亲的表情显然是说，我可没有什么选择的余地。

几个月后，当我终于习惯了这种新的拥挤状态，妈妈却又放出了一个炸弹：她又怀孕了。她和父亲快速盖好主屋，然后种植土豆，在农场里圈养起猪、火鸡、鸭子和母鸡，这期间奥莫洛也不让我闲着。我的父母一致认为，我出生时又瘦又弱，疾病缠身，是野外的生活让我变成了一个强壮的男孩。当我的妹妹安妮于1947年出生时，我已经是一个健康、活泼的五岁小男子汉了。所以，妈妈和爸爸进一步认可了奥莫洛对我的影响。

那时候，奥莫洛负责照看我，而我们的马夫基马尼（Kimani）则教我熟练而自信地骑马。每天早上，当妈妈给妹妹安妮喂奶时，我就骑马跑上

5 英里（约合 8 千米），从南基南戈普的商店拿报纸和信。奥莫洛或基马尼紧跟在我的身后。奥莫洛教我如何追踪森林中的野生动物，看我用气枪练习射击目标。在我六岁时，有一次，我站在汽车的轮子边上，一个蹦跳跳进路虎车里，坐在坐垫上，奥莫洛则指导我伸腿去踩离合器。妈妈第一次看到这幅情景，几乎心脏病发作。"你怎么连鞋子也不穿！"她冲着车窗喊道。

"妈妈，别傻了！"我大喊道，"我从不穿鞋！"

我开始上学的时候，她让我坐在收音机旁。"亲爱的，你的斯瓦希里语已经和你父亲说得一样好了。"她说着，一边打开英国广播公司（BBC）的广播，"但是从现在开始，你每天要花两个小时，听听新闻是怎么说的。亲爱的，你必须学会正确的口音——那可是标准英语。"

可我讨厌死听收音机了。屋外，阳光明媚，紧挨着我们的邻居奈廷格尔（Nightingale）一家的孩子们骑着马上了山，邀请我出去玩。"妈妈，

和父亲与妹妹安妮在南基南戈普，1954 年。

在巴林戈湖同父亲和妹妹安妮驾驶路虎 1 系汽车，1955 年。

我已经练了一整天的英语了。"我从窗口向她工作的花园里喊道，故意把元音拖得老长，把每个字都说得字正腔圆。

"那就去吧。"她叹了一口气说，"但是基马尼要是不在你身边，你就不能骑马。"

母亲日夜辛劳，继续拓展着我们的家业。周末的时候，父亲通常也会来帮忙。到安妮和我已经够大了，可以自己睡觉时，我们在主屋的侧翼有了自己的房间。我们的主屋就像中间少了一横的字母"E"，我父母的房间就在另一侧翼。房子中间的大部分是客厅。房子的墙壁是由我们在河边采石场挖出来的灰色石块粗削之后制成的，而墙面板则是雪松做的。不过，我们在内罗毕的玻璃商店里都没有找到窗玻璃，所以父母只好把玻璃窗设计成一个个小面板模样，好把相框里的玻璃装进去。

这种务实的设计灵感源于父母对我们的期望：将恶劣的野外环境视作一种恩典，利用一切条件生存下去，并与这片土地完美和谐地共存。

是的，在凯姆玛瑞，我们做到了。

和一名桑布鲁（Samburu）[1] 战士在肯尼亚北部，1981 年。

[1]　桑布鲁人居住在肯尼亚中部偏北的尼罗河流域，是一个半游牧民族。

第 1 章　非洲大地

✦✦✦✦✦✦

肯尼亚马赛马拉，1957 年

15 岁那年，父母为我安排了一场传统的非洲仪式，纪念我结束孩提时代，长大成人。这也意味着，我要有能力保护亲人，确保他们的安全。因此，父母将送我参加一次猎象之旅。而随我同行的，除了林恩·坦普尔·博勒姆（Lynn Temple-Boreham）少校，别无他人。

林恩皮肤晒得黝黑，肌肉结实，人很活跃，是肯尼亚最棒的大型游猎区马赛马拉的狩猎警察。他和我父亲都曾效命于英王非洲步枪团，也是在那时成为我父亲的挚友。林恩对我这时候到来也很乐意，因为我的生日不早不晚，正在盛夏，这可是狩猎的理想季节。"杰弗，你赶上角马大迁徙的时候了。在每年七八月间，一百多万只角马会横穿过整个平原。"林恩对我说，"在东非，这是一年之中最好的狩猎季节。"

多年以前，林恩和妻子在西娜泉（Siana Springs）[1] 畔建起了一座漂亮的住所，把它作为自己的营地。西娜泉位于马赛马拉保护区一隅，人迹罕至，汩汩泉水是一处地下淡水的水源。林恩把这块绿洲私藏起来，于是这儿就成为马赛马拉不为人知的秘密。那天，我和林恩吃完早饭，讨论一天的行程。在我们用餐的凉亭上方，十几只 1 英尺（约合 30 厘米）高的

---

[1]　位于马赛马拉野生动物保护区的东北部。

马赛马拉的意思是"乱石大树点缀其中的平原"，它于 1961 年被设立为野生动物保护区。

草原猴在空空的屋顶上蹦来跳去。林恩在最后考查我的狩猎知识。他靠着椅子背，把餐巾纸随手扔到餐桌上。"什么动物最不容易被射中？"他问，"在肯尼亚，是个男孩都知道。是不是这样，杰弗？"

"没错，"我对他说，"是水牛。"

"水牛，就是它。算算你发现它要多长时间，再减去一半。你懂我的意思吧？这就是它先发现你的时间。"

我点点头。

"然后，你紧紧抓住猎枪，这时水牛就已经向你冲过来了。你本能地会想朝它宽宽的额头上，就在两只眼睛中间，直接来上一枪。但这样你就全错了。朝那儿射，会发生什么？"

"子弹会打到骨头。"

"没错。你知道'头脑顽固'这个词吗？就是说它的。水牛，那就是厚脑壳的代言人。"

他继续说着，巩固我已经学会了的知识。如果你犯了这个错，你自然可以伤到水牛，但代价却是自己的生命。如果你循着血迹追上去，它就会转身藏进一个灌木丛，等你经过之后，突然从你的背后，怀着愤怒，以难以想象的速度冲向你。你会从背后被顶伤，根本没有再开一枪的机会。

"经验丰富的猎人会懂得带着万分的机敏偷偷接近水牛，一直等到它抬起头。"林恩说，"枪口要瞄准水牛胸口的上方，朝着它的喉咙射，或者从侧

马赛族是肯尼亚南部和坦桑尼亚北部沿着东非大裂谷聚居的半游牧民族。图中，一名年轻的马赛武士正在生火。

面下手，朝肩膀后侧射击，就能射中它的心脏。"

我明白为什么我们要如此不厌其烦地说这些——这是为我今天将要进行的狩猎做准备。水牛是非洲最难猎取的动物，而我们今天要猎杀的大象，一点也不比水牛好对付。我想起我最喜欢的一本书——贝丽尔·马克姆（Beryl Markham）[1] 所著的《乘夜向西》（*West with the Night*）里的一句话："找到你的大象，然后走开，这样你才能活着看到下一只。"

我们的枪支保管员和两名猎物追踪者正在给林恩·坦普尔·博勒姆的路虎汽车装载装备，而林恩给我的指导也让我紧张的心平静了下来。"你手上这把 .256 英寸（约合 6.5 毫米）口径的毛瑟枪（Mauser），用来打打巴林戈湖边的鳄鱼和羚羊还行。"他说着，走到汽车的后面，"但是，杰弗，我们可不再是在你家后院里了。这个给你，拿上我 .458 英寸（约合 11.6 毫米）口径的温彻斯特麦格农枪（Winchester Magnum）。"我从他手里接过一把双管猎象枪，翻来覆去地看。它有着巨大的弹药筒，枪管比我的胳膊还长。"杰弗，你挺瘦，但还算强壮。你能行的。"

"你说走之前我要不要开几枪试试？"

"没用的。"林恩爬上汽车，回过头来对我说道。他对我的无知有点不耐烦："你需要的是肾上腺素，你需要激情，杰弗——不要呆呆地站在原地，不然枪的后坐力太大，会把你的肩膀打碎的。上来吧，把枪给那几个家伙，他们会装到车上的。"林恩一边说着，一边用前臂擦着脑门。"哎呀！"他叫起来，"今天又会是个大热天。"我爬上了副驾驶的座位，他从后视镜里看到其他人也都从后面上来了，就发动了汽车。

汽车开了出去，我默默地重温自己在肯尼亚长大以来，对大象所知的一切。人们不会射杀一只母象——因为她是女家长，要保护小象。猎人贪婪的眼睛里只有公象。公象的体重是中等身材成年人体重的百倍，而它

---

[1]　贝丽尔·马克姆（1902—1986）是英国出生的肯尼亚飞行员（第一批丛林飞行员之一），冒险家、赛马教练和作家。她是第一位从东到西独自飞越大西洋的女性。她在回忆录《乘夜向西》中记录下了自己的冒险故事。

的长牙，林恩说，那可是宝贝。

大象是近视眼，因此不像水牛那般反应敏锐，但它的思维却非常灵敏。它通常藏身于灌木之中，身上的颜色是野外最好的欺骗性伪装。猎象的技巧就是发现它的时候，要靠近它。因为大象皮太厚了，猎人需要重型子弹，真正的重型子弹，还必须靠得非常近，才能准确地打中它。

"我们偷偷接近一头大象的时候，"林恩说，"它很可能会小心谨慎地嗅风里的味道。所以，我们得打得非常准。不然一头大象抬起鼻子发现你的时候，你就会听到它一声吼叫，让你的脊梁从上到下凉个透。等到你被踩扁，那一切就都玩完了。"

他说的可不是我的第一次大型狩猎玩完了，他的意思是，我的小命玩完了。

"最好就是一枪打中大脑。"林恩说，"让我们看看你能不能让它脑袋开花。"

7 月的天空中，骄阳似火，我们花了好几个小时追踪大象。这时林恩的追踪者透过一片长长的草丛，发现了一只大象，它正在一条河里喝水。"那些象牙每根有 70 磅重。"林恩在我的耳边轻声说道。他俯身接近着大象，我在他前边，也是一样俯身前进。"记住我和你说的话，杰弗。如果大象看见你，你就得弯下身，坐下来。不要趴在地上。那把枪的后坐力太大了，你会再也开不了第二枪的。"

一阵风迎着我们吹来。我走在队伍的最前面，看见象鼻像潜水呼吸管一般抬得高高的。

我们的气味开始在风中散发开去。

"再近点。"林恩说。

我们一寸一寸地往前挪。在这么近的距离，我知道不可能会有时间再开第二枪的。"就是这儿了。"我轻声说道，偷偷指着大象左肩的位置，说："我要射那里。"林恩点点头，他的目光盯着大象不放。我咬紧牙关，把枪顶在腋窝里。但我不是逞能地把枪对准大象前额正中的位置，而是从侧面，瞄准它的心脏。

我开枪了。

"好！"林恩低声赞道。

不好，我心里想。不好……不好。

我扳机扣得太猛了。子弹打得太早了，要再沉稳一点儿。

我看着大象，手指还放在扳机上。大象中弹了，倒了下去。但它又爬了起来，向着我们冲了过来。它擦过我的左侧，差一丁点儿就把我撞倒在地。但它失去了重心——然后，突然之间，像一块巨大的石头一样，猛然砸在地上。

我的心中充满了惊惧——不是因为只要再靠近几码，我就会被踩成一摊肉泥，而是因为我刚刚杀死了一只我所见过的最为美妙和神奇的野兽。

我放低枪口，心中万分难过。

林恩匆匆走过来，回头朝我大声喊道："杰弗，干得漂亮！"就在那时候，我默默对自己，也对非洲，许下了一个誓言：

我再也不会用枪捕杀大象了，而只会用相机来捕获大象的美丽瞬间。

◇◇◇◇

尽管天气炎热，我们也筋疲力尽，但林恩和他的手下回到营地时都兴高采烈。为了庆祝我正式成人，他们做了一个手工礼物给我，是个由粗硬的象尾毛做成的手镯。我聚精会神地看着手镯，心里深处那像石头一样一直硌着我的难过心情，也随之缓和了下来。"喜欢吗？"一名追踪者问我。

"太喜欢了。"我用手指把手镯翻过来拨过去，看它是怎么拧起来的。

"这就是个小饰品，代表好运。我来教你怎么做吧，不难。"

林恩准备晚饭的时候，我就按着这人说的，用两根长长的象尾毛做精美的手镯……到准备睡觉的时候，我坐在帐篷里，手上已经有 20 个做好的手镯了。的确不难做，这也是我见过的最好的纪念品。

回到内罗毕之后，我走进一家古董店，店主坎吉（Kanji）先生是个

非洲有一个古老的谚语："两只公象打架，遭殃的只有脚下的草原。"

印度人，为人开朗，眼光敏锐。他常常卖些东西给我妈妈，作为到别人家里拜访时捎给女主人的礼物。"瞧瞧你戴着的这些手镯。"坎吉先生说，"你从哪儿弄来的？"

"这些算是我的生日礼物吧。"我解释道，"我打倒了第一只大象，我把这些拿来做纪念品。你要看看吗？"

"好，我看看。"他说，"这些是你自己做的吗？"

我点点头。

他拿了一个放在手里，仔细研究着，然后问我："这些卖给我要多少钱？"

"一个手镯七个先令。"我对他说，把价钱四舍五入到差不多相当于一美元，"如果我用的象尾毛多，价格就更贵。这个我只用了两根象尾毛，我最多可以用八根做一个手镯。"

坎吉先生伸出手，和我握了握。"朋友，我们成交了。"他说，"你有多少手镯，我全要了。"

我紧紧地和他握了手，然后猛地冲了出去。店里的门铃在我身后叮叮咚咚地响。我直接跑到肯尼亚国家公园（Kenya National Parks）总部，

在电视节目《直到世界的尽头》（*To the Ends of the Earth*）的一场骆驼沙漠探险的场景中，为演员詹姆斯·布洛林（James Brolin）[1] 提供指导。

找到林恩·坦普尔·博勒姆的办公室。"林恩，"我上气不接下气地说，"你能不能把手里的大象尾巴都给我？"

"你要那些死象的尾巴做什么？"

"我有个计划。"

他的下巴往下一沉，眼里充满疑惑："好吧……你要全部的象尾？"

"对的，请都给我吧。不管是那些在今年里自然死亡的，还是那些由狩猎部门一年一度猎杀的。"

他又露出那副大惑不解的神情。"让它们白白浪费掉一点意义也没有。"我说着，耸了耸肩膀。

"那你认为该给我多少钱？"

---

[1]　詹姆斯·布洛林（1940—　）美国电视电影男演员、制作人、导演，代表作品有《维尔比医生》、《引爆点》、《毒品网络》等。

"这个……我听说它们实际上都腐烂得差不多了，爬满了蛆，基本上挺让人恶心的。我想，不如你付我钱，我来帮你把它们处理掉，如何？"

他仔细地看着我："你要多少钱？"

"一袋五先令。"

"哈！"他说着，从座位上站起来，"我应该付给你十先令。"

我跑了出去，把父亲的卡车开了过来，林恩帮我把十来袋象尾都搬上了卡车。

回到农场，妈妈正在起居室看报纸。我从她身边走过的时候，她抬起双眼，问道："那些是什么？"

"大象的尾巴！"

"你要把它们放哪儿？"她已经站起了身，紧跟着我。

"放在外面，卡车边上的旧工作坊！"

"杰弗！"父亲叫我。

"什么事？"我回头，跟着妈妈一起走向爸爸坐着的客厅。

"现在是雨季。"父亲说，他还在埋头看着报纸。

"没事的，"我告诉他，"这些东西不怕水！"

假期过得很快，离开学只有几个星期了。这期间我一直坐在厨房窗户下的背阳处，做着手镯。过了没多久，在一个星期天，妈妈做了咖喱午餐款待客人，来客中有一位是埃塞俄比亚航空公司的总裁。妈妈的朋友上钩了，纷纷让我把手上戴的手镯给他们看看。"你知道是怎么做的吗？"我把问题抛给那位航空公司老总。

妈妈的客人们顿时陷入一片沉默。

"你为什么不送给每位头等舱客人一个这样的手镯作礼物呢？"

妈妈轻轻地放下了叉子。

"你觉得我应该这么做？"他问。

沉默继续——过了一小会儿，他的妻子说道："这会是个很好看的纪念品。"

马赛马拉的一处水潭。

"这些在城里一个卖一到两美元，不过我会卖你一个更好的价钱。"我对他说。

"你说得对，"他说，"这的确是个好主意。"他给我下了一个大订单，大到需要把在家里农场干活的肯尼亚女工全部叫来帮忙编手镯。每制作一只手镯，我付给她们 25 肯尼亚分 [1]。她们也很乐意有一份额外的收入。

几个月后，我的生意迅速扩大。这要归功于我认识到，那些用白色象尾毛制作的手镯，应该比一般的黑色象尾毛手镯价格高，因为白色象尾毛极难获得。坎吉先生和我之间的钱货交易非常频繁，到学校 9 月开学的时候，我已经存够了钱，给自己买了一辆摩托车。这辆车光泽闪耀，威风凛凛，马达发出的轰鸣声简直像歌唱一般动听。"你自己要注意一点，"爸爸说，"你上的寄宿学校是全肯尼亚最好的，这么花哨的东西校长看见了可不会高兴。"

事实上，约克公爵学校（Duke of York School）完全不允许学生拥有摩托车，所以我只好把车藏在校园范围之外的邦杜。邦杜是斯瓦希里语，意思是"荒郊灌木丛"。"你和利基可真是一对野生动植物迷！"学校里的同学嘲笑我和我的好朋友理查德·利基（Richard Leakey）[2]。然而，我感兴趣的却并不是动物或植物。我的妹妹安妮在一所女子学校上学，学校距离内罗毕约 20 英里（约合 32 千米）。我常常去那儿，因为我被那里的一位年轻女孩深深吸引。我去看她，喜欢和她待在一起。

一天下午，我正和女友在靠近一块咖啡田的地方约会，突然听见有一辆汽车沿着附近的道路在缓慢地靠近。我认出车里的女士正是女子学校的校长。我赶紧骑上摩托车飞奔，在路上猛拐了一个大弯，冲进一片茂密的荒郊灌木丛，这才把她甩掉。

不过，可惜的是她早已经看清了我的摩托车牌照。第二天，我正在上早

---

[1]　肯尼亚分是肯尼亚的流通货币。100 肯尼亚分 =1 肯尼亚先令。

[2]　理查德·利基（1944—　），肯尼亚国家博物馆馆长，世界著名的古人类学家。长期以来，他一直在东非从事研究工作。1984 年，利基在东非发现了一具掩埋了近 160 万年的男孩骨骼，这是 20 世纪古人类学最重要的发现之一。

课，约克公爵学校的校长 R．H．詹姆斯（R．H．James）先生让人传来了口信，叫我马上去行政办公室一趟。"杰弗里，我和你父母都是朋友，"詹姆斯先生说，"所以，考虑到他们的感受，我不会立刻开除你。"

"谢谢您，先生。"

"不过，这学期结束以后，你自己退学吧。我们不会再让你回来上学的。你明白吗？"

"我明白，先生。"

"很好。你自己把这个消息告诉你的父母吧。"

学期结束，假期开始的时候，我知道这个消息瞒不了我父母多久了。父亲简直气疯了。"杰弗，你母亲和我在农场和社区里辛苦工作，为的就是你能受到最好的教育！"他说道，"你自己有什么话说？"

我靠着椅背，默不作声。

"你在班里排名前三，只要在考试中再得两个 A，就有资格获得牛津大学布雷齐诺斯学院（Brasenose College）[1] 的奖学金了！"

"是你自己说我太好高骛远了，"我对他说，"现在你又打算送我去牛津大学？"

"我认识荷兰皇家壳牌石油公司（Royal Dutch Shell）的几位高管——你知不知道在非洲有多少年轻的小伙子做梦都想去石油公司做事？"

"让我去石油公司做事只是你的梦想！我不想再学阿拉伯语了——"

"我就知道！"他大喊起来。

"我没法再和你说下去了。"我一把推开桌子，怒气冲冲地走回卧室。第二天早上吃过早饭，我启动摩托车，沿着满是灰土的通往城区的道路，直接骑到卖给我摩托车的商家那儿。我想买一辆更大、马达更强劲的摩托车，并且很快看中了一款奥地利与德国合资生产的车。这是一辆全新的二

---

　　[1]　牛津大学布雷齐诺斯学院于 1509 年创立，是牛津大学旗下 35 所院校之一，位于拉德克利夫广场。学院以其童话般的建筑和绿油油的草皮自豪，著名的校友有作家威廉·戈尔丁和前英国首相戴维·卡梅伦。

在一次乘车游猎中被一大群角马包围。

冲程双发动机（split-twin）斯太尔−戴姆勒−普赫（Steyr-Daimler-Puch）[1]
摩托车，排量为 250 毫升。它花了我 300 英镑，但它的时速却能达到 100
英里（约合 161 千米）。

我回到家的时候，父亲在农场的门口等着我："你到底想骑着那个东
西去哪里？"

---

[1]　斯太尔−戴姆勒−普赫集团初创于 1864 年，总部位于奥地利施泰尔。1934 年成立集
团，业务涉及轿车、卡车、客车、摩托车、汽油机、柴油机、变速箱、车轿、农机、车辆设计等。
2001 年停止运营。

"我完全知道自己要去哪儿。"我告诉他,从他边上擦身而过,走进房子,"我要去开普敦。"

"你以为这样你就是第一个骑着摩托车从内罗毕到开普敦的人了?"他在我身后咆哮起来,"那有 3000 多英里(约合 4828 千米)——你真的以为自己受得了一路上的苦?"

我站住,转过身,满不在乎地盯着他看。

"简直是一派胡言,"他说,"你绝对到不了的。"

我从内罗毕骑到开普敦的 250 毫
升排量戴姆勒－普赫摩托车。摄于内
罗毕德拉米尔街（Delamere Avenue）。

第 2 章　从内罗毕到开普敦

✦ ✦ ✦ ✦ ✦ ✦

1958 年

母亲走了进来，对我表示支持，因为她知道没有办法打消我骑摩托车去开普敦的念头。"雨季开始了，小杰。"她说，"你真的要这么做吗?"

"我一定要去的。"

"好吧，我亲爱的孩子，"她叹了口气，说道，"我们只能尽量帮你准备好一切了。"她给了我 200 英镑，还有一个棕色的纸袋，里面的东西装得满满的，都快掉出来了。"这里面是葡萄干和干肉条。"她说。她说的干肉条是家里做的，是往水牛或大羚羊的里脊肉排撒上黑椒和盐，晒干制成的。"你接下来的日子可不好过呢。"她说，"葡萄干里有糖分，干肉条里有蛋白质，会让你保持精力充沛。"

"妈妈，谢谢你。"

"亲爱的，这算什么呀。听着，我已经给沿路的朋友都写了信。在你的包侧边口袋里，我放了一个地址清单，千万别弄丢了。在路上记得随时查看这些联系方式，说不定会救你一命。"

"我会的。"

我径直来到内罗毕市中心，买了一份壳牌石油地图，再拐进一家救世军（Salvation Army）[1] 二手店买了一件雨披和一块防水帆布。随后，我来到买摩托车的那家店，拿了些装水和装摩托车汽油的容器。最后，我在摩托车后方绑了块牌子，在牌子上亲手写下了：

从内罗毕到开普敦

3000 英里（约合 4828 千米）

我在包里塞了尽可能多的象尾毛手镯，这可是我交易的本钱和经济的来源，然后把包挂在摩托车上。紧紧绑在车两侧的包里装着食物和其他补给品。我把包两边的重量调整到一样，同时避免食物暴露在毒辣的太阳底下。然后我发动引擎，在轰鸣声中一往无前，径直向着蒙巴萨驶去。骑到肯尼亚第二长河阿西河（Athi River）之后我转向南边，经过肯尼亚西南部重镇卡加多（Kajiado），再进入坦噶尼喀（Tanganyika，今坦桑尼亚的一部分）。

我途经了一片原始而荒凉的林地。金合欢树扎根在更广阔的稀树草原上，虽然数目不多，稀稀拉拉，但姿态各异，让人浮想联翩。大象喜欢吃金合欢树的幼苗，并阻止羚羊靠近它们的"领地"。只有少数金合欢树能够长成，并矗立在这片草原上，它们是孤独的幸存者。

我留意到路上有花豹奔跑的踪迹。一大群身上长着奇怪斑纹的母斑马转过来凝视着我，而灌木丛中的长颈鹿则只是自顾自地吃着树叶。我继续前行，日复一日，我所见到的长颈鹿身上的斑点也越来越小。妈妈曾经告诉我，在一个地方，阳光越强烈，长颈鹿身上的斑点就会越大，因为它

---

[1]　一对英国夫妇于 1865 年在伦敦成立，以军队形式作为其架构和行政方针的国际性宗教及慈善公益组织，以街头布道和慈善活动、社会服务著称。

们吸收了太阳的热量，再从身上释放出来。动物们似乎都在悄悄耳语，讨论着那个激动万分的时刻是否会实现——我能不能成功完成这段旅程呢？

"能的"，我下定了决心，"我一定要成功。"

不久，在我左侧的远方，乞力马扎罗山进入了我的视线——它有近4英里（约合6.4千米）高，山巅覆盖着耀眼的皑皑白雪。我默默地许下心愿：我一回到肯尼亚，你就是我的下一个挑战目标。这一次远行大大开阔了我人生的视界。突然之间，我认识到，除了制作三五个象尾毛手镯之外，我未来的人生充满了太多的可能性。在这个宏大的世界中，杰弗里·肯特是谁？什么事才是有意义的？要找出这些问题的答案，只有一种方法，就是在此时此地经历一切，投入旷野之中，踏上那宽广、无垠的征途。

靠近坦噶尼喀边界的时候，吹到脸上的风更加猛烈了，因为我稍稍提高了车速，开始兜风。自由令人神往，而风景让人惊叹。父亲还在军队服役的时候，就跑遍了非洲的每个角落。即便如此，他还是不愿踏上这趟旅程——可能我还是比他更有胆量。（当然，我也得承认，他从未骑过摩托车。）

然而，在进入坦噶尼喀之后的几分钟内，路况立刻从硬质黏土变成了松软的细沙。摩托车开始打滑，冲向路的另一边。我翻了个底朝天，摔了下来，被摩托车压住，整个人有些不知所措。灼热的排气管烫伤了我的胳膊。我四处张望，想弄明白发生了什么。我从车底下挣脱，站起来，满脑子就只剩下父亲对我说过的一句话："你绝对到不了的。"不服输的我倔强地坚持着，没有灰溜溜地往回走。

我绝不会就这样轻言放弃。重新上了摩托车，用烧伤了的右手扶着车把，我有气无力地朝着阿鲁沙（Arusha）[1]骑去。到那儿还有好几英里。

刚走出没几英里，我看见右手边有一个咖啡种植园。我骑车进去，

---

[1]　今坦桑尼亚东北部的城市，在乞力马扎罗山西南约90千米处。

走到前面一座大房子的门前，敲了敲门。一位好心的女士过来开了门。"我从内罗毕来，要骑摩托车到开普敦去。但我刚刚出了事故，把车弄坏了。"我对她说，把受伤的手臂给她看。

"天哪！"她叫道，"这烧伤可真厉害。"

"您的农场需要帮手吗？能不能让我住上几周养伤？我可以帮忙干活。"

"请进来吧。"

在我养伤的一个月时间里，我帮助这位奈尔布（Knieb）夫人和她的丈夫在咖啡田里开拖拉机，以换取食宿。

之后我又继续上路。

按照我的路线，我往南穿过马赛大草原（Masai Steppe），到多多马（Dodoma）[1]，再到伊林加（Iringa）[2]，之后沿着植被繁茂的伊林加山脉往西南方向骑行。接着，我沿东非大裂谷最南端的尼亚萨湖（Lake Nyasa）的北端进入尼亚萨兰（Nyasaland，1964 年后改称"马拉维"）。

城镇外的道路坑坑洼洼、崎岖不平。每天太阳升起时我便启程，行驶一上午。中午时分，则停下来找个阴凉处躲避炎热。有时会躲在猴面包树巨大的树干下休息或阅读。我非常享受可以自主安排时间的自由，想做什么就做什么。每次骑上摩托车就能感受到，我的目的地——以及命运——就只掌握在自己的手上。

下午时分，阳光照在稀树草原上，把它渲染成一片金光灿灿的大地。骑在摩托车上，鼻子可以闻到这片非洲大地上清新的泥土气息，耳朵可以听到雨点重重落在地面上那砰然的声音。大约晚饭时分，我离开主路，找到一棵金合欢树，在树下铺开防水帆布和睡袋。这时，欧夜鹰开始鸣叫，提示一天结束了，而我也开始祈祷晚上可千万不要下雨。

第二天早上，我会找到当地市场，它们通常位于非洲村庄或小镇的

---

[1] 今坦桑尼亚的首都。

[2] 今坦桑尼亚中部城市。

中心，试着卖掉一两个象尾毛手镯，换些许现金，用来购买补给品、食物或干净而干燥的地图来指路。在几乎从北往南穿越了整个尼亚萨兰之后，我来到了它的首都松巴（Zomba）。这是我第一个计划停留的地点。

在这里，我要拜访父母的朋友、尼亚萨兰的总督罗伯特·阿米蒂奇爵士（Sir Robert Armitage）。当我在他家房前慢慢停下车，阿米蒂奇夫人正在打理草坪。"让我猜猜，你是杰弗里·肯特吧？"

"您好，阿米蒂奇夫人！"

"你去哪儿了？你母亲的信我早就收到了，然而你迟了整整五个月！我们可担心坏了。发生了什么事吗？"我不怎么愿意把事实告诉她，所以我就说沿路看风景入了迷，耽搁了时间。

当天晚餐的时候，阿米蒂奇夫妇对我从内罗毕到开普敦的骑行之举赞许有加，但出于对我自身的健康和安全考虑，他们敦促我掉头回家。罗伯特爵士向我讲述南非的自由运动，说他正准备将自封为尼亚萨兰总统的海斯廷斯·班达（Hastings Banda）[1] 博士关押起来。他提醒我："杰弗，局势紧张，随时就会爆发流血事件。你这么做非常危险。"

阿米蒂奇夫人也加入了劝说："你打算经过的那些地区尤其危险。杰弗里，我知道你和你父亲之间有过争吵，但这可是性命攸关的事。"

不过，当见到我仍然不为所动，如一块顽石一般固执而坚持，阿米蒂奇夫妇最终决定帮助我完成这段旅程。"小伙子，你今天停下车的时候，整张脸晒得就跟一块红木似的。"阿米蒂奇夫人用她那轻柔的声音告诫我，"请一定要在总督府住上一周，你会过得很愉快的。而且，我们的医生会给你一种药膏，对治疗你手上那些水泡可有着神奇的效果。"

于是我就住了下来。阿米蒂奇夫妇和他们的手下为我安排了几次参观之旅和短途旅行。我们首先去了一个咖啡庄园，因为我在阿鲁沙为奈尔

---

[1]　海斯廷斯·班达（1898—1997），马拉维政治人物，非洲独立运动领导人之一，1966—1994 年间任马拉维总统，被称为马拉维"国父"。

好望角，这是非洲的最南端 [1]，大西洋和印度洋在这里汇合。

---

[1] 实际上，好望角（东经 18 度 28 分 26 秒，南纬 34 度 21 分 25 秒）位于非洲的最西南端，而非洲真正的最南端是厄加勒斯角（东经 20 度 00 分 33 秒，南纬 34 度 49 分 42 秒）。本章后文中提到厄加勒斯角时作者即将其称为非洲最南端。

布夫妇工作了一个月，因此对这座庄园的经营颇感兴趣。他们还带我去了一些首都的公共建筑，不过我最喜欢的还是去尼亚萨湖（今马拉维湖）进行户外远足。尼亚萨湖位于非洲大湖地区（Great Lakes of Africa），我从附近的山路骑车下去到湖边，只见湖水清澈见底。我从旅行袋中取出面罩和呼吸管，下去游泳。我在水下惊奇地看到了慈鲷（cichlid），这种五彩斑斓的淡水鱼有几百种，只生活在尼亚萨湖里，世界其他各地都看不到。我一直都想近距离地观看它们，这下终于如愿以偿了。它们在我眼前闪耀着金属般的光泽，像一个个移动的棱镜，折射出七彩的光芒，神奇极了。

一大片薄雾笼罩在尼亚萨兰东南部姆兰杰高原（Mulanje Plateau）上的一片片野花地和棕榈树丛上。这片高原以拥有众多茶园而出名。妈妈一些从英国来的朋友坚持认为，这些茶园里出产的茶叶比他们尝过的中国或印度产的茶叶都好。我一边参观一家茶园，一边在心里思念着妈妈，她总是在每天下午泡上一壶好茶。我满脑子都在想，她要是在这儿，定会热衷于了解当地茶叶因生长缓慢而味道更为清甜的特性；亦会开心雀跃地看着采茶工人用手从茶树上采摘茶叶。采茶工人小心翼翼地只采顶部的叶片和嫩芽，因为这些才是茶的味道所在。他们沿着茶园内蜿蜒向下的泥路，不停地将叶片丢进身后背着的柳条筐里。新鲜的茶叶纷纷飞入筐中，整片茶园只余沙沙作响的声音。

离开尼亚萨兰的前夜，罗伯特爵士邀请我到他的书房。他铺开几幅地图，帮我标记出一条路线，避免我横冲直撞进入那些充满政治动乱的地区。他还给了我一封信，把我介绍给科斯塔斯·普斐塔（Costas Perfitas）先生。他是罗德西亚南部城市索尔兹伯里（Salisbury，今津巴布韦首都哈拉雷）国宾大酒店（Ambassador Hotel）的老板。"国宾大酒店是非洲最豪华的酒店之一，"罗伯特爵士向我介绍，"有18层楼，楼层超高。对于那些花钱如流水、只求温柔乡的旅客来说，那里就是圣地。"

离开松巴，我进入了葡属东非（Portuguese East Africa，今莫桑比克）。从这里开始，路况简直惨不忍睹。不过我也不奇怪，毕竟这是非洲最欠发

开普敦港曾是世界上最为繁忙的贸易路线节点之一，其背后为桌山（Table Mountain）。

达的国家之一。像往常一样，我用一些象尾毛手镯交换了汽油、更多的干肉和葡萄干，也用它们换取乡镇旅馆的住宿。如果没有下雨，我就睡在无垠的星空下。不过，随着雨季正当其时，我睡在户外的机会越来越少。

我保持着稳定的进度，临近赞比西河（Zambezi River）之前，一切都非常顺利。从地图上看，附近就是太特（Tete）村，那儿有一座桥，我可以骑着摩托车过河。但是，当我到达太特的时候，才发现那条河离我的想象十万八千里。它泛起黄褐色，河水满涨，只要再下一天雨洪水就会泛滥了。我找到一群挤作一团的村民，询问桥在哪儿。"桥？"他们哄然大笑，用当地土话夹着几个我听得懂的斯瓦希里语词汇对我说，"洪水早就把它给冲走了！"

在桥原先的位置，人们临时搭建了一种毫不牢固的摆渡桥。他们将一只平底小船的两端用绳索拉住系在河的两岸。要想上船，摩托车手就必须踏上两块跳板，一块在摩托车后轮位置，一块则在车头位置。而与此同时，绳索之间的渡船在河中间来回摇摆，跳板也左右晃动，让摩托车寸步难行。这种情况就算是汽车也没法稳住，而我却不得不在摆动的跳板上一次性成功！

唯一的办法，就是先攒足车速，力保平衡，冲上跳板，猛抓手刹，祈祷我能顺利着地，而不是一头栽到赞比西河里。于是我开始加速，快速冲出——接着，我成功了！我刚着地，就意识到我还必须通过另一块跳板，才能让摩托车成功到达另一边干燥的岸上。

"冲！"在我刚刚冲过来的那一侧岸边，当地人大喊，"死命往前冲啊！"

摩托车落到了跳板上，可是，我已经没有机会再提速了。万不得已，我只好拼上一把……但是，才跃过一半的距离，车就落到了另一块湿滑狭窄的跳板上。我摇摇晃晃地往前开——但一下子，就掉进了赞比西河湍急的水流中。我的身前冒出了鳄鱼；转身，还是鳄鱼，甚至连河堤边上摊开爪子呼呼大睡的巨蜥都突然惊醒过来，那足有 6 英尺（约合 1.83 米）长的身躯让人看了发怵。15 名村民顿时惊慌失措，一阵忙乱，方才齐心合力把我和摩托车从水里捞起来。他们把我带回村里，给我吃了一顿香蕉拌鱼的晚饭。"要是饿了，"一个村民告诉我，"晚饭就吃鲶鱼——好吃又好抓，因为它们游得太慢了。而且，火无需多旺，鲶鱼一下子就熟了。"

为了修摩托车，我在当地待了几天。我的化油器得清洗，机油也不多了，链条锈迹斑斑。一天，一辆军车缓缓停在我的身边。一名白人士兵斜着身子从前窗里探出头来。"嘿，小子！"他叫道，"你在这里干什么？这儿可是个战场！跟我们一起走吧！"

他和战友跳下车，把我的摩托车抬上卡车。他们一路载着我到了罗德西亚西部。离边境不远处，我找到一家商店。"你有油吗？"我问那个销售人员。他从身后摸出一些沙丁鱼油给我。我摇着头说："还是算了。"我紧咬牙关，又回到了军用卡车上。

"没找到机油？"其中一名士兵隔着车窗问道。

我摇摇头。

"发动机都坏成那样了，还想一路骑到索尔兹伯里？上车，我们带你过去。"

"我不能让你们一路送我到索尔兹伯里呀。"

"我们也不能让你一个人去冒险啊！"

整件事让我难堪极了，但我想不出什么更好的办法，只能硬着头皮继续跟随他们。终于抵达索尔兹伯里的时候，我找了家修车店帮忙看管摩托车。店里的一名工人告诉了我怎样步行到国宾大酒店。我离酒店还有几个街区的时候，天上突然下起了倾盆大雨，将我几乎浇成了落汤鸡。我登上酒店高大的门前台阶，但大堂的侍者拒绝让我入内。

我没办法怪他，因为我看起来糟糕透顶，不成人样——胡须散乱、头发油腻、衣衫凌乱、满是泥渍。我从身上摸出罗伯特·阿米蒂奇爵士写给普斐塔先生的信，事情立刻戏剧化地有了转机。

大堂侍者领着我走到前台，酒店经理带着十足的尊重同我见了面。"肯特先生，很抱歉，普斐塔先生今天不在酒店里，不过他已告知我们您将到来。我们将为您安排好房间，他明天会来同您见面。这样是否可以？"

"当然可以。"

酒店大堂里坐着一个个穿着考究的客人，都面带不可思议的表情盯着我看。我注意到有个牌子，上面写着：大堂内请着长裤和外套。酒店经理唤来一名男服务员陪我到电梯，我们身后跟着一名搬运工，带着我那还往下滴水的行李。

"您住的是酒店里最好的套房。"态度友好的男服务员说道，他打开房门，作了一个请进的手势。房间里装饰着黄铜的窗棂、天鹅绒的窗帘，中间放着一张大床，浴室从上到下都是大理石装饰的。这真是太奢华了，母亲一定会喜欢的。男服务员和搬运工走后，我就洗了个澡，点了一顿美味的饭菜。然后，我兴高采烈地爬到床上，躺在暖和而舒适的丝滑被褥中间。

这是我第一次住酒店，就入住了最高档的房间。"这才是生活啊，"我深思着，"白天骑着摩托车穿越非洲，晚上在国宾大酒店里安睡；白天在连路都没有的地方奔走，晚上却躺在舒适而弹性十足的床垫上，裹在干净清爽的被褥里；白天冒险，晚上则无忧无虑，尽享奢华。这样的生活，我愿意一直过下去。"

第二天，我见到了普斐塔先生，他本人也非常平易近人。我在酒店里极其惬意地住了三天。当摩托车换好链条后，我就差不多朝着正南方向出发。我穿过了南非联邦（Union of South Africa）[1]，这是大英帝国的自治领域，由四个英国殖民地合并起来；沿着柏油路一路飞驰，我追回了不少耽误的时间。穿过了南非高原上的草原，经过彼得斯堡（Pietersburg）[2]，再把斯普林博克平原（Springbok Flats）[3]甩在后头。仅仅过了两天，我就到了比勒陀利亚（Pretoria）[4]。

---

[1]　南非共和国的旧称。

[2]　南非第十二大城市，后改名为波罗克瓦尼（Polokwane）。

[3]　位于南非的广阔大平原。

[4]　南非共和国行政首都和德兰士瓦省省会。

在那儿我找了一个电话亭，打电话给一个老朋友，但打了好几次都无人接听。这下子晚上或许将无处借宿了。在这个陌生的大城市里，我环顾四周，双目茫然，迷迷糊糊。"小伙子，你看起来很孤单呀。"这时，一位陌生人操着南非荷兰语对我说，"来跟我喝一杯吧。"我搜肠刮肚地想着会说的南非荷兰语，感激地接受了他的邀请。我们喝着城堡啤酒（Castle Lager）[1]，我把自己的旅程告诉他。他大为钦佩，为我安排了住处。

第二天，我继续前往约翰内斯堡（Johannesburg）[2]，但是还不到中午，摩托车的排气管就脱落了。我骑着摩托车，发出的噪声却有一架喷气式飞机那么响。接着我来到了一个友好的小镇，一群当地人围着我，有几位蹲了下来，帮我修摩托车。

过了约翰内斯堡之后，天气变得又湿又冷，还起了雾。不过，我在柏油路上行驶，依然保持着不错的速度。当雾霭微微变淡，德拉肯斯堡山脉（Drakensberg Mountains）[3]之间的乡村仿佛童话故事里的仙境一般，充满了魅力。

最后，在德班（Durban）[4]郊区的附近，我又因为没钱而窘迫不已。我在一个小公园的草坪上铺开睡袋，就在这时，一名警察骑着自行车出现了。"你不能睡在这里。"他说。

"警官，我刚到德班，没有其他地方可睡。"

"要么你离开，"他说，"要么你到监狱里过夜。"

我只好把东西收好，走进夜色里。

---

[1] 又称"拉格城堡"，是南非著名的啤酒品牌，在非洲各国都颇受欢迎，是当地最畅销的啤酒。

[2] 南非第一大城市与第一大港，著名的"黄金之城"（产金中心），是南非共和国经济、政治、文化、旅游及航运中心，世界著名的国际大都市。

[3] 位于南非和莱索托境内的一组高大山脉。

[4] 南非夸祖鲁-纳塔尔省最大城市，是南非第三大人口稠密的都市圈，也是南非第二大制造业中心。

夜幕渐沉，我来到森林小丘（Forest Hills），这是德班城郊最时髦的小区之一。我慢慢地骑着车，思考着可以在哪里过夜。此时我经过一座高大宏伟的房子，房前的地面干净而整洁：这里是瓦里道 35 号（35 Valley Drive）。

我心里有了个主意。

我从口袋里掏出铅笔和一张油腻腻的纸，在上面写下："瓦里道 35 号，卢埃林"。

我把字迹弄得黑乎乎的，又把纸张揉得皱巴巴的，再把它放回口袋。然后我走到房子的大门前，深吸一口气，按响了门铃。一名身材矮小结实、看起来明显是管家模样的男子开了门。

"请问卢埃林先生和太太在家吗？"我问他。

"什么，卢埃林先生和太太？"

"是的，先生。他们是我父母的朋友。我父母住在内罗毕。"

"您搞错了，先生。这里是布彻（Butcher）夫妇的府第。"

"哦，对不起。我以为这是卢埃林夫妇住的地方。你看，这是我父母给我的地址。"我把肮脏的纸片掏出来递给他。"我从很远的地方来，"我向他解释道，"我想我一定是彻底迷路了。"我向着那连着主屋的宽敞草坪点点头，问道："你的花园看起来很安全——我可以用睡袋在那里过夜吗？"

"呃……"他仔细地打量我，"请问你能等一会儿吗？"

"当然可以。"

他退后，转身走进房子，片刻之后又走出来："请跟我来吧，先生。女主人想见见你。"

我跟着他进了客厅，我的耳朵都可以听见自己心脏怦怦跳动的声音。一位女士从沙发里站起来。她精致高雅，就如同房间四周的布置一样。"太太，"管家说，"我们的客人来了。"

管家走出房门，进入走廊的那一刻，我坦诚地对这位夫人说："布彻太太，请原谅。我骑摩托车从内罗毕来，到开普敦去。我是约翰·肯特上校和瓦莱丽·肯特夫人的儿子。"我把一切都告诉了她。我知道这些名字对她来说没有任何意义，因此继续语速飞快地说着，"我非常迫切地要找到一个可以过夜的地方，不然我就会被送进监狱。"

她仔细地审视着我的脸，然后爆发出一阵咯咯的笑声。"我很抱歉，不过我不是取笑你碰到的麻烦。"她说道，"我说，你为什么不和我们一起用晚餐呢？欢迎你在这过夜，我让管家带你去看看房间，你可以先洗个澡再来吃晚餐。不过，你可得唱歌来换免费的晚餐。"她继续说："我丈夫和儿子都老大不小了，但要是一说起冒险的精彩故事，他们就跟孩子一样疯。"

"冒险"这个词让我觉得有些权威感，带着些许成年人的意味，但又极其充满活力。吃晚餐的时候，我叙述着自己这些天的经历，而布彻一家则轻笑不已，对我也热情许多。有一刻我还注意到布彻夫妇之间默不作声地互相交流了一下。"杰弗，我太太和我都想告诉你，只要你愿意，欢迎留下，多久都可以。"布彻先生说，"你已经在乡村和山谷里度过了一段时间，但是来德班的旅行者没有不去海边玩一阵的。"

我惊喜地接受了他们的邀请："您觉得一周的时间足够我尽兴游览全城了吗？"

"如果你想一起来打打壁球，那可就不够了。"布彻先生说。

"像你这样从内罗毕高地来的年轻人一定非常想念骑马了吧？"布彻夫人插话说，"在这里，你可以找到全非洲最好的马厩。你为什么不待上十天？"

第二天早晨，我便去海边探险。一路上，我对人力车上乘坐的游客微笑。这些人力车颜色鲜艳，车夫身上穿着猴皮制成的衣服。接着，我参观了水族馆，里面只有一个厚玻璃板做成的窗户，把我和成千上万只不同的鱼、龟、魔鬼鱼、章鱼和鲨鱼隔开。我也听从了布彻夫人的建议，骑着一匹英俊的骟过的公马外出。结果，我骑得太猛了，回家时一瘸一拐，浑身疼痛。我还去游览了千丘谷（Valley of 1000 Hills），是布彻夫妇的儿子带的路。那里蜿蜒起伏，凹凸有致，覆盖着森森林木。对了，还有深谷本身——那是一个巨大的峡谷，岩壁垂直耸立。去完千丘谷，他带我去看了电影《羞耻的通行证》（*Passport to Shame*）[1]。这部电影由黛安娜·多丝（Diana Dors）主演，是一部描述伦敦妓女的香艳影片。结果我的反应让他嘲笑了半天。日子过得飞快，离别的那一天终于来到。我兴致未尽，心里隐约希望发生点什么事，好拖延一下行程。

愿望真的实现了。修理摩托车时，我和修车厂员工发生了争吵，从而耽搁了几天时间。"这个价格真是贵得离谱！"当时，我生气地对修车厂员工说，"你只要做些微调，再给轮胎打一点气！这要多少钱！"解决了这个纠纷之后，我就正式准备好离开德班了。我向西南方向，紧靠海岸前行，往东伦敦（East London）[2] 出发。摩托车的里程表飞快转动着——这一趟行程真是轻松如飞。

当天下午，天空却变得灰蒙蒙的，一阵飓风不知从何处吹起，一下子就把我卷入其中。大风从我一侧毫不留情地推着我，差点把我推倒在地。我继续前行，当视线不再被雨水干扰得模糊不清时，我看见了一家紧邻旅馆的酒吧。我猛冲进它的停车场，要了一间房间。第二天早晨，天空放晴，昨日狂猛的飓风只化作了一个回忆，毫无痕迹——只见高高的青草狂野地生长，整个乡村都像翡翠一样闪闪发光。

在行程的下一段，我几乎向着正西方向，前往伊丽莎白港（Port Elizabeth）[3]。它是南非东开普省（Eastern Cape）最南端的城市。在那里，我找到了电话，打电话给我母亲的朋友们。他们开车把我带到了海岸边上的一个地方，看数百只海豚在海面上冲浪，又在水面下快速地掠过。海豚成双成对地游动，比我想象的任何海洋哺乳动物速度都快。"你喜欢这儿吗？"妈妈的朋友问道。

---

[1]　又名《43 号房间的女孩》（*The Girl in Room 43*），是 1958 年的一部英国剧情电影，讲述了一名法国妓女在伦敦的生活。

[2]　南非开普省港口城市，位于东南部布法罗河口，濒临印度洋。

[3]　南非主要港口之一，位于东南沿海阿尔戈阿湾的西南岸，濒临印度洋。

"这是我见过的最令人惊奇的景观之一了。"

从海边离开，他们又带我去了一座蛇园，那里的看守人和蛇一起玩耍，把它们缠在自己的四肢上，甚至是头上，就好像是一根根毫无威胁的绳子。

在离开伊丽莎白港之前，我还参观了通用汽车厂……很遗憾我没有被他们的技术所折服。他们只是把铬合金简单地夹在车上，如果后备箱闭合不紧，就拿大锤子狠狠地敲打它一下。我暗自想，想要买辆通用汽车之前，可得仔细斟酌，三思而后行。

◇◇◇◇

距离开普敦还有不到 300 英里（约合 483 千米）的时候，我游览了坎戈岩洞（Cango Caves）[1]。此趟游览最精彩之处在旅游将近结束之时。导游问这个 70 人的团队里，是否有人想要去洞穴攀爬，4 人举手。

我爬上梯子，抓住从岩壁上垂下的铁链荡过悬崖，肚子紧贴着地爬过隧道，在一个不到两英尺（约合 60 厘米）宽的烟囱里扭动着往上挤。

第二天早上是旅程的最后一站——离开普敦只有几个小时的路程了。我早早地起来，8 点钟就上路。摩托车激动地嗡嗡作响，轮子快速转动，就好像一匹骏马，正向马厩飞奔而去。

我在以旖旎风光而著称的花园大道（Garden Route）[2] 上行驶。现在是 3 月初，但这里怎么会一片萧索呢？我突然意识到，南非的春天是从 8 月开始，在那之前野花是不会绽放的。前 200 英里（约合 322 千米）的路程里，我一路伴着毛毛细雨和凛凛寒冷前行，路面湿滑难行，令人饱受折磨。

当我在南非南部城市里弗斯代尔（Riversdale）停车加油时，兜里的

---

[1] 坎戈岩洞形成于 6500 多万年前，是非洲唯一的钟乳石洞穴，被视为非洲最重要的自然奇观之一。

[2] 花园大道是南非海岸东南部的延伸地区，从西开普的莫塞尔湾一直延伸至邻接东开普的最西端。此地植被葱郁、生态多样，在海岸上有大量池塘和湖泊，因此得名。

钱不够，比账单上的数目就少了一兰特[1]。我寄望于柜台后的那人能通融一下，于是对他说："我从内罗毕出发去开普敦，在路上已经行驶了 5 个月，就快到了……"但很显然，那人连一兰特也不肯少要。"你收支票吗？"我只好说，思考着自己有什么其他选择。这时，有人拍了拍我的肩膀。回过身，一名南非白人对我笑了笑，递给了我这最后的一兰特。

那天早晨出发整整 7 个小时后，在下午 3 点时分，我终于到达了目的地——开普敦迷人的市郊隆德博斯（Rondebosch）。我的心中充满了成就感……然而随即我又想到下一个挑战：该怎么回家呢？

我把母亲的联系人清单找出来，找到她的老朋友霍普·斯特鲁本（Hope Struben）的地址。斯特鲁本夫人的丈夫亚瑟（Arthur）去世了，给家里留下了一大笔遗产。她优雅舒适的房子就坐落在隆德博斯，距离开普敦市中心只有几英里。当我摁响门铃时，出乎意料地看到一位活泼漂亮的女孩，年纪大约和我一样。我迅速地镇定下来。"我叫杰弗里·肯特，"我告诉她，"从内罗毕来到这里，我想我们的父母彼此是朋友。"

"妈妈！"她的声音在宽敞的门厅里回声连连。"好啦，别傻站着了，"她笑着说，"进来吧。"她转身进了房子，然后转过头和我打招呼："我叫希拉里（Hillary）。"

斯特鲁本夫人欢迎了我，带我去了我的房间。她说只要我想留在开普敦，就尽管住在这里。我问她是否可以推荐一名机械工修修我的摩托车，她给了我一个地址，是城里一家可靠的修理厂。

开普敦美丽极了，而我毫不掩饰我最开心的事就是有希拉里做我的导游。我们一起参观了开普敦美术馆，这是我第一次发现自己对绘画很好奇——有趣的是，萌芽的爱情会让最无趣的事物在男孩的眼中也变得妙趣横生。我们骑在我的摩托车上，一直骑到厄加勒斯角（Cape Agulhas）[2]。

---

[1]　南非的通用货币。

[2]　非洲大陆的最南端，被定义为印度洋与大西洋的交界处，在历史上是一个著名的危险海区。

开普敦被称为"非洲的母亲之城"。图片背景为桌山。

在那儿，希拉里和我满心惊讶地看着那大西洋和印度洋分界点的纪念碑。"希拉里，想象一下，"我对她说，"在这里，在非洲大陆的最南端。"

"我知道，"她说，"感觉就像站在地球的尽头一样。"

我们之间的情谊像涨潮的潮汐渐渐升起，简直像是梦幻一般，叫人不敢相信，然而确实是非常自然、非常真实的。我们到贝蒂湾（Betty's Bay）海岸边斯特鲁本家的周末度假屋，它在西开普（Western Cape），是一个田园般的海滨度假胜地。早晨，我们在黎明的凉爽中长时间散步；白天，我们游泳，躺在沙滩上；晚上，我们坐在那里，看着白色的巨浪从半透明的蓝色海洋里冲过来。日子过得太快，都记不清过了多久。

不过，斯特鲁本夫人不会忘，而且记得清清楚楚。"杰弗里，"她说，"你在开普敦已经有四周时间了，离家在外也将近半年了。你不觉得该回家了吗？"

想到我终究不可避免要离开希拉里，我的心都快碎了。我避重就轻地说："我不知道该怎么回去。"

"那么，你是怎么来的？"

"斯特鲁本夫人，说实话，"我说，"我真不是非常愿意再骑 4000 英里（约合 6438 千米）的摩托车回内罗毕。"

"只有 3000 英里（约合 4828 千米），如果你不是边走边四处游览的话。"

"这也没什么区别。"

"你不能坐火车回去吗？"

"如果我有钱，我想就可以。"

她想了一下，然后声音洪亮地说道："我知道了，你为什么不把自己的经历写成一个故事呢？我们可以说你使用的是壳牌（Shell）石油，把它卖给壳牌做广告。你可以用这些钱回家。"

我写了这篇文章，斯特鲁本夫人把它编辑了一下。文章的主旨是，我是第一个骑着摩托车从内罗毕到开普敦的旅行者，我全程都是使用壳牌石油——除了它，还会用其他的燃料吗？壳牌公司的广告部门对我完成的这趟旅程赞不绝口，但他们拒绝发表我的文章。

我又全文通读了文章，把每个提到壳牌的地方都删除了，换上另一个石油品牌加德士（Caltex）的名字，来到加德士在开普敦的办公室，要求见他们的广告部门。他们的回应很快，不但给我拍了照片，还安排采访了我，让人觉得发表的可能性很大。过了几天，他们付了我一张 150 英镑的支票，这让我心里一动。我记起在旅途中遇到过一个女孩，她刚刚到《开普亚古斯报》（*Cape Argus*）工作。于是我打电话给她，她又让我和编辑联系。编辑很有兴趣，同意购买这篇文章，并让我坐在摩托车上供他们照相。

我从斯特鲁本夫人的家里给我的父母打电话。"我会在下个月左右回家。"我告诉母亲，但没有告诉她确切的出发日期。

"好吧，如果你回来得及时的话，"妈妈说，"你还赶得上报名参加乞力马扎罗山的拓展训练。"

这个期待顿时减轻了我将要离开希拉里的心痛。我决定乘坐"非洲号"（the Africa）从开普敦出发至蒙巴萨。"非洲号"是意大利最豪华的邮轮公司意大利邮船（Lloyd Triestino）系列航线中最好的船。"你不觉得船舱会很狭窄吗？"希拉里说，很明显她有多想要我留下来。

"也许吧，小希，"我回答，"但是如果我预订一等舱的话，就不会那么拥挤了。"

我准备离开的那天早上，希拉里心情沮丧。斯特鲁本夫人站在一旁，给了我一个拥抱。

我骑着摩托车来到码头。"这辆摩托车你打算怎么办？"邮轮的乘务员问。

"我要把它带上船。"

"你想这么做，就得买舱位。"

我快速地计算着：买下舱位我就身无分文了。这时，来了一辆大型轿车，从里面走出一位珠光宝气的女士，手里提着一大堆路易·威登的行李箱。一位服务员手里拿着行李，跟着她上了船。

"她把所有的东西都带到船上了。"我指着她对管理员说。

"是的，但她住套房。"

"我也是住套房的！我还可以自己一个人把摩托车弄上去。"我说道。我立刻把摩托车拆散，然后分四次把车部件一个接一个地拉到船上，最后还把两个车轮顶在头上搬运。工作人员站在我的房间外面，看着我把整辆摩托车一个零件不落地存放在了衣柜里。

他们每个人看起来都很不高兴，却没有人打算阻止我。

除了偶尔晕船，我得用工作人员每日提供的姜饼和茶来缓解之外，邮轮上的这 14 天真是棒极了——每一分钟都身处奢华之中：每天房间里更换鲜花，下午我和新认识的朋友在大厅玩扑克，或在图书馆里记录整理我的旅程笔记。头等舱的餐厅装饰着大理石地板和背光柱。每天晚上，洁净挺括的白色亚麻桌布上都放着红酒，待人品尝。我总结此趟旅程，发现旅行中最喜爱之处就是遇见的新朋友，他们头脑开放、思维敏捷，总是开怀大笑，且热衷于冒险。

在我们抵达蒙巴萨的前一天，我把摩托车的部件从房间里拿出来，放在甲板上。当我们靠近码头的时候，我看到父亲在那儿等着我。

我站在头等舱的甲板上，咧着嘴对他笑。他脸上的表情和蔼亲切，但似乎包含着更多的东西。我踏上陆地，他和我与摩托车并排走在一起。"玩得开心吗？"他问道。

"确实很开心。"

"很好，"他说，"如果你乐于品尝挑战的滋味，那么我为你准备的下一个挑战，应当正合你的口味。"

白雪皑皑的乞力马扎罗山位于坦桑尼亚，有三个火山口：基博峰（Kibo）、马文齐峰（Mawenzi）和希拉峰（Shira）。

第 3 章　登顶乞力马扎罗

◆◆◆◆◆◆

1959 年

我启动了摩托车，跟着爸爸的车去了蒙巴萨俱乐部（Mombasa Club），他和妈妈都是那里的会员。我们两个人坐在露台上一张带伞的桌子旁。微风从印度洋吹来，棕榈树和松树随之温柔地弯腰轻舞。"小杰，"爸爸说，"这几个月来我一直在思考。"

我的眼睛只盯着午餐的菜单，别无旁顾。"是吗，爸爸？您都思考些什么呢？"

"在发生了学校里的插曲之后，我们真得好好梳理一下你的未来了。"

"嗯？"我的目光停了下来，"您有什么想法？"

"我认为这件事我俩最终会意见一致的。"这话引起了我的注意，"首先，我知道你有多喜欢打马球。"

没错。14 岁的时候，我就师从迪格比·塔特姆-沃特（Digby Tatham-Warter）少校学习马球。他是一位荣誉满身的军人，也是我父母的好朋友，他们请求少校在马术三日赛（eventing）[1] 中对我进行集训。第一天下午我们在他位于埃布鲁（Eburru）的农场里，那儿离南基南戈普要几个小时的车程。他告诉我："杰弗，实际上这个为期三天的马术比赛是为女孩子们

---

[1]　又称"综合全能马术比赛"，通常包括花式骑术、马场超越障碍、越野耐力项目。

设置的。你在马背上的表现非常好，且反应快速灵敏。为何不尝试下马球呢？马球可是一项让人更加兴奋的运动。"

马球的确让我激动振奋。实际上，这也是我唯一能胜过女孩子的兴趣爱好。我对它的热爱胜过编象尾毛手镯、骑摩托车和其他消遣。自那天之后，在奥普鲁火山（Ol Doinyo Eburru）[1]附近的迪格比农场上，连续几百天的每天下午，我都会骑着马球马，手握马球杆，享受马球运动带来的欢乐。

爸爸提到马球，我自然毫无异议。"现在，如果你要加入英国陆军的皇家卫队（Household Division）——"

"英国陆军？"

"——那么你就可以随心所欲地打马球了。为什么呢？因为他们有自己的马球队和专属马球马，其他的军队师团都没有。这样就可以继续你所爱的骑马运动了。"

"是的，但是——"

"你还可以用比斯利（Bisley）左轮手枪射击。杰弗，你可是个神枪手。军队里还会有训练，有远征。你喜欢丛林里的生活！你可是个十足的肯尼亚人，"他说，"你讨厌穿西装。"

这倒是真的。

"另外，"他继续说道，"你还不必穿西装在沙漠里指挥坦克！"父亲说，"事情就是这么巧，我刚好带着一些关于军队生活的小册子。你翻阅一下，看看它们是不是很有吸引力。"

我开始一页一页地翻阅宣传册。我注意到那些年轻的士兵看起来有多强壮。他们头上戴着头盔，手里拿着机关枪。"看看这些漂亮的战马，"爸爸说，"还有这些制服。看，那是马球比赛用的马球马。"

那些正是马球赛场上的"战马"。我的天哪，它们看起来是如此的健

---

[1]　东非大裂谷上的一座活火山，位于肯尼亚境内。

壮和优雅。

"还有在沙漠中飞驰的坦克、飘扬的旗帜、直立的天线、戴着贝雷帽的士兵!"爸爸叹了口气,"还有旅行。杰弗,现在我们才知道你是多么热爱旅行!"

"我会去哪里?"

"你会去塞浦路斯(Cyprus)和亚丁(Aden),你会走遍中东——"

"可是——"

"你可以去德国、意大利,甚至法国。看看这些照片!"

我继续浏览着,一种奇怪的情绪涌上心头:我真的会对严守纪律的生活感到兴奋吗?如果一切都像宣传册上所说的这般诱人,我想我还真可能会喜欢上这样的生活。"实际上,它看起来相当不错。"我沉思着。

"当然很不错的!"爸爸说,"这就是为什么你会爱上英国陆军的原因。"

"爸爸——"

"所以,在短短一个月后,"他说,"你就会被送去训练,成为皇家军事学院(Royal Military Academy)的学员——"

"桑德赫斯特(Sandhurst)[1]?!"

"没错,就是桑德赫斯特皇家军事学院[2]。我要是能去那儿,我会不惜任何代价的。不过,首先你得参加一项在肯尼亚举行的户外拓展项目。"

"攀登乞力马扎罗山,就是妈妈答应我的那个?"

"是的,小杰。"

我把乞力马扎罗山的每一寸都研究透了。它位于赤道以南,横跨坦桑尼亚与肯尼亚边界。历史上,其归属也曾有过争议。有人认为乞力马扎罗山曾经属于肯尼亚,但英国的维多利亚女王(Queen Victoria)在 19 世

---

[1] 英格兰南部村庄,英国皇家军事学院所在地。

[2] 英国培养初级军官的一所重点院校,位于伦敦西部。学校历史可以追溯到 1741 年 4 月 30 日。曾与美国西点军校、俄罗斯伏龙芝军事学院以及法国圣西尔军事专科学校并称世界"四大军校"。著名校友有温斯顿·丘吉尔、伯纳德·蒙哥马利等。

纪末将它赠送给了德国，作为对她表兄德皇威廉一世（Wilhelm I）一封无礼来信的回应。据说，德皇在写给维多利亚女王的信里怒斥英德之间的不公平，因为乞力马扎罗山的大部分山脉位于当时的德属东非（German East Africa）[1] 境内，而乞力马扎罗山却为英国所拥有。后来，据说维多利亚女王默许了将乞力马扎罗山赠予她的德国亲戚。在她的长孙，即日后的威廉二世（Wilhelm II）婚礼当天，她将这座山送给了德皇。

◇◆◇◆

乞力马扎罗山有两座主峰，即基博峰和马文齐峰，两座山峰之间由一座鞍状的山峰相连。基博峰是两峰中较高的，高达 19341 英尺（约合 5895 米）；而马文齐峰则差不多矮了半英里（约合 0.8 千米），有 16896 英尺（约合 5150 米）高。中间的鞍状山峰则有 16000 英尺（约合 4877 米）左右高。整座乞力马扎罗山占地 995 平方英里（约合 2577 平方千米）。

我依然沉浸在攀登乞力马扎罗山的兴奋中。最后一批象尾毛手镯卖了个好价钱，随后我回到自家农场的车库。我把摩托车拆卸开，把零部件摆在地上，小心地给零件清理和上油，再把它们重新组装好，然后带到南基南戈普的当地修理厂，喷涂上新油漆，和原来的颜色一模一样。我把摩托车擦拭了一遍又一遍，直到它看起来就跟全新的没什么区别。

6 个月前走出摩托车商店的时候，我这辆摩托车的里程表显示约 500 英里（约合 805 千米）。而现在，它已经接近 7000 英里（约合 11265 千米）了。倘若我从未去过开普敦，那么它应该在 1000 英里（约合 1609 千米）左右。于是我把里程表上的玻璃罩撬开，将里面的数字往回改到 1497 英里（约合 2409 千米）。

然后，我骑着摩托车到内罗毕的里弗尔路（River Road），销售商索汉·辛格（Sohan Singh）就站在销售点边上。他是一个长相英俊、巧舌

---

[1] 原德国殖民地，主要包括今坦桑尼亚的大部分、卢旺达和布隆迪。

如簧的锡克教徒，头戴黑色的头巾，一脸黑色的大胡子，下身穿着城市骑行裤，外面套着一件及膝长的干净的白色工作服。"啊，杰弗里先生！很久都没有见到你了，你都在忙些什么呢？"

"这 6 个月来我一直在野外旅行。"

"杰弗里，你的摩托车看起来车况很好。"

"我很高兴你这样说，索汉，因为我正在考虑让你把它回购过去呢。"

"可是你为什么要把这么漂亮的摩托车卖回给我呢，杰弗里先生？"

"我需要把它卖掉，因为父亲仓促地通知我，让我收拾好行李，就送我到桑德赫斯特。那儿可没办法留着一辆摩托车。几周后我就要出发了，所以想尽快把它卖掉。"

"我明白了。"索汉·辛格说，"你的摩托车骑了多少英里了，杰弗里先生？"

"大约有 1500 英里（约合 2414 千米）。"

"1500 英里！你一路骑到哪里去了，不会是开罗吧？让我想想……"他的手指在上唇上连续敲打着，然后说，"告诉你，杰弗里。因为我非常欣赏你这个人，所以我给你摩托车原价的四分之一。"

"索汉·辛格，四分之一？没门儿。"我们来来回回地讨价还价，直到他答应付我原价的 70%。

一周后，当地报纸刊登了一篇关于我骑着摩托车到开普敦的文章，索汉·辛格立刻给我家打电话。"杰弗里先生，你怎么能这样对你的好朋友？"他喊道，"你难道不知道我读了你的报道了吗？请立即回来，我们要讨论一下你的退款！"

"索汉，到目前为止，我已经从你那里买了三辆摩托车了。因为我急切需要，所以你每次都卖得很贵。在这场较量中，你已经远远超过了我，我不打算退钱给你。"

几天后，当我与攀登乞力马扎罗山的领队斯特劳德（Stroud）少校见面时，我的这种自信心又派上了用场。斯特劳德少校有点瘸，曾是一名海

乞力马扎罗山迷人的景色。乞力马扎罗山是非洲最高的山峰，也是世界上最高的独立山峰。

军陆战队队员。他以一种冰冷无情的口气向我们作讲解，那是因为他在第二次世界大战中受了伤。他比我们这些年轻的小伙子都年长几十岁，而他身上那种热情与专注，让我们对他笃信不疑。

我们一共 20 人，乘坐一辆小巴士从内罗毕出发。斯特劳德少校坐在前排，整个上午我们一路上都没说话。"谁知道'乞力马扎罗'是什么意思？"他问。

我等了一会儿，然后举起手："我想我知道。"

"肯特？"

"翻译过来，它的意思就是'旅行者望而兴叹'。"

"没错。它源于坦桑尼亚当地的一种方言查加语（Chagga），原意是山是如此之大，任何想要尝试翻过它的人都应该受到警告。大多数人从坦桑尼亚一侧攀爬此山，但是我们要走的路线更为艰难——将从肯尼亚一侧征服它。"

"这是为什么？"一个人问。

"因为坦桑尼亚一侧的斜坡上有花豹和猴子，会把我们撕成碎片！"另一个人高声说道。

我和斯特劳德少校一样，都对他们的话置若罔闻。不过，我发现少校既没有证实，也没有否认这个传言。

我们在位于肯尼亚洛伊托济托克（Loitokitok）里一个极其破旧的小镇下了车，这里位于内罗毕以南，车程三个小时，毗邻坦桑尼亚边境，就在乞力马扎罗山的低矮山脊之间。"就是这儿了。"斯特劳德少校说，"远处那座小山的另一边，就是我们未来两周的家。"站在山脚，人们怀着敬畏之心仰望这座高山：晨光与浓雾交织在一起，在一片粉色与褐色混杂的黏土色调中，渐渐显露出山脊。树木构成了远景，美丽动人，在我的心头萦绕不去。

斯特劳德少校说，为了训练，我们每天早上 5 点起床，跑 5 英里（约合 8 千米），运动后回到营地，脱下衣服，跳入由天然瀑布形成的水池中——"温度正好在冰点之上，完全天然，"他说，"必须让你们尽快适应。"在训练之初，我们把时间都花在能够增强力量和耐力的锻炼和运动上。因为正如领队提醒我们的那样，一旦你身处乞力马扎罗山之中，想打退堂鼓就没那么容易了。

少校把我们两两配对，我们彼此将要在这些低坡上度过三天，一起用叶片巨大的蕨类植物和防水帆布建造栖身之所。我的搭档名叫费斯图斯（Festus），是个精瘦但肌肉发达的非洲人，看起来就像是一名肯尼亚的拳击冠军。他身高六英尺一英寸（约合 1.86 米），浑身上下都显露出真诚。

斯特劳德少校把野战口粮按小份一一分发，每个人都有罐装食品、咖啡、饼干和三根木质火柴。"要是你把火柴弄丢或弄湿了，"他说，"就只能吃冷冰冰的罐装早餐，没有咖啡，也没有茶。"

开始上山之前，我给费斯图斯打了个手势，让他到我的帐篷里来。"把你的火柴给我。"我低声说。他毫不迟疑地从包里掏出火柴，并递给我。我用刀片把每根火柴纵向切成两半，再用玻璃纸包好，放回军粮袋。"12 根火柴。"费斯图斯笑着说。

"没错，"我向他保证，"不是六根。"我拉上背包的拉链，开始往山上进发。

为了培养耐力，攀登计划分成了四个部分，一共是四周时间。第一周征服鞍形山峰。斯特劳德少校带着我们在四天的时间里上山又下山。他那永不疲倦的精力与超强的登山导航能力令我万分震惊。"这一路最大的敌人不是山，也不是周围恶劣的条件，"他解释道，"而是这些低矮山坡上的大象和水牛。最好都小心一点。大家都知道，如果与一只水牛面对面的话，你要用枪打它哪里？"

"两眼之间！"一个家伙喊道。

"你为什么不跟紧我，柯林斯？"斯特劳德少校说，"这可能会救你一命。"

我暗自笑了起来，脸上却不露声色……

征服了鞍形山峰之后的那一周，我们又攀登了一次。现在，我们将直接攀登马文齐峰。"由于高原反应和脱水，在这次攀登中，我们的团队人数将会减少。"斯特劳德少校说，"如果你没能成功登顶，那么就只能在我们回来的时候见到我们了。"

从鞍形山峰到马文齐峰，全程 1500 英尺（约合 457.2 米），覆盖着火山灰、碎石和雪——没有一点绿色植物。我向前迈一步，又倒退三步，脚和脚踝便裹着一片泥雪掺杂的污泞。尽管年岁更长、腿脚不便，斯特劳德少校却快步如飞。我追随着他的足迹，尽力跟紧他——我的注意力全部集中在他身上，也因此让我的头脑从攀登的痛苦中解脱出来——并且，每当我看到他喝水，我也会从我的水壶中啜饮一口。

十几个成功登顶的人在山上气喘吁吁。我们爬了整整一上午，几乎一步不停，更无心欣赏阳光照耀下的基博峰全景，才最终到达那里。"这里的空气比你以往呼吸到的都要干净。"斯特劳德少校一边转身下山，一边告诉我们，"在这种纯度的空气里，呼吸系统会变得疲劳不堪。下山的时候大家悠着点。"

接下来的一周时间里，我们再次攀登乞力马扎罗山，但这次是靠近基博峰火山口的边缘，那里也被称作吉尔曼峰（Gilman's Point）。我恨死了背包，它只有 40 磅（约合 18 千克）重，但因山上氧气不足，背着感觉像足足有 200 磅（约合 91 千克）重。我一直低着头，盯着面前的地面，好让自己把注意力集中在某个东西上面——刹那之间，前方突然不知道从哪里冒出来一片冰崖的景观。它异常陡峭，像是一个巨大的透明蓝色阴影悬在头上。"如果有人告诉你，他们已经爬上了乞力马扎罗山，一般指到了吉尔曼峰。"斯特劳德少校喊着，声音中夹杂着粗重的呼吸声，"但是，要说真正地攀到了这座山——这座基博峰的顶点，你还得挣扎着走过大半个火山口，绕过这里的边缘，到达北部边缘的高处。那就是德皇威廉峰（Kaiser Wilhelm Spitze）[1]。"

---

[1]　19 世纪末，德国探险家发现并第一次登顶乞力马扎罗山，因此将其命名为德皇威廉峰。后改名为乌呼鲁峰。

"我们下周要爬上去吗？"一位同伴问道。

"我会爬上去的，"斯特劳德少校说，"但是你们中间没几个人会和我一起爬到顶峰。"

正如少校所言，在下一个星期，我们就往德皇威廉峰进发。在我身后，一个人上气不接下气地说道："现在要是有个搬运工就好了。"这还没爬多久呢！我很庆幸把背包留下了，身上只带了一点吃的和两壶水。这绝对是正确的决定。

我们一次最多走三步就要停下来喘气。当我努力呼吸时，极目所至，地面上的雪花如彩虹般闪闪发光，仿佛一块块宝石。我凝视着仍在远处的更高的山峰，仿佛看到一块巨大的蛋糕上整个都堆满了厚厚的白色糖霜。

每一次回头，我都看到队伍的人数在变少。费斯图斯还没有落下，但现在他已经举步维艰了。"疲劳就是考验。"斯特劳德少校咆哮着说，甚至他也显得痛苦万分。经过八个小时连续不断的攀登之后，我们终于接近了顶峰。我回头看着那些危险的山峰边缘，眼前景象让我大为惊讶：在下方，一大片白云仿佛铺起了一个大蹦床，而我们则好像身处于高空飞行的飞机上一样。如果现在能跳伞，一定非常好玩。

最终，我们只有六个人爬上了真正的顶峰。唯一的遗憾就是费斯图斯没有在我们中间。

自我们见到他以来，斯特劳德少校第一次以一种庆祝的口吻，催促我们去观看火山口的内部：它是如此雄奇壮观，巨大的冰川在其中就像是一个个闪闪发光的冰之岛屿。然后，我们一起靠近那块有名的木牌，上面刻着用黄色油漆涂成的文字：

祝贺你

你现在站在德皇威廉峰之上

非洲最高点

19341 英尺（约合 5895 米）

　　我们中间响起一阵胜利的欢呼，夹杂着口哨声和沉重的深呼吸声，我们沉浸在巨大的成就感中。眼前的景色除了天空就是无垠的空间。它如此简单，却又如此折服人心。

　　我们发出的每一点声音都会在身体、大地和空气之间产生一种心理上的相互作用。在这里，在大自然中，我们和其他所有的生命合而为一。除了这般壮观的景色，更复何求？成就感之外，我们更体会到了一种安宁与纯粹、一种绝对的自由。这就是实实在在的高峰，就像站在世界的屋脊上一样。我转向斯特劳德少校，问道："现在我们已经做到了，可以在本子上签名了，对吗？"

　　"是的，肯特，你可以。"

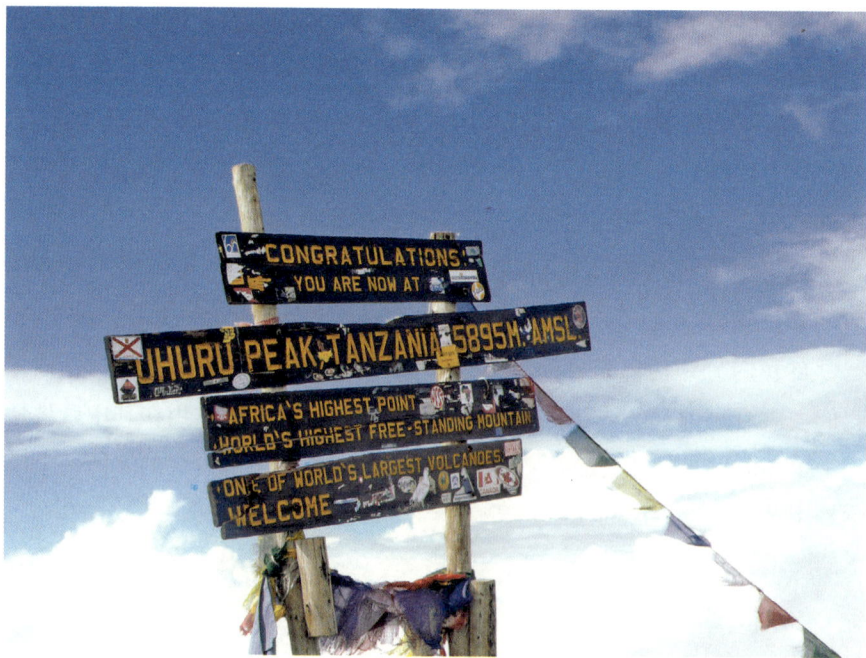

非洲最高点乌呼鲁峰(Uhuru Peak)[1]上晨光破晓，此处海拔 19341 英尺(约合 5895 米)。

---

[1]　即德皇威廉峰，莫桑比克独立后称为乌呼鲁峰，意为"自由峰"。

登顶庆祝。

我转身走向祝贺木牌，它的底部有个铁盒子。

"不过要再爬一次以后才行。"

我停下了脚步。

"感到吃惊吗，肯特？"

"不吃惊，先生。"

"好样的。这样做，你的名字将在这里永存。好了，先生们，"他说，"我们下山吧。"

我们合成一队，开始下山。我的足迹一路向下，压过积雪，嘎吱作响。休息了三天时间，斯特劳德少校就召集我们第二次登顶基博峰。这一次更加容易。我们身体状况良好，更好地适应了环境，也知道应该注意些什么。这一次费斯图斯也爬上了山顶。

最后，斯特劳德少校让我在那个本子上签了名。现在，德皇威廉峰也有了我的一席之地。

桑德赫斯特，我已经准备好了。

作为一名年轻的中尉，我在马耳他英国陆军总司令部做文书工作，1964 年。

第 4 章　英国皇家陆军岁月

✦ ✦ ✦ ✦ ✦ ✦

1959 年

在桑德赫斯特，我学到了很多。

那天，父亲到内罗毕机场送我乘机飞往位于伦敦西部、离伦敦两小时车程的莱纳姆（Lyneham）皇家空军基地。当我终于抵达位于萨里郡（Surrey）的桑德赫斯特皇家军事学院时，我显得有些拘谨，又有些天真。这并不仅仅因为那年我只有 17 岁，是学校近年来招收的年纪较小的学生之一；还因为我在非洲出生，家教粗放不羁，与那些出身贵族世家、一副彬彬有礼模样的同班同学格格不入。入学第二周基础训练后的一个下午，我们都集中在一个大厅里，等待接受面试，确定我们从英国皇家军事学院毕业后是否可以入编军团。我身边一群紧张兮兮的男孩们开始互比衣着，想让自己镇定一些。"肯特！"一个男孩低声叫我，"你的衬衫是什么牌子的？"

我转向他，问道："不好意思，你刚说什么？"

"你的礼服衬衫，"他说，"谁设计的？"

我耸耸肩。

"去看看！"

"我马上就要面试了。"

"去吧，我们就说你上厕所去了。"

我环顾四周，说了声抱歉，走进男厕所。我费劲地把衬衫翻过来，好奇地去看衣领里面的标签。然后，神不知鬼不觉地，我悄悄溜回了大厅。

"好啦，肯特，你的衬衫是什么牌子的？"

我自信地往前靠了靠，低声地对他们说："范豪森（Van Heusen）[1]。"

他们一群人相互看了看，情不自禁地爆发出一阵狂笑。

我不明就里，问道："你们的又是什么牌子？"

一个人说："腾博阿瑟（Turnbull and Asser）[2]——伦敦杰明街（Jermyn Street）[3]上最好的衬衫！"

"我的也是！"另一个接着说，"不过，我想范豪森肯定适合一个肯尼亚来的土包子！"

一个土包子。

我瞪大眼睛，死死地盯着前方，完全被激怒了，眼泪几乎迸出了眼眶。到学校的第一天，我瘦小的身子骨穿着一件大大的西服——"这可是内罗毕最好的男装店。"当时父亲这么告诉我——然而，到了这里，却发现同龄人都有自己在伦敦商业大街上定制的西服。此外，我打包带上了心爱的非洲弓箭，还打算把它们挂在军营的床上，但我很快就意识到，这只会招来更多的嘲笑。我直接想到，如果要融入桑德赫斯特，我将不得不改变我的生活方式，而且要迅速改变。

我也需要适应学校里的权力与威望等级。从刚到学校的那一刻起，军士长就对我们这些站在广场上的学员说："踏入学校的那一刻起，你们就是军官，但我也是你们的军官。都是军官，区别只有一个，你们的话

---

[1]　一款美国男装品牌。

[2]　英国著名的衬衫品牌，1885年创建，深得各界名人的青睐。

[3]　伦敦市中心的特色商业街，因销售男士用品为世人所知，从量身定做的衬衣、皮鞋、西装到帽子，凡是男士需要的服饰物品，在这里几乎都能找到，被称为"衬衫街"、"男人街"和男士"衣橱"等。

我不用听，但我的话你们必须听。现在，给我快跑！"

◇◇◇◇

在学校的两年，我们不停地跑步。中间休息的时候学习军事历史、时政、武器、战壕、地图、攻击课程、战斗训练，以及类似于大学里学习的公共课程。除此之外，我们还要学会整理内务，把靴子和黄铜皮带擦得异乎寻常的明光锃亮。还有铺床，被子下的每一英寸床单都有无数的细节需要注意。

在训练中，恫吓是家常便饭。在我一生中，第一次在权威面前被彻底地吓呆了。有一天，我们正在立正站队，军士长整张脸冲着我，大声吼道："肯特先生！今天早上刮胡子了吗？"

"是的，长官！"

"今天早上你的剃刀有刀片吗？"

"是的，长官！"

"那你怎么看起来活像一只刺猬？"他冲着我的脸一阵大吼，"回兵营去，再刮一遍！"

在学校，我表现得非常努力，不仅要和同学们打成一片，还要在军士长面前脱颖而出。第一年结束的时候，我被任命为马球队队长（幸运的是，我的 2 级马球级别（polo handicap）[1]让我在同伴中获得了很大的名声，甚至盖过了对我衣着的闲言碎语）。到第二年底，我的社交生活变得热闹无比。我用红火的象尾毛手镯生意赚来的钱买了一辆奥斯汀跑车（Austin-Healey）。有一天晚上，我参加了一个深夜派对，然后开着奥斯汀一路风驰电掣地赶回学校。车上还有几位伦敦社交名媛和我的室友帕特里克·格雷森（Patrick Grayson）。因为这件事，我差点被学校开除了。

非常幸运的是，对于那不明智行为的唯一纪律处分就是 24 小时单独

---

[1]　马球级别是反映球员能力水平的等级，从最低的 -2 级至最高的 10 级不等。

禁闭，我还有资格作为高级学员毕业。而且，就是这个大胆而愚蠢的行为，还让我在入伍之后发现自己已然名声大噪。对此，我却毫不知情，更不知道，那天回校路上和我赛车的竟然是麦格雷戈·巴特（McGregor Bart）家族的格雷戈·麦格雷戈（Gregor McGregor）[1]从男爵。他是一名军官，但大部分的高级军官对他都完全没有好感，特别是塞西尔·布莱克（Cecil Blacker）[2]准将。

正因为如此，布莱克准将对我产生了浓厚的兴趣，悄然开始为我铺平道路，让我加入了英国陆军最负盛名的军团之一。布莱克准将多年执掌第五皇家恩尼斯基林龙骑兵近卫团（5th Royal Inniskilling Dragoon Guards），俗称"斯金斯（Skins）"。这是个精良、专业和声名显赫的军团，有时由皇室的军事成员领导，据说是未来将军的摇篮。（现在该团的军团长由威尔士亲王殿下，即查尔斯亲王担任。）我特别喜欢斯金斯的制服：暗绿色的卡其布上衣和鲜绿色的长裤。这些颜色体现了该军团在历史上的赫赫威名，也吸引着我这个来自肯尼亚的男生。

在斯金斯，我们作为装甲部队进行训练，其中有三门专业课程，学员要以部队指挥官的身份分别负责三辆坦克。第一门课程是坦克驾驶和维修。第二门课程是学习驾驶坦克时进行沟通的重要信号。考虑到一年前我把摩托车作为亲密的伙伴，在上面度过了好几个月，所以我期待能够学习驾驶和维修坦克，为它更换发动机，拆除损坏的履带并换上新的。第三门课程是火炮射击。这对我来说可是小菜一碟，因为通常情况下，我的手眼协调能力非常好。这个课程的上课地点在多塞特（Dorset）的拉尔沃思湾（Lulworth Cove），教官教我们用百夫长坦克（Centurion）[3]的105毫米火炮往海上射击，防止我们误伤人。有时，我们一群人，包括肯特的迈克

---

[1]　格雷戈·麦格雷戈（1925—2003），英国陆军军官和苏格兰酋长。

[2]　塞西尔·布莱克（1916—2002），英军高级将领，曾任陆军部副官长。

[3]　百夫长坦克是英国在第二次世界大战末期开发的主战坦克，战后百夫长坦克持续生产并且继续在英国陆军服役。

名爵 JZ，我在桑德赫斯特皇家军事学院拥有的第一辆汽车。

尔王子（Prince Michael of Kent）[1]，在早上七点钟才睡眼惺忪地姗姗来迟，穿着连体裤，把漂亮的军服藏在里面，这是因为我们刚从伦敦举行的深夜晚宴回来，身边还带着一群漂亮的年轻姑娘。"小伙子们！"我们的指挥官大叫，"你们现在瞄准的是一艘经过英吉利海峡的货轮！你们应该瞄准前方那生锈废弃的坦克，那才是目标！"

"天啊！"我对身边正在射击的迈克尔王子嘟囔着说，"你看我做了啥？我想瞄准货轮的那个人是我。"

"我看现在你的炮筒就很高。"他开玩笑道。

不过，令我吃惊的还是我有着天生的后勤天赋。战友们不喜欢在雾

---

[1] 肯特的迈克尔王子（1942— ），是英国国王乔治五世的第四个儿子乔治王子之幼子，母亲为希腊及丹麦马里纳郡主。

蒙蒙的黑暗中徒步行军——"该死，现在才凌晨四点钟！"他们会痛苦地呻吟。但是，我一个人，用训练场上唯一的照明物——一只手电筒——查看地图，规划路线，哪怕最微小的细节也不会遗漏。在一个小时内，我们必须赶到指挥官的所在地，每一次都必须准时。我发誓，要不是得慢慢开着坦克过去，我也会及时赶到的。我会记录下坦克的性能，考虑天气或地形变化可能造成的任何延误，为走错方向和机械故障预留时间。

当我们部署在中东的亚丁，我就因为强大的详尽记录和注重细节而在军中声名鹊起。母亲也一直说我是个完美主义者，不尽全力就不会满足，总是给自己树立一个又一个的高标准，完不成新的跨越就永不罢休。

◆◆◆◆

第一次海外驻扎不过是牛刀小试。当时亚丁是英国领土，也是后来南也门（South Yemen）的首府和主要港口，位于红海南部海口附近的亚丁湾。我给父母的信里写道：亚丁糟透了，一片干旱，四下光秃秃的，像地狱一样热。当时南也门正处于反英的动荡之中——到处都是炸弹爆炸，村民们急跑躲避，一片混乱，而我们的工作就是防止这种情况过度失控。整整六个月后，我们才接到消息，将前往巴林（Bahrain）。

巴林是波斯湾的一个群岛国，位于卡塔尔半岛和沙特阿拉伯之间，气候既炎热又潮湿，同样令人难受。它没有什么壮丽的风景，只有一条狭窄的海峡，也谈不到有什么吸引力，令人失望。

巴林是一个君主专制政体，由哈里发家族统治，但受到英国条约的约束[1]。全国80%的财富来自石油，我们的职责则是保护石油在当地的供应。每天早上，我们离开在其首都麦纳麦（Manama）的军营，开车2.5英里（约合4000米）到朱菲尔港（Juffair），登上载着坦克的军舰。然后，

---

[1]　1783年巴林宣告独立之后，英国于1820年入侵，并强迫其签订《波斯湾和平条约》。1880年巴林沦为英国保护国。该条约于1971年年底才告终止。

我们出发巡逻，偶尔还会进行一两次坦克演习，以防被迫采取闪电行动。

这项任务本身不算繁重，然而我患上了慢性晕船症，导致每个白天都痛苦难熬。当机会来临，我自愿提出转职。就算我去哪个平坦、炎热和多沙的地方，只要它不会摇来晃去，我肯定安之若素，哪怕最后安排我驻守的地方无聊透顶、热浪滚滚、风沙肆虐。

于是，我真的就到了这个炎热无比、沙尘满天、危险重重的国家——阿曼苏丹国（简称"阿曼"）。这里发现了大量的石油和天然气，当地一些叛乱分子则躲藏在北部沙漠的杰贝尔·阿卡达（Jebel Akhdar）山脉当了狙击手。我们奉命把他们驱逐出来，迫使他们投降。在执行任务期间，大部分时间里我们和总部都无法联系，同时也只能通过空投来补充食物和弹药。

在这样真实、死亡相随的危险之中，我反而平静了下来，在这片美丽的土地上得到了安慰。阿曼国内大部分是岩石丘陵与沙漠，除了一个长条的海岸地带，那里空气清新、绿荫重重、树木繁茂，热带的花儿怒放，还有大片的甘蔗种植园。这个国家仿佛不属于非洲，在大自然的寂静中，我的内心深处变得安静、平和。

然而，突然之间，我被召回亚丁，指挥官亨利·伍兹（Henry Woods）中校站在我的面前。"杰弗里，"他说，"我们军团已经被派往利比亚。因此，我们需要为英军在利比亚和中东的指挥官弗罗斯特将军指派一名副官。将军的司令部现在马耳他。"

"是的，中校？"

"我决定提名你。诚然，你的级别还不够高，因为这应该是个上尉去。而且，坦率地说，我认为你也没法胜任，但我还是提名你去。"

"万分感谢，中校……但是，如果你认为我不能胜任，为什么还要让我去？"

"因为，杰弗里，你打得一手好马球，而弗罗斯特将军不打马球就活不下去。还有，你对细节的关注孜孜不倦，你的忠诚毫不动摇。"

“谢谢你，中校。”

“这项工作还要求人选必须性格随和，但责任在身的时候，却又严肃认真……最重要的是，你擅长后勤安排，而弗罗斯特将军从里到外都是个完美主义者。”

“中校，我会记住这些的。”

伍兹中校最后说：“我给你的最后一条建议是：弗罗斯特将军是一个好人，是英国有史以来最为忠诚的军人之一。他很勇敢，为人也很随和。但是肯特，不要犯错，一个也不行。靠你了。”

每个士兵都听说过约翰·弗罗斯特（John Frost）[1] 将军的鼎鼎大名，连温斯顿·丘吉尔首相也在 1942 年公开称赞过他，因为弗罗斯特将军在第二次世界大战期间领导了一次异常大胆的突袭，深入法国东北部德军占领的布鲁纳瓦尔（Bruneval）电台缴获了雷达设备。然而，将军最勇敢的壮举发生在 1944 年，当时他领导了对阿纳姆（Arnhem）[2] 的桥梁的攻击。伍兹中校没有和我提到这件事——他根本就不需要，因为这已然是军中传说。但是，在那场战斗中，弗罗斯特将军的双腿受了重伤，并被俘入狱。

在马耳他见到弗罗斯特将军的时候，他的形象在我面前变得完整起来：他才智卓绝，却又平易近人，让人备受鼓舞。“杰弗里，你会了解到，”他对我说，“我这个人非常注重细节，你也必须如此。”

“是的，将军。”

“每一个成功的行动都是精心策划的结果。英国的战争原则告诉我们：侦察绝不是浪费时间。我和你本周末将离开马耳他，去托布鲁克（To-bruk）的皇宫访问利比亚伊德里斯国王（King Idris）[3]。然后，我们将前往

---

　　[1]　约翰·弗罗斯特（1912—1993），英国陆军少将，举世闻名的英国空降部队军官，曾因在第二次世界大战期间的阿纳姆战役中率领伞兵团第二营坚守阿纳姆大桥七天七夜而广为人知。

　　[2]　荷兰东部城市，1944 年 9 月 17 日至 9 月 25 日间爆发了争夺阿纳姆大桥的阿纳姆战役。

　　[3]　伊德里斯一世（1889—1983），利比亚王国首任、亦是唯一一任国王，于 1951 年至 1969 年执政，后被穆阿尔·卡扎菲领导的武装政变废黜。

班加西（Benghazi）[1] 视察你的军团。我们来检查一下行程。"

我很快就学会了如何把握细节的火候和尺度。弗罗斯特将军可能会问："杰弗里，我离开皇宫，走下台阶，然后开车离开。这之间有三分钟时间。这三分钟里要做些什么？"

"将军，您和伊德里斯国王说再见的时候，我会把旗子固定在车前。"

"非常好，杰弗里。你要多久能固定好旗子？"

"应该只需要一分钟，将军。"

"很好，记下来。剩下的两分钟呢？"

根据可能发生的情况，我的计划详尽无遗，甚至精细到将军同私人秘书进行机要谈话要花几秒，在伦敦高峰时段乘车前往希思罗（Heathrow）机场需要费时多久。弗罗斯特将军为国奉献的榜样力量和对我工作的大力支持，鼓舞了我内心的敬业精神。于是，我起草了一份计划。

一天下午在马耳他，我拜访了英国皇家电气和机械工程师部队（Royal Electrical and Mechanical Engineers）的泰勒（Taylor）下士。"泰勒下士，我想制造一个移动式制冷设备，给弗罗斯特将军带去点惊喜。你愿意帮我吗？"

"乐意之至。你要多大的设备？"

我们一道设计建造了一台连接到卡车上的发电机，它将为微型冰箱和冷柜提供电力。我准备了上好的马提尼酒，把杜松子酒冰镇起来，还在冰箱里放了一条冰冻的烟熏大马哈鱼。"杰弗里，"弗罗斯特将军说，"就算到了库夫拉绿洲（Kufra Oasis）[2] 边上的沙漠里，我们也可以享用一杯美酒。先生们，我不得不表扬你们，做得非常好。"至此，我对弗罗斯特将军的忠诚牢不可破。

我和将军在马耳他与利比亚一起度过了一年。这一年时间虽紧张，却富有乐趣，特别是我亲耳听到的伊德里斯国王和弗罗斯特将军之间的谈

---

　[1]　利比亚北部港口城市。

　[2]　利比亚东南部的一组绿洲，长 48 千米，宽约 20 千米。

约翰·弗罗斯特少将的副官杰弗里·肯特中尉（左二）。

话。一天下午，在一个正式会议上，会议室里檀香缭绕，伊德里斯国王开
玩笑地问弗罗斯特将军："我的军官训练得怎么样？"

"训练进展非常顺利。"

"我倒是希望别太顺利，"国王轻声笑道，然后变得非常严肃，"有个
年轻的士兵我不太放心，"他说，"我希望你们的训练别做得太好了，让他

最后有能力来领导一场政变。"

我立刻就知道他说的年轻利比亚士兵是谁了——穆阿迈尔·卡扎菲（Muammar Gaddafi）[1]。他是位年轻的军官，为人友好，是天生的领导者。他很快就适应了在英国的训练。

担任副官之职一年之后，将军和妻子在马耳他为我举行告别晚宴。在上餐后甜点之前，我鼓起勇气，问他如何看待我的将来："将军，您认为我是否会不顾一切地留在军队做出一番事业？"

他说："杰弗里，战时你会成为英雄。但是，在和平时期，你很快就会厌倦这一切。你做事主动、工作积极，你自己也知道。只要看你对马球的热爱，就知道你身上能量惊人。"

他的妻子珍向着桌子的中央靠过来。"杰弗里，"她说，"你需要一个能够充分发挥自己激情的事业。"桌子中央，烛火轻轻闪烁，烘托出她话语中的真心实意。

"说得对，"弗罗斯特将军说，"去寻找你想要做的事，一件让你觉得要是做不成，就一事无成的事。对我来说，游历世界让人兴奋，但英格兰是我的家。退役的时候，军队会送你去任何你想去的地方。你必须决定，到底哪里才是你的家。"

第二天，我们最后一次到希思罗机场。我走出汽车，把旗子固定在车上，向他敬礼。

然后我安排皇家空军带我飞回肯尼亚。

---

[1]　穆阿迈尔·卡扎菲（1942—2011），前任利比亚实际最高领导者、独裁者，于 1969 年 8 月 31 日发动政变推翻国王伊德里斯一世的统治。曾赴英国桑德赫斯特皇家军事学院接受装甲兵与通信相关训练。

夕阳西下，篝火边上，清茗一呷。2007 年，肯尼亚。

第 5 章　创业肇始

✦✦✦✦✦✦

帐篷里的奢华游猎，1962 年

1952 年，为了争取从英格兰独立，一大群非洲人联手将白人定居者手中的土地夺了回来。冲突后来变得愈发严重，导致了所谓的茅茅起义（Mau Mau Uprising）[1]。那时，妹妹五岁，我十岁。我们离开了家，借宿在父母的朋友弗劳尔迪（Flowerdew）医生那儿，住在内罗毕的市中心。一天，父母来看我们，他们和弗劳尔迪夫妇悄声谈论着基南戈普发生的大屠杀。我听到妈妈在另一个房间和弗劳尔迪太太说："我真不敢去回想拉克（Ruck）一家的事。"

"妈妈，拉克他们家怎么了？"

"杰弗，你不应该偷听的。"她说，"亲爱的，他们都死了。"

"茅茅杀了他们？"

"是的。"

拉克一家是我们家同在山上的好朋友，他们的小儿子还在蹒跚学步。不过，即使事情到了不可收拾的地步，父亲也不会想要离开南基南戈普——而母亲则永远都会陪伴在父亲身边。只不过当她开车来内罗毕看我

---

[1]　在英国殖民政府时期，肯尼亚于 20 世纪 50 年代发生的军事冲突。举事的反殖民主义团体称为茅茅，成员多是基库尤人。起义遭到了英军的强力镇压。

们时，除了戴着帽子和手套，她还在腰间别上了一把 .32 英寸（约合 8.1 毫米）口径的贝雷塔手枪。

1960 年 2 月，英国首相哈罗德·麦克米伦（Harold Macmillan）[1] 在开普敦发表了著名的《变迁之风》（*Wind of Change*）演说，指出殖民统治不能继续下去。尽管英国殖民者已经镇压了起义，但英国政府在 1962 年给予肯尼亚自治，并决定将白人在高原所拥有的农场尽数还给基库尤人。讽刺的是，父亲熟知该地区全部的人与土地，所以新的肯尼亚政府给了他一份临时工作，让他帮助政府在土地安置工作中确认土地的所有者是谁。然而，在收归了所有的土地之后，新肯尼亚政府却强迫父母离开他们苦心经营了 25 年的农场。

幸运的是，妈妈和爸爸预感到了这一点。由于可能面临无家可归和毫无收入的前景，父亲到当地一家旅游公司做了一份兼职导游的工作。最后，一切进展顺利。由于父亲在军队中曾是绘制肯尼亚到尼日利亚详细地图的第一人，所以他非常了解非洲的道路和景点，当地的导游一个都比不上他。因此，他的收入也很不错——特别是那些美国来的旅行者给的报酬都很可观。众所周知，要是美国人觉得导游特别不错，就会慷慨解囊，给予丰厚的小费。

这期间我每隔几个月就会定期从军队回家。1962 年，有一次到家后，爸爸、妈妈和我作出了一个决定。我们热爱非洲，把这里当成了自己的家，而游客显然对非洲也越来越感兴趣。我们三人作为合作伙伴，成立了自己的旅游公司，引领肯尼亚周围的游猎旅行，然后再扩展至东非等其他地区。

到 1965 年，我回到非洲时，以前的朋友们一个个都做了狩猎活动的领队，一些当地人成立了旅行社，或者做了导游和司机——大家都开始赚钱了。

父母在内罗毕最上流的区之一罗斯林（Rosslyn）租了一个房子，我

---

[1] 哈罗德·麦克米伦（1894—1986），英国政治家，保守党成员，曾于 1957 年至 1963 年出任英国首相。1960 年发表的演讲《变迁之风》推动了非洲各殖民地的独立运动。

搬进了新家一楼的小客卧里。

当时，军队发现我在坦克部队患上了高音失聪症，就给了我一笔钱。为了打造旅行公司的品牌形象，我用这笔钱买了一辆丰田陆地巡洋舰汽车——这是有史以来在肯尼亚售出的第一辆陆地巡洋舰。这个大胆的举动激怒了父亲："肯尼亚没有一家旅游公司有自己的车，而你甚至还去买了一辆日本车。难道你不记得他们在战争中都干了些什么吗？"

我们三人连着几个晚上一边喝爸爸的杜松子酒，一边起草商业计划书，讨论公司的名字。我们要起个响亮、大气，又能占据黄页顶部的名字。阿伯特与肯特（Abbot & Kent）听起来有点让人昏昏欲睡，阿德瓦卡与肯特（Aardvark & Kent）则字形古怪，完全不适合做成商标。念到"阿伯克龙比（Abercrombie）"时，我们一致觉得听起来很有气势，也感觉象征着财富与权贵。"Abercrombie……"我试着念了一下，"Abercrombie & Kent。"

妈妈和爸爸都抬起头来，默默地把这个名字反复念了几遍。"我挺喜欢的。"爸爸说。

"相当妙，不是吗？"妈妈说。

公司名字起好了，剩下的挑战就是找客户。我在《时代》周刊读到一篇文章，说得克萨斯州人是世界上最富有的人。每当我站在新斯坦利酒店（New Stanley Hotel）外，或靠近荆棘树餐厅（Thorn Tree Restaurant）时，我发现很容易把美国人与那些从伦敦或约翰内斯堡来的旅客区分开来。美国人通常携带一大堆行李，穿牛仔靴，有时还会戴牛仔帽。

美国人对导游非常挑剔，而我为人友善、亲和，这可是一个卖点——事实上，我们开始以这种方式来招揽生意。第一批客户预订了我们的服务之后，我主动思考，去以一种更为挑剔的眼光审视，在这一生仅有一次的游猎中，人们到底想要得到些什么呢？我们有一辆漂亮的卡车，这就已经与众不同了。客人在外，我们还带着冰桶随行，为他们提供冷饮。但是，除此以外，还有太多的机会，我们都可以脱颖而出。为非游猎旅客提供的旅馆乏善可陈，有时只有几十个小小的房间，也不含客房室内餐。游客从

我设计的第一个移动帐篷，带帆布和营柱。恩戈罗恩戈罗火山口，1966 年。

伦敦或纽约长途跋涉而来，最不想做的事就是自己去找个非洲市场，在里面乱走一气，看看有什么酒或特别开胃的食物。

这些想法让我心中一亮，但它们沉甸甸的，我知道不能告诉父亲。他会习惯性地这么说："让我们保持现状好了。"但我知道，他心里真正纠结的是需要投入多少资金才能让我们的业务独树一帜，与众不同。

在父母亲前往巴基斯坦和阿富汗之间的开伯尔山口（Khyber Pass）[1]度假时，我去了一趟银行。"我想从公司账户里提款。"

"要取多少钱？"银行经理问。

"全部。"

"肯特先生，那可是 7000 英镑。"

"好吧，我要取 5000 英镑，"我告诉他，"留 2000 英镑以备不时之需。"

我打电话给老战友泰勒下士，告诉他我正在准备买一辆四轮驱动、

---

[1] 连接阿富汗与巴基斯坦的重要山口，历史上为连接南亚与西亚、中亚的最重要通道。

载重四吨的二手军用贝德福德（Bedford）卡车。我告诉他："我打算在车里面安装一个制冷系统。"他同意在内罗毕和我见面。

我们没日没夜地工作，制造了一个 5 英尺（约合 1.5 米）长、3 英尺（约合 90 厘米）深的冰箱，还在冰箱上装了特殊的橡皮平衡垫，保证行驶在崎岖地面上的时候能够保持平稳。冰箱造好之后，我们配了一台发电机，把它连接到卡车上，制造出冰块，然后喝着冰镇的塔斯克(Tusker)[1]啤酒：Abercrombie & Kent 正式成为东非第一家提供移动制冷设备的游猎机构。

我从一家苏格兰纺织公司罗和巴纳（Low & Bonar）那里订购了帐篷，这家公司为猎人制作的帐篷质量最优。之后，我来到市中心疯狂购物，买了床和家具、毛毯和床单、锅碗瓢盆、瓷器和银器、皇冠德贝瓷（Royal Crown Derby)[2]茶杯，并且为了向母亲致敬，还买了雕花玻璃圆酒瓶和银制冰酒桶。

在罗斯林我们家前面的车道上，我把所有的东西都摆好，一一放进汽车行李箱。这些行李箱都是按照贝德福德卡车后部的大小定制的。我把行李箱并排放好，垫上厚厚一层橡胶海绵，防止精致物品在搬运过程中损坏。在卡车侧面则装上了额外的容器，用来装备用燃料、紧急用品和急救设备。最后，我列了一个清单，确保没有遗漏什么东西。（试想一下，远行 150 英里（约合 241 千米）到达目的地，在一个前不着村后不着店的地方，你突然想起来居然没带卫生纸，会是什么状况。）

泰勒下士同意去营地陪我两周，同去的还有我聘请的司机奥莫洛（Omolo）和威尔弗雷德（Wilfred），以及罗和巴纳公司的首席推销员约瑟夫·努瓦迪（Joseph Nduati）。我们把帐篷营柱用不同颜色编号，以便能够以最快的速度组装。凌晨四点，我们到卡车后面集合，然后开车离开罗

---

[1]　诞生于 1922 年，是肯尼亚境内最大众的啤酒。在 2013 年非洲著名财经杂志《非洲商业》"非洲最受欢迎和最具价值品牌"评选中，塔斯克啤酒品牌名列第七。

[2]　英国诺丁汉以西约 30 千米的德贝小镇是英国著名的瓷都。在英国名窑鼎立的陶瓷历史中，皇冠德贝瓷是唯一同时拥有"Royal"（皇家）与"Crown"（皇冠）这两项荣誉与头衔的名窑。

斯林。为了更好地训练，我们开了 170 英里（约合 274 千米）到东非大裂谷里的巴林戈湖。父母从小就带我来这个地方射杀鳄鱼，我太了解它了。湖面很浅，最深处只有 39 英尺（约合 11.9 米），因此它成了鳄鱼和河马的主要栖息地。这意味着，我们要经历野外扎营的体验。

到达训练场时，我拿出一块秒表、一支铅笔、一本黄色的便笺本和哨子。"这真是最高级别的后勤安排训练。"泰勒下士戏谑地说。

与此同时，我按既定目标来训练团队。"只有两周时间，"我告诉他们，"我们必须学会在 24 小时内把营地搭建好，然后在不到 12 个小时之内就将它拆除。"我用秒表开始计时。我们把东西卸下卡车，然后把帐篷搭起来再拆掉，拆掉又搭起来，搭搭拆拆、拆拆搭搭个不停，直到工作人员都累坏了。

仅仅过了一个星期，我们就搭起了四个帐篷，每个帐篷 15 英尺（约合 4.6 米）宽，前面还有一个 6 英尺（约合 1.83 米）进深的门廊。这真是项了不起的成绩，我们开了一瓶香槟酒庆祝。一个下午之内，新员工就可以搭起一个帐篷，里面约有酒店双人间那么大。每个帐篷的地面都铺有防潮布，防止各种虫子爬进来，上面再铺一块漂亮的地毯。帐篷的墙高约 12 英尺（约合 3.7 米），略微向内倾斜，使内部感觉像一间卧室。门廊则通向帐篷里的客厅。整个帐篷宽敞明亮，有电灯、床头灯、美丽的地毯和高高离地的漂亮的弹簧双人床。

洗手间不在帐篷里，而在附近。它有个约 3 英尺（约合 90 厘米）深的长形深坑，用石灰处理过，上面是一个气派的坐便器，呈大方体面的红木盒状，华丽得谁也不敢相信那下面只是一个深坑。洗手间还放了一张桌子，上面摆着最新一期的《乡间生活》（*Country Life*）[1] 和《笨拙》（*Punch*）[2] 杂志。坐便器后方堆了一大堆土用于清洁掩盖，墙上有一张犀牛的小图画，画上有字："犀牛都爱干净，你呢？"我们永远不会在同一个地方停留

---

[1]　英国非常流行的杂志，主要报道贵族的生活情趣，大量篇幅介绍乡村别墅。

[2]　英国著名讽刺杂志，创刊于 1841 年，以"捍卫被压迫者及对所有权威大力鞭策"著称，于 2002 年停刊。

三天以上，所以卫生条件是非常好的。

帐篷里面还专门放置了小巧可爱的普拉斯托林（Plastolene）浴盆，供女性享受泡泡浴，而帐篷外的后方则是男性淋浴区。淋浴器直接接在帐篷后面，安装了多孔淋浴喷头，连着一个大帆布袋，里面装满了热水。淋浴器由一个挂在树枝上的链条操作。客人涂好肥皂后，一拉链条，水受到相当大的压力，就会冲下来。冲得差不多了，拉另一个链条，就会将供水切断。

在帐篷里的套房内，我们摆上加冰苏格兰威士忌、冰镇马提尼酒，还有水晶酒杯。餐具柜里有新鲜的蔬菜沙拉、熏大马哈鱼和巧克力蛋糕。和团队成员一起，我们一道见证了面前这十足的奢华体验。这布置高档上乘，将给客人带来极致享受。我郑重宣告，这种冒险与奢华相结合的高端旅行方式必将成为 Abercrombie & Kent 的标志性产品，日后必广为人知。这正是："远行罕知足，不走寻常路（Off the Beaten Track Safari）。"

我把泰勒下士、奥莫洛和约瑟夫留下来看守营地，自己到城里去理清最后的一些细节。漫步途经穆海咖乡村俱乐部宏伟的门柱与珊瑚粉色的正门时，我想起父亲最近把我加入了会员俱乐部，于是我走进大堂喝点酒。俱乐部内部装饰十分精美，有抛光木架子和装饰，插花摆设繁复而不复杂，还有彩色玻璃窗和法式玻璃落地门，华丽得令人难以置信。服务员弗朗西斯·麦纳（Francis Maina）从吧台的另一端叫我："肯特先生，想看看午餐菜单吗？"

"好的，麻烦你了。"

我把手搁在吧台上。他走向我，打开皮制菜单的封面，放在我手上。我一边忍着辘辘饥肠，一边看着午餐菜单。过了一会儿，弗朗西斯走过来让我点餐——我点的和平时一样，一份烤吐司，涂上罐装虾酱和冷冻黄油，还有烤牛肉和约克郡布丁。"先上一份冰镇鳄梨汤配塔巴斯科（Tabasco）辣椒酱 [1]。"我告诉他。

---

[1] 又称为辣椒仔辣汁。塔巴斯科是美国路易斯安那州艾弗里岛麦基埃尼（McIlhenny）公司的注册商标品牌，主要以墨西哥塔巴斯科辣椒作为原料加工制成辣椒酱，味道拥有独特的塔巴斯科香辣风味。

每个移动帐篷都配有冲水马桶、脸盆和淋浴器，还有拱形的网状窗户，可给室内带来徐徐微风。

"最后一道甜点呢？带冰淇淋的巧克力布丁，还是太妃糖布丁？"

"巧克力吧。"我对他说。

"Abercrombie & Kent 需要内罗毕最好的厨师，"我边坐下边思考着，"我上哪儿去找和穆海咖俱乐部一样好的服务员呢？"弗朗西斯下单回来时，我倾过身，低声问他："你是内罗毕最好的服务员了。你说，要是有份工作给你，可以接触到更有趣的客户，有更灵活的时间，挣更多的钱……你会跟我走吗？"

我们对看了一眼，他的眼睛睁得大大的。他难以觉察地点了点头。

"领班和厨师呢——你觉得他们会一起走吗？"

弗朗西斯又点了点头。

"去告诉他们，我们两个星期内就开始。"我告诉他，"不要对其他人透露一点风声。"

然而，当第二个星期父母度完假回来，父亲已经有所耳闻："你花光了我们的积蓄，生意也玩完了。你还从穆海咖俱乐部挖走了他们最好的员工，这下想回头也没办法了。上帝啊，杰弗，你完全疯了吗？"

"爸爸，我告诉过你，我们需要从竞争中脱颖而出。这有风险，但现在我们已经做到了，很快我们就会成为肯尼亚每一个游猎提供商所嫉妒的对象。""亲爱的，"母亲说，"这个想法本身很棒，但是这样的价格至少高出我们当前收费的三到四倍。你觉得到底从哪儿可以找到能付得起这样费用的客户呢？"

父亲怒气冲冲地离开了——毫无疑问，他准是跑到俱乐部去了。我看看腕表：从伦敦和约翰内斯堡出发的第一班航班将准时到达，而这会儿正是午餐时间。我冲出门，跑到新斯坦利酒店，坐在往常坐的桌子旁，点了份往常吃的午餐：一杯奶昔。我从包里拿出计算器和笔记本，展开地图，认真地看着。

突然，我发现一个得克萨斯州人——我就像是瞅见了什么宝贝一样。"我点的奶昔不要了！"我对服务员喊道，跑到大厅里，向他伸出手，"你是从外地来的吧？"我说，"是不是得克萨斯州？"

"你怎么猜到的？"他笑着说。

"我是杰弗里·肯特，本地的旅行供应商。"

"我叫沃辛，汤姆·沃辛(Tom Worthing)。"他身高有 6 英尺（约合 1.83 米）多，穿着漂亮的牛仔靴、牛仔裤、一件红白相间的格子衬衫、戴着顶牛仔帽，"这是我的妻子，萨拉（Sara）。"他热情友好地伸出手，但是握手的时候几乎把我给甩飞了。他说："实际上，萨拉和我来这想参加游猎，你是哪个公司的？"

我把公司名告诉他，他拍打着膝盖说："他们告诉我，你们公司提供的可是东非最好的旅行体验！"

"他们真的这么说吗！"我笑了。老天，他们真的这么说？

"真的，还骗你不成。能帮我安排一个行程吗？"

"要多长时间？"

"你看，就 30 天吧。我们正要出去吃午饭，你帮我算算要多少费用，然后我们见面谈，好吗？"

"当然，我能推荐你们去隔壁的荆棘树吃午餐吗——告诉他们是杰弗里·肯特介绍的。一小时后我会去套房找你们的。"

30 天，一共是 30 天。我开始做笔记，计算后勤和旅行中的燃料成本。从内罗毕出发，我们将在若干地点度过四五个晚上，偶尔还需要住宾馆，这样我的团队才能事先搭建好移动营地。行程涵盖肯尼亚、坦桑尼亚和乌干达，具体如下：

首先，我们到安博塞利（Amboseli）[1]，在乞力马扎罗山下露营几晚，接着到马尼亚拉湖（Manyara）[2]，只有在那儿才能看到狮子爬树。接着去恩戈罗恩戈罗火山口，我已经想方设法获取了有史以来的第一个许可证，可以在火山口底部露营，然后到塞伦盖蒂（Serengeti）草原[3]上珍妮·古德尔（Jane Goodall）[4]的营地喝茶——我们是通过好友利基一家认识的，她喜欢和访客聊聊她对黑猩猩的观察。之后，我们将在马赛马拉停留几晚，再去基苏木（Kisumu）[5]，在那儿我们将穿越维多利亚湖（Lake Victoria）[6]到乌干达第二大商业中心金贾（Jinja）乘坐渡轮，前往伊丽莎白女王公园（Queen Elizabeth Park）[7]。离开公园后，我们向基巴莱森林（Kibale Forest）[8]进发，在那儿可以看到黑猩猩。最后，作为这一次旅行

---

[1]   安博塞利是肯尼亚与坦桑尼亚交界的边境城市，在这里几乎可以看到非洲所有的地理之最。

[2]   又称曼雅拉湖，是坦桑尼亚北部的内陆湖，有"飞禽乐园"之称。

[3]   位于非洲东部，肯尼亚和坦桑尼亚之间的草原，范围包括坦桑尼亚的塞伦盖蒂国家公园和肯尼亚最大的野生动物保护区马赛马拉野生动物保护区。

[4]   珍妮·古德尔（1934— ），英国生物学家、动物行为学家、人类学家和著名动物保育人士，长期致力于黑猩猩的野外研究，并取得了丰硕成果。

[5]   旧名"弗罗伦萨港"。肯尼亚第三大城市，西部经济和交通中心。

[6]   维多利亚湖是非洲最大的淡水湖和世界第二大淡水湖，也是世界上最大的热带淡水湖。

[7]   位于乌干达西南部，成立于 1954 年，以生物多样性和火山遗迹而闻名。

[8]   乌干达最容易到达的主要雨林，是 13 种显著的灵长类动物的家园。

的压轴戏，我们将在乌干达默奇森瀑布（Murchison Falls）[1] 的帕拉旅馆（Paraa Lodge）住上三个晚上。此目的地现在可是风靡一时，因为 1951 年亨弗莱·鲍嘉（Humphrey Bogart）[2] 的电影《非洲女王号》（*The African Queen*）[3] 就是在那里拍摄的。

我计算食物的成本：大量的牛排，是的，美国人喜欢牛排。除此以外，还有好酒、服务员、客房服务、交通等费用。我打算自己全程当导游，这样就可以把成本降低。我甚至做好了不赚钱的打算——这整个过程有三个关键点：一是向父母证明豪华旅游行程真的有人买；二是激励自己，保持斗志；三是最好还能顺便宣传一下 Abercrombie & Kent "不走寻常路"的路线是多么出色。

终于，成本算出来了——高达 3235 美元。

该死的！价格还是太高了。为什么不设计一个普通一点的行程？我早就应该想到该如何减少员工，把食品和饮料的水准降低一些——美国人可不介意时不时吃个汉堡包！就应该那样。我觉得这单生意已经没戏了。

一小时后，我敲开汤姆和萨拉夫妇的房门，我的手掌和额头都出汗了。哪怕是得克萨斯人，也不知道肯不肯出这样的高价来旅行一趟。我心里没底。

"肯特，你的建议很好，那儿的午餐太好吃了。"汤姆·沃辛说。他站在桌子另一边，拇指抠住皮带环，"那么，行程设计好了吗？"

这段推销说辞我已经排练了好几个星期，就等着时候到了好卖弄出来。"行程一共 30 天，我会做你们的全程导游，带你们看大象、犀牛、花

---

[1]　位于乌干达西北部，河水在流经宽度只有 7 米的狭窄尼罗河道后向下急泻，瀑布高度为43 米，瀑布下方生活着乌干达最大的鳄鱼群。

[2]　亨弗莱·鲍嘉（1899—1957），美国男演员。1944 年凭借爱情片《北非谍影》奠定了其在影坛的地位，1952 年凭借爱情片《非洲女王号》获得奥斯卡最佳男主角奖。1999 年被美国电影学会选为"百年来最伟大的男演员第一名"。

[3]　1952 年的美国冒险电影，由约翰·休斯顿导演，亨弗莱·鲍嘉和凯瑟琳·赫本主演。鲍嘉凭借在该片中的表演获奥斯卡最佳男主角奖。

这种舒适的海明威风格帐篷用于移动游猎，里面有电灯、蚊帐，还提供了冷热水——在1966 年，这可是天堂。

豹、水牛和狮子——"我告诉他们，"这是非洲五霸（Big Five）[1]！还有各种鸟、茂密的树林、绵延的山川景色。这一切有什么特别的吗？等你看到我们湖边的营地——"

他打断了我的话："肯特，多少钱？"

我把手摊平放在面前的桌子上，好像要把我们三个人围拢起来一般。我的嘴唇嗫了起来。

我失去了信心，无法开口说出那个数字。

最终——把心一横——我宣布："2922 美元。"

汤姆·沃辛的脸拉了下来。他看看妻子，又转头看看我，说："他一定是在开玩笑吧？"

我搞砸了。

"肯特，"他说，"这是总价吗？"

一个灵感突如而至，我说："不，是一个人的价格！"

汤姆·沃辛拿出支票簿，草草地写了一张支票，递给我。"你的小费会在最后给你，如果你不介意的话。"他说。

"汤姆，那完全没有问题。"

"你都看到啦，萨拉？"汤姆·沃辛说，"我对老婆大人最好了。"

我第一次意识到了该如何赚钱。

"好好休息一下，"他们离开房间的时候我说，"明天我们在这里一起吃早饭，然后就出发。"我随

---

[1]　这五种非洲动物之所以被称为"非洲五霸"，是因为徒手捕捉它们的难度最大，而不是因为它们的体形庞大。

即跑到穆海咖俱乐部，为接下来的行程做准备。

我把车停到路边，看见父亲的车就停在俱乐部门口附近。

"好吧，看看那是谁！"我走进酒吧，父亲的一个朋友叫了起来。

另一个人接着话茬说："那不是世界上最神气活现的游猎导游嘛！"

"嗨，杰弗，我们都和你父亲坐在一起喝酒，这酒可是以你的买卖命名的：这叫冰镇 A&K！"

我没理他，给了酒保一张钞票付了账单，再转向坐在酒吧里的父亲和他的朋友。"爸爸，"我说，"这款新饮料里有什么？说不定我可以在营地里也试一下。"

"怎么了？这个是杜松子酒加苦啤酒，味道很不错。"

"苦？"他们身后传来了一阵笑声，"先生们，他这会儿心里正苦着呢。"

我往外走的时候，俱乐部总经理查尔斯·马克姆爵士跟上了我。"杰弗，"他叫住我。我转身面对着他，"你知道，基于我和你父母的友谊，我不愿意这样做——"

"我明白的，查尔斯爵士。我只不过是来付账单的。"

"这半年里，我必须把你列入俱乐部的黑名单……"他继续说，"除非，你能把我的员工还回来。这样我们就可以把这件蠢事一笔勾销。"

"查尔斯爵士，没关系。我得忙工作，可能再过一年才能回来。"

我离开俱乐部，从沙砾停车场中把车开出来，朝着内罗毕市中心，朝着我的卡车、营地和第一个豪华移动帐篷里的摄影游猎之旅开去——带着冰箱上路，这可是有史以来第一次。

◇◇◇◇

在非洲稳固了市场地位之后，我把目光投向了世界的其他主要地方。幸运的是，我得到了大力的支持。

20 世纪 70 年代初，我在芝加哥玩马球时遇见了乔丽·巴特勒。乔丽不仅成为我的商业伙伴，更成了我的人生伴侣。她还是美国第一位晋级的

马球女运动员。当时，我正为让梦想成真而努力——我想赢得美国马球公
开赛（US Open Championship）的冠军，而她的指导和建议让我不仅扬名
美国马球界，更在商界名声大噪。

1976 年我第一次参加美国公开赛的时候乔丽并未参赛，但 1978 年
Abercrombie & Kent 马球队则率先同时赢得了美国马球公开赛和美国马球
金杯赛（US Gold Cup）的双料冠军。对马球运动的共同热爱让我们走到
一起，而对整个世界的热爱，则让我们携手相伴，长逾 30 年。

乔丽出身于商人之家，天生就有商业头脑。她明白我的商业构想，
知道如何利用我们自身的经验让公司发展壮大。她帮助我在客源地，即美
国开了一个办公室，我们现在大部分的客户都从美国来。我们第一个办公
室建在芝加哥繁华的橡木溪区（Oak Brook）的一个谷仓里，那是她父亲
的产业。她在橡木溪区长大，父亲在那里经营着世界闻名的橡木溪马球
俱乐部（Oak Brook Polo Club）。我们的办公室非常简陋，不过一张桌子、
一台黄色的电话、三只浣熊和一块黑板，仅此而已（再加上一支白色粉笔，
用来写潜在客户的名字，以及一支红色粉笔，用来写预订好行程客户的名
字）。许多美国客户希望去海外旅行，我们迎合了他们的要求，美国业务
在整个 20 世纪 70 年代迅速扩张。

30 岁出头的时候，我赚了第一笔 100 万美元。我们在佛罗里达州的
沃思湖（Lake Worth）成立了第二家美国分公司。它毗邻佛州小镇惠灵顿
（Wellington）全新的棕榈滩马球高尔夫和乡村俱乐部（Palm Beach Polo
Golf and Country Club）。惠灵顿的天气总是很适合打马球，而且我也很容
易赶上从迈阿密起飞的"协和式"（Concorde）超音速飞机 [1] 去参加在世
界各地举行的会议。

乔丽帮助我把 Abercrombie & Kent 的业务从非洲扩展到美国，甚至扩
展到全世界。她激励我在开创事业的同时，也致力于让世界变得更加美好。

---

[1]　第一架商用超音速飞机，由英法合作制造，时速超过 2160 千米。

　　在马拉河边的篝火旁喝上一杯日落酒。在非洲丛林中经历了漫长的一天之后，还有什么东西比"斜阳西下酒一杯"更令人心醉呢？

　　最后，如果要用一个词同时形容马球和旅行——那就是，狂野飞驰。
很长一段时间里，我感觉好像和乔丽在一起，我们就能征服世界。

自第一艘"太阳船（*Sun Boat*）"运营以来，尼罗河上的河轮取得了长足的发展。在"太阳船3号"的埃及艳后绿洲（Cleopatra's Oasis）上，游客可以看到尼罗河沿岸最美丽的景色。

第 6 章　进军埃及

✦✦✦✦✦✦

1977 年

　　到了 20 世纪 60 年代后期，我们的客户群体不断扩大，他们对前往异域休假的兴趣也越来越浓厚。在体验过肯尼亚、坦桑尼亚或南非的游猎后，客人们开始要我推荐新的度假胜地。

　　有一段时间，我一直都对埃及念念不忘，忘不了它波澜壮阔的悠长历史。越来越多的西方人也认为，埃及的神秘和古老让它变得更有魅力。在 20 世纪 50 年代末，摩西的故事被拍摄成一部重要的电影《十诫》（*The Ten Commandments*）。之后的 1963 年，伊丽莎白·泰勒出演了《埃及艳后》（*Cleopatra*）[1]，这是当时历史上投资最高的电影。可惜的是，有一个原因导致了很少有游客能够踏上这神话般的土地，一睹金字塔和狮身人面像（Sphinx）的风采，一探尼罗河的魔力——埃及旅游

---

　　[1]　克莱奥帕特拉（公元前 69—前 30），埃及托勒密王朝末代女王，又称埃及艳后。貌美，为古罗马军事统帅、政治家盖乌斯·尤利乌斯·恺撒和政治家、军事家马克·安东尼的情人。电影《埃及艳后》即以克莱奥帕特拉的爱情故事为蓝本拍摄而成。

部长拒绝给任何非埃及人拥有的旅游公司颁发经营许可证。

在 20 世纪 70 年代，我设法借壳一家埃及公司进行运营，但仍然无法获得自己的执照。之后，1981 年我在佛罗里达州打马球时，从电视上看到埃及总统安瓦尔·萨达特（Anwar Sadat）被刺杀的消息。我深知地缘政治局势突发紧张将令外国人感到恐惧，并因此纷纷避开该国，从而促使该国政府不得不采取激励措施，发展旅游，吸引游客。我急匆匆地赶往迈阿密，登上飞往纽约的协和式飞机，之后搭乘超音速飞机飞往伦敦。短短几天之后，我就出现在埃及旅游部长的办公室里。"你看，"我告诉他，"总统被枪杀了，全世界都在取消前往埃及的旅行。我想要一个经营许可证，因为你现在需要外国旅游公司。"

"你会为我做些什么？"他问。

"我会不遗余力地宣传埃及，让人们对埃及重拾信心。但作为交换，我需要一个经营许可证。"

很快，在我返回美国之前，手上就拿到了执照。我郑重许诺，我所提供的埃及度假游将比其他任何一家公司都要好，而且我将把埃及作为经典目的地进行市场宣传。

◆◆◆◆

日出时分的金字塔显得鲜红明亮，在开阔的沙漠上投下了三角形山脉状的影子。

埃及文物部部长陪着我。骆驼踩在齐膝高的沙中，偶尔翻过一堆砂石，迟缓拖沓地挪着步子朝金字塔和狮身人面像走去。这是个了不起的时刻，或许有一天我还可以在纪录影片中看见自己的身影。

我们离狮身人面像越来越近，它的视线仿佛幽灵一般地萦绕着我，它的手臂向前伸，像一只等待猎物的狮子一般——还有，它的鼻子怎么了？是那数千年来风风雨雨的沙漠之夜将它腐蚀了，还是因为某种古老的战争报复行动将它毁坏？雕像高高耸立，直顶青天。我试着去想象那一个创造了这般奇迹的社会是什么样子的。

很少有人能够进入胡夫大金字塔（Great Pyramid of Khufu）的内部，但是文物部部长破例为我安排了参观。我们穿过内部一个空旷深邃的走廊，话音久久回荡其中。往上凝视，那里有成百上千级台阶。同行的主人踩上了第一级台阶，我跟在他的身后。

我留意到岩石的大小，它们个个体积巨大，测量得十分精准，堆砌得天衣无缝。雕凿它们的工匠不仅精通测量，更懂空间原理，因为要知道如何或在哪里挖掘。"这些材料是怎么运到这里的？"我问。

他说："实际上它们底下铺了原木，这样才能滚动。这项工作需要成千上万的奴隶。"

"怎么能这么精确地将这些石头砌上去呢？"

"还不止如此，杰弗，"他说，"所有的工程设计异常完美。白天当古人准备进行祭祀仪式时，所有的阳光都会直接集中照射到那里。"他指着一个长长房间前面的祭坛。

"现在还会如此吗？"

"每天下午都会。"

最后，埃及旅游部门相信埃及确实需要游客，因此为我组织了一次高层访问。令人高兴的是，英国演员大卫·尼文（David Niven）[1] 刚好在这里拍摄了一部备受期待的电影，电影改编自阿加莎·克里斯蒂（Agatha Christie）[2] 的小说《尼罗河上的惨案》（*Death on the Nile*）。大卫的儿子杰米（Jamie）第一次参加游猎，就是在肯尼亚乘坐我们称之为"钢铁巨蟒"的私人蒸汽机车。"如果你来埃及，"杰米对我说，"一定要见见我父亲！"他安排大卫和我共进晚餐，地点就在希尔顿酒店集团经营的"伊希思号

---

[1]　大卫·尼文（1910—1983），英国演员与作家，曾获得奥斯卡最佳男主角奖，代表作有《尼罗河上的惨案》、《逃往雅典娜》等。

[2]　阿加莎·克里斯蒂（1890—1976），英国著名的侦探小说作家，代表作有《东方快车谋杀案》、《尼罗河上的惨案》等。

第一艘"太阳船"受到了阿加莎·克里斯蒂经典电影《尼罗河上的惨案》的启发。

(*Isis*)"[1] 的船头。尼罗河上仅有两艘游船,"伊希思号"就是其中之一。

大卫喝鸡尾酒的样子非常豪爽,一边喝酒,一边回忆起在桑德赫斯特皇家军事学院的往事。我入学的时候,他都毕业 20 年了。但即使如此,校园中还传扬着他那爱惹麻烦的各种传闻。他也不吝与我分享对电影事业的见解。上了第一道菜后,他遥遥指向远处,说道:"你看到那艘船了吗?我们正在上面拍这部电影。"我转过身,在日落的余晖中看到一艘旧轮船的轮廓。"船顶有个烟囱的那个?"

"就是它——是个美人儿,对吧?这是'SS 门农号(*SS Memnon*)'。在电影里,她叫'卡纳克号(*Karnak*)'。"

我心里默默重复他刚才的话:在电影里,她叫"卡纳克号"。"大卫,"我突然灵机一动,对他说,"我可以上船看看吗?"

"当然可以,"他说,"你想什么时候去?"

"现在可以吗?"

---

[1]　伊希思是古埃及的丰饶女神。

他的视线越过我的肩膀，再次注视着那艘船，点点头，说："我们必须在船员离开之前到那，不然就上不了船了。"我们迅速吃完晚餐，在棕榈树下沿着河岸走去。这艘船简朴却迷人，虽然建造于 20 世纪初，样式却毫不过时。它的侧面是桨轮，前端是边缘整齐的弯曲拐角，船身上还有一排舷窗，整条船大约可以容纳几十名乘客。上了船没走多远，一个大胆的念头浮现在我的脑海中。"大卫，能帮我一个忙吗？告诉我船主是谁。"

船主恰好是一个非常有名的埃及人。我们现在能够更熟练地说服埃及人达成商业协议了，于是我打了几个电话，在那周安排了一次会面。"这部电影将是一部在全世界范围内发行的大制作、大热门，"我告诉他，"任何人都会想在尼罗河上乘坐这艘游船，而不是我见过的那两条希尔顿船。电影完成之后我会适时租你的船，然后进行广泛宣传，宣传语会是这样：'现在你可以登上拍摄《尼罗河上的惨案》的蒸汽轮船，尽情泛舟尼罗河。'"他同意了，我们安排了一次电话会议，以便回到佛罗里达州后进一步商谈细节。

河轮立刻被订满了。我了解到牛津大学有一位名叫安东尼·赫特（Anthony Hutt）的埃及学专家，于是打电话过去，希望他可以负责解说象形文字，介绍尼罗河沿岸城市的历史和埃及的伊斯兰建筑。"我正在全世界拓展业务，"我告诉他，"我要训练你一个人主持这次旅行。"

"什么时候开始？"托尼 [1] 问，"算我一个。"

一位纽约的著名投资银行家为他的十七八个朋友预订了第一班航程。

在他们预订出发的那一天，我接到了热情依旧的托尼·赫特的电话。"全部的纽约客人都在卢克索（Luxor）[2] 下了飞机，"他让我放心，"他们现在正在船上。"

"好极了。"

---

[1]　安东尼的昵称。

[2]　埃及的古都、历史名城，建于公元前 14 世纪，是著名的旅游景点。

亲眼看到金字塔时，你才会真的被其巨大的规模所震撼。金字塔由当地所采的石灰石和花岗岩建造而成。

"好极了，杰弗，这船太劲爆了！你应该亲自来看看他们。他们现在正四处参观——'哦，真好！'他们边走边称赞。'哦，太好了。哎呀，多么漂亮的船！'他们马上就要走到屋外，在遮篷下吃午餐。然后我们就发动河轮，从卢克索出发。"

"太棒了！"我告诉他，"保持联系，好吗？让我知道进展如何。"然而，这个指令糟透了，我会为此而后悔好几个小时。

大约中午时分，秘书珍妮·尼希尔（Jeannine Nihil）让我接个紧急电话。她说："托尼·赫特的电话，我想你应该立即接听。"

"接过来吧。"

"杰弗里？"托尼说，"有个大问题。"

吉萨高原（Giza Plateau）[1] 上的狮身人面像位于尼罗河西岸，长 240 英尺（约合 73 米），由石灰石建造而成。

---

[1]　位于埃及首都开罗西南十公里处，以三座大金字塔闻名，即胡夫金字塔、哈夫拉金字塔和门卡乌拉金字塔，统称大金字塔（The Great Pyramids）。

"什么问题?"

"我的意思是, 杰弗里, 我们碰到大麻烦了。"

"托尼, 怎么了? 我们几个小时前才通过话, 那时还一切完美。"

"好吧,"他说,"让我告诉你这之后到底发生了什么事。我们都坐上了船, 坐在游泳池的旁边。然后, 引擎启动了。杰弗里……你真的坐过这艘船吗?"

"我有没有坐过这船? 我当然坐过了!"

"刚开船的时候, 你有没有坐过?"

"这……让我好好想想……可能没有。"

"呃, 我认为人们已经有半个世纪没碰到过这样的事了。发动机启动的时候, 黑色的粉尘从烟囱上飞扬起来, 就像广岛上空的蘑菇云一样。随即, 全部落到了客人的身上! 这简直就是一场黑脸歌舞秀(minstrel show)[1]! 除了眼睛, 他们身上什么也看不到了。大家都变黑了, 杰弗! 浑身上下, 漆黑一团!"

我把电话放在桌子上, 用手拧着额头。"杰弗里! 杰弗里, 你还在吗?"

"我在。"

"我们都被这种可怕的油烟覆盖了, 拍也拍不掉——"

"让大家都弄干净, 然后下船——"

"这个主意不错,"他说,"但是, 船上的下水管道有问题。"

"下水管道有什么问题?"

"呃, 举个例子, 厕所都不正常。"

"厕所不正常是什么意思?"

"我的意思是, 杰弗里, 厕所冲不了水。"

"那你怎么办?"

---

[1]　19 世纪一种舞台演出方式, 常见于美国剧场。白人演员把整张脸涂黑, 扮演非洲裔黑人的角色, 走滑稽、搞笑路线或伴随着歌舞表演。

"我什么也做不了！我只能到厨房，把厨师留下的空菠萝罐头放到每一个厕所的旁边，然后做了个小小的标语，写着：'请把卫生纸放在这些罐子里。'这真丢脸，杰弗里。"

我的额头拧得更紧了。长叹一声，我说："我会想办法的。"

"唯一的解决办法就是把所有的客人都送回纽约，然后再想其他办法。相信我，这是一场灾难。"

在美国，公司员工乱成一团，为纽约的亿万富翁和他所有的朋友预订航班回国。我们也立即处理退款事宜。"如果 Abercrombie & Kent 在尼罗河上建造了自己的河轮，"我写信给他们说，"我们保证你们会成为第一批上船的客人。"

我发誓，我们将建造自己的船，因为我们一口气卖完了"门农号"的船票。我的灵机一动正触动了人们内心的愿望，我必须赶在任何竞争对手之前，把原有的计划改进完善。

我委托一家埃及当地船只制造商设计一艘船，并将其命名为"太阳船"。这是对埃及神话中太阳神拉（Ra）[1]的致敬，也蕴含了超越尼罗河上任何其他船的含义。我们设计的房间可以看到河岸与棕榈树的全景，河轮的公共区域则有极其吸引人的大理石装饰。同时，它也是尼罗河上第一艘带游泳池的轮船。

A&K 埃及公司的总经理飞到我在佛罗里达州的家里，带来了按比例定做的"太阳船"的模型。"我们出去吧，"我说，带着他走出去，"在游泳池里测试一下。"

他在游泳池较浅的一端蹲下，将"太阳船"模型放入轻轻荡漾的蓝色池水中。放好后他站起来，站在我身旁。我们俩都双臂交叉，欣赏着我们的愿景——然而，突然之间一阵声响传来：

咕嘟，咕嘟，咕嘟，咕嘟。

---

[1]　古代埃及人崇拜的太阳神，长有鹰头，头顶有一日轮和一条蛇。

我们转过头，面面相觑，都傻了眼。大约六秒钟，"太阳船"模型就沉到了游泳池的底部。"哦，不是吧……"我呻吟着，把脸埋在手中。然后，我们都大笑了起来。

当"太阳船"最后制造成功，预订一下子就满了。我聘用了蒂姆·萨姆塞特·韦伯（Tim Somerset Webb）管理埃及分公司的事务，因为他在沙特阿拉伯的项目中证明了自己的能力。他同时还负责在埃及为太阳船招聘最好的服务员。

当然，我们的首航式献给了纽约银行家和他宽宏大量的朋友们。他们是第一个以前所未有的方式体验埃及的人。英国和欧洲其他国家的客户也预订了河轮行程，他们知道从自己所在的大都市到开罗只需搭乘短短一趟航班。然后，我们会派汽车去接机，把他们直接送到船上，在四天的时间里饱览河上风光与大地美景。

"太阳船"大获成功。借此东风，我们继续建造了"太阳船"2 号、3 号和 4 号，在尼罗河上组建了一个备受赞誉的豪华河轮船队。A&K 埃及公司的创建似乎比建造金字塔还要复杂，不过，不久公司就扩张到八个办公室，遍及埃及。很快，埃及公司就成为我们效益最好的分公司。

南苏丹去往首都朱巴（Juba）路上的露营地。

第 7 章　南苏丹惊魂时刻

◆◆◆◆◆◆

1975 年

20 世纪 70 年代末，我在北卡罗来纳州打马球时认识的朋友希思·曼宁（Heath Manning）和他的新娘布特茜（Bootsie）计划度蜜月。这一次旅行改变了我们的业务。

希思让我陪他和布特茜去非洲的一个地方，那里是野生动物的天堂，其他地区无法与之媲美。这就是南苏丹，它拥有广阔而人迹未至的草原和多种大型原始动物栖息地，是世界上最好的地方之一。

苏丹历史上冲突不断，异常复杂。希思和布特茜几乎注定会有一头栽进苏丹国内动乱的风险，我同意与其同行，确保他们旅行的安全。我带上了利亚姆·林恩（Liam Lyn）随行，他接受过近十年的训练，能够追踪东非的野生动物，还曾为美国汽车公司（American Motors）的亨利·福特（Henry Ford）和美国实业家罗伊·蔡平（Roy Chapin）等人做过导游。利亚姆对东非的每一种动物都如数家珍，知道沙漠中的每个水泉在哪里，懂得如何接近大象、水牛、狮子和羚羊。他也了解南苏丹的所有鸟类和植物，那些在埃塞俄比亚、肯尼亚、坦桑尼亚、赞比亚和博茨瓦纳的也不例外。

抵达目的地之后，我了解到给南苏丹带来大部分游客的那家旅游公司陷入了一些麻烦，执照出了问题。南苏丹区域开发公司（South Sudanese Regional Development Corporation）总裁迈克尔·沃尔（Michael Wal）告诉我，如果 A&K 能够接手那家公司的执照，我就可以带朋友进去。为了满足希思和布特茜的旅行计划，我雷霆般地行动起来，迅速为这对新婚客人争取到了苏丹的许可证。

不幸的是，这是苏丹政府和我之间的最后一桩简单交易。我们是苏丹第一家主营"不走寻常路"游猎的公司——也就是倡导非狩猎的旅行，我心目中的旅游业发展方式应当鼓励游客"用相机捕捉动物的美丽瞬间，而不是用枪捕杀它们"。尽管如此，我这个提倡禁止用枪的人却差一点倒在枪口之下，真是令人意想不到。

◇◆◇◆

1975 年 1 月 4 日，两辆路虎车从内罗毕往北出发，行驶在尘土飞扬的道路上，然后经过乌干达境内向西进入南苏丹。在 600 英里（约合 966 千米）的跋涉中，我们经过了沙漠、干燥的河床、金合欢树和一片片无垠的金色草海，壮丽的景色一路伴我们而行。可惜的是，风景虽然绚丽，道路却很崎岖：这已经不能叫路了，不过是两道浅沟，上面的轮胎痕迹都不知是何年何月留下的。有时候，如果有牛群迁回经过，去附近的水泉喝水，那么这沟就完全看不见了。而在有些地方，我们还不得不穿过河床，有时在水中晃荡前行，有时则碾压在因极度炎热的天气而干涸、坚硬的泥土上。

有几个地方道路不清，我们失去了方向，只能设法重新找路。最后，我们穿越肯尼亚西北边境的小镇洛基立吉欧（Lokichoggio），进入图尔卡纳人（Turkana）[1] 的领土南苏丹。在东南部小镇卡波埃塔（Ka-

---

[1] 图尔卡纳人是尼罗民族，源于肯尼亚西北方的图尔卡纳地区。

poeta）的免下车海关检查站，我走下路虎车，同海关官员交流，用斯瓦希里语向他致意。这位官员年纪轻轻，为人热情。

他用细长的手指接过了我的护照，然后是希思的。他大致看了一下，点点头，交还给我们。但是，在接过布特茜的护照时，他瞥了一眼，却向汽车走近一步，透过后车窗仔细地盯着她的脸。布特茜不安地看了我一眼，我问他："有什么问题吗？

他的眼睛盯着布特茜。"她戴着戒指，坐在一个叫曼宁的男人身边，但她护照上的名字是不同的。我怎么知道这个女人不是中情局的间谍？"

我解释说，她不是间谍，只不过是个带着旧护照的新婚妻子。这位警官道了歉，耸耸肩，告诉我他只是尽责而已。他把护照还给布特茜，并允许我们继续前进。

几小时后，夜幕降临，利亚姆告诉我他很担心。"在这里开慢点儿，杰弗，"他说，"我想我们在哪儿拐错弯了。"

"过了卡波埃塔以后，我们已经走了 100 多英里（约合 161 千米）了。什么时候拐错弯的？"

"我不确定，但我们得在天黑之前解决这件事。"

突然，路虎车灯照亮了车前方的一群身影。"我的天哪！"我低声说，知道我们遇到了什么人，"丁卡 [1] 战士。"

"哦，天哪，还是全副武装的。"利亚姆平静地说。他说得很对：这些武士手持着长矛、大砍刀、短刀，浑身上下一丝不挂，只戴着臂环，从膝盖到大腿涂着白色的颜料。丁卡人身材极高，又瘦，特征明显，是苏丹白尼罗河（White Nile River）沿岸地区的游牧民族。

"你觉得有多少人？"利亚姆问。

"不下 50 人。"

---

[1]　丁卡人，居住在苏丹南部尼罗河流域的部落民族，因身高而出名，通常高达 2 米多，主要为牧人。

南苏丹的一个传统村庄，房屋由茅草和泥浆混合盖成。村民的祖先早在几百年前就开始建造这样的房屋。

"上帝啊！"

就在这时，这群丁卡人中走出一人，站在方阵之前。他走到车灯前，让我们看得见他。"跟他说说话。"利亚姆说。

"我不知道他们说什么语言。"我说。

"试试斯瓦希里语！"他说，"什么都试试！"

我把路虎车停在那人身旁，用斯瓦希里语问候他们的头领。我立刻就知道他听不懂，但我继续用手势来表达我们走错了路，得重新回到主路。

"来。"他说。

"我们要怎么办？"利亚姆喃喃说道。

"我们别无选择。"

丁卡人的头领指示他的人往高高的草丛里走。我们龟速一样缓慢地跟随他前进。前方的道路被荆棘和倒下的树枝所阻挡。在一片黑暗中，我时不时把目光转向后视镜，看看后面的两辆车是不是还跟着我们。

这段路走了一个小时。这段时间太令人紧张了，我几乎喘不过气来。最后，丁卡人把我们领回了主路。我把车停在他们旁边，向他们表示感谢。父亲教过我，在非洲的荒凉地区旅行时，随身一定要带着一些烟草。于是我取出烟草，递给头领。他非常高兴地接受了。

我把车挂回一档，继续向前开，确保后方的车辆不会跟丢。就在我感觉到利亚姆自白天以来第一次松了一口气的时候，车后方突然传来"砰"的一声。丁卡人又回来了。这次他们咄咄逼人，企图强行拦下我们。他们有的拿出了刀子，有的则拿着长矛想把卡车的帆布篷拆开。我们锁上了所有的车门，猛踩油门，加速前进。还有些丁卡人紧紧扒住车顶和两侧，有些则仍然试图从车后部进入车内。利亚姆用枪托把他们打下去，而我则碾倒一个扒住保险杠的丁卡人。我们的车队在丛林中咆哮，越过灌木，冲向主路上的矮树丛，一口气冲出了好几十英里才停下来。最后，我们停在一处平地上，把几辆车围成一个圆圈，点起篝火，把睡袋放在地上。"吃个热狗，希希 [1]！"布特茜轻声说道，"这个蜜月可真是惊心动魄！"

其实，那天晚上没人能睡得着，之后的大部分旅程中也是如此。布特茜食物中毒了，非常严重，嘴唇都变成了紫色——我真担心她会死去，但我不敢告诉希思。我们给她敷上冰，这似乎挺管用的。我们继续前行，深入苏丹，但旅程变得越来越糟。草原不见了，取而代之的是坑坑洼洼的干涸沼泽地，当地部落称之为"苏德沼泽"（sudd）。这个地形让人不舒服，散发出更加令人恶心的气味，恶臭弥漫，让人无处可逃。一个星期后，我们终于回到了内罗毕。我们旅行了近 2000 英里（约合 3219千米），由于不断地接触到尘埃和大风，在日照中曝晒，眼睛都要睁不开了。

但是，稍稍改进之后，这条路线就成了一个不错的冒险旅程。我在拉耶夫（Rajef）建起了自己的营地，营地中有一棵高约 15 英尺（约合 4.6米）、俯瞰着尼罗河的大无花果树。迈克尔·沃尔和当地政府官员经常来访，同我们开会，Abercrombie & Kent 的旅行路线大获成功，吸引了苏丹政府的关注。

然而，不幸的是，这种关注并非总是积极的。1979 年，我在拉斯维加斯参加一个旅游会议，突然有一位会议工作人员走近我。"肯特先生，"她说，"受指示，将这封紧急电报给您。"

我翻开信封，打开里面的电文。

收信人：杰弗里·肯特
寄信人：克尔·沃尔，南苏丹区域开发公司总裁
杰弗里·肯特先生：
我们已经在营地里逮捕并扣押了你所有的 27 名客人，包括李·拉齐

---

[1]　希思的昵称。

维尔（Lee Radziwill）[1]、杜邦（Dupont）一家和其他人。我们要求你立刻亲自过来谈判。不要派别人代表。

我起身走到旅馆房间，打电话给身在内罗毕的律师。"我的天哪，这是怎么回事？"我问他。

"杰弗，别去。"他说。

"不要去?!"

"杰弗，如果你去了，就完蛋了。"

"我不得不去。"我回答道。我致电在肯尼亚的飞行员吉姆·斯图尔特（Jim Stewart）："吉姆，我从拉斯维加斯回家，接着我得去苏丹。让我的派珀·阿兹台克飞机（Piper Aztec）准备好，并获取在朱巴降落的许可。"

"杰弗，消息走漏了。"他说，"到处都知道了。苏丹军队的士兵把所有的营地都包围起来……他们要抓你，杰弗。"他说，"我不会去的。"

"我有来自世界各地的 27 个客人，他们被包围了，还被枪指着。我得去！"

他说："那就让我这么对你说吧：我不会去的。"

"我是你的老板！"

"我辞职。"

"天哪！"

我飞往内罗毕，包了一架飞机，并在一天后于南苏丹着陆。走下舷梯时，我被士兵包围了。突然间，我记起了一句古老的非洲谚语：两只公象打架，遭殃的只有脚下的草原。这意味着，当两位强大的人物起了冲突，他们就把别人的利益置于危险之中。

我深吸了一口气，发誓尽可能平静地解决这个问题。"我收到了迈克

---

[1]　李·拉齐维尔（1933—　），美国第 35 任总统约翰·肯尼迪夫人杰奎琳·肯尼迪的妹妹。1959 年，李结束第一段婚姻后旋即与波兰王子斯塔斯·拉齐维尔（Stas Radziwill）步入婚姻殿堂，并一直沿用这个贵族姓氏。

尔·沃尔的电报，"我告诉那些士兵。大风中，我的头发和夹克上下翻飞。他们一动不动地盯着我，好像在等着我进一步解释什么，"他让我一个人来这里。"

他们搜了身，把护照从夹克口袋里拿出来，然后押送我到朱巴的一个监狱大院，一群手持来福枪的士兵在卡车上围着我。我在一个破旧、潮湿的牢房里过了一夜，思考如何解决这个问题。我甚至连电话都没有。第二天早上，迈克尔·沃尔出现在牢房门口。我胡子拉碴，衣冠不整，身体摇摇晃晃。一名向导将滑动门打开，迈克尔靠在门上。"杰弗里，"他叹了一口气，有气无力的，眼神扫过地板，似乎想要寻找什么答案，"这糟透了，杰弗里。"

"迈克尔。"我开始说话……但我们都知道，我说了也没用。

他说："22 年来，喀土穆（Khartoum）还有一个人，比你拿到执照还早——"

"穆罕默德·奥斯曼（Mohammed Osman）。"我知道这是怎么回事——他指的是喀土穆的那个持有狩猎许可证的人，他全部的收入全靠这些许可证。

"对，就是奥斯曼，"迈克尔说，"因为你，奥斯曼向政府表达了不满，制造了一些混乱。现在政府需要更多的钱。"

"这些钱奥斯曼也赚不来——"

"还不止这些，杰弗，还有无线电。你知道把无线电设备带进营地可是违法的。现在当地政府认为你和中央情报局是一伙。"

我知道带进无线电设备是违反苏丹法规的，但当时我决定冒这个风险，因为没有无线电，营地就没法运转。我解释说："没有这些无线电设备，我们就没有办法对外联系。"

"你要说服的人可不是我。"

"迈克尔，这可不仅仅是关于无线电设备……这一定是和钱有关。"

他叹了一口气："是的，杰弗，就是和钱有关。所有的一切，都是关于钱。"

"好吧，你要我怎么做？"

他摇摇头。"我不知道，杰弗，"他说，"我会去问问的。"他双手插在口袋里，用身体推开牢门，转身走了出去，连声告别也没有，只听见踏在混凝土上的生硬的脚步声渐去渐远。

第二天早晨，地板上投下了一个人影，我抬头看了看牢房的入口。迈克尔告诉我："付给区域开发公司40万美元。"

"好吧，"我告诉他，"好吧。"我站了起来，看到了解决方案的前景，身上又焕发出了活力。"首先，把我从监狱中放出来。我要去尼罗河上的营地，我要坐在大无花果树下，把这一切都理清楚。"

"我们会派士兵跟着你。"

"你要是不放心，让整个军队围着我都可以！"

他把手插在口袋里，开始变得不耐烦。

"接下来，我希望你能让客人一个接一个离开——一共是27位客人。客人离开一位，我就给你一张现金支票。我会让我的飞机带上给区域开发公司的现金支票来回飞。现在，主营地里有个叫查尔斯·麦克康奈尔（Charles McConnell）的人，他是我的员工。放我出去之前，先让查理[1]走。"

"好。"

接下来的几天里，他们开始释放我的客人。客人们一个接一个地走出营地大门，眯着眼睛看着太阳。飞行员给我一张现金支票，我递给迈克尔·沃尔。然后客人们乘坐飞机飞往内罗毕，在那里再登上回家的航班。

几天之后，最后只剩下了我，还有10万美元没有支付。我解释着最后的交易方式和安排，迈克尔记着笔记。

"我会让飞机飞进来，最后一张现金支票就藏在那架飞机里的某个地

---

[1]　查尔斯的昵称。

方。它藏得很隐蔽，哪怕你自己去找，迈克尔，你也找不到。你跟得上我说的吗？"

"跟得上。"

"好极了。我会站在跑道的尽头，就靠着那一大片桉树。飞行员不会把飞机滑行进来，你带上我的护照，开车载我过去。我上了飞机，打开门，把支票递给你，你把护照递给我，我就尽快离开。"

"嗯，杰弗，这很简单嘛？"

"如果你杀了我，"我继续说，毫不理会他在半开玩笑，"我就把这件事向全世界曝光，你明白吗？这对你，对你的国家都不会有什么好处。你看怎么样？"

"好的，"他说，"成交。"

两天后，派珀·阿兹台克飞机飞了进来，停在跑道的尽头。我坐在一辆卡车里，被六名士兵包围着。司机带着我走出卡车，我爬上飞机的时候，四名士兵和迈克尔·沃尔陪伴我。飞行员直直地盯着前方，面色苍白，如一张白纸。

我打开舷窗，和迈克尔交谈。"那一切就到此了结了，"迈克尔说，"钱在哪儿？"

飞行员迅速俯下身子，用一把老式的剃刀割开一张乘客座椅的坐垫。他拿出一个信封递给我，我把它从小窗口传给迈克尔。"我们互不相欠了。"我告诉他。

"什么？"

我不理他，迅速关上了派珀·阿兹台克飞机的窗户，速度之快，几乎夹住了他的手。我转向飞行员，大喊道："全速飞行！"

在那片桉树的正上方，飞机飞向高空。我屏住呼吸，然后松了一大口气。

这真是死里逃生。

在沙特阿拉伯玛甸沙勒（Mada'in Saleh）[1] 的纳巴泰人（Nabatean）墓穴。从坟墓入口往里，甚至岩石外部的边缘，处处可见设计精美而复杂的装饰。

---

[1]　玛甸沙勒是沙特阿拉伯的考古遗址，2008 年被联合国教科文组织列入世界遗产名录。《古兰经》记载的石谷就是这里。

第 8 章　沙特阿拉伯的商机

✦✦✦✦✦✦

1975 年

在朱巴被狠狠地敲诈勒索了一笔之后，我决定开始扩大生意，不仅仅局限于游猎——不过，要按照我想要的规模来做这件事，需要一大笔现金。

法国化学家及微生物学家路易·巴斯德（Louis Pasteur）曾说，机会只给那些有准备的人。20 世纪 70 年代后期，Abercrombie & Kent 的业务发展路线发生了改变。不过，这并非发生在一些热带的旅游目的地，却发生在沙特阿拉伯。那时，与石油产业相关的公司大量迁入沙特阿拉伯，成千上万名工人需要有人帮助他们在那里创造宜居的生活。

那就是即将成就我的地方：作为一名旅游行业的企业家，本人杰弗里·肯特，即将成为那里沙漠住房、冰淇淋和移动厕所的首席供应商。当机会来临，我终于明白：我的人生目标并不局限在经营一家成功的游猎公司，而在于打造一个辉煌的商业帝国。当公司在利雅得完全运转起来之后，我确实看见了实现这种目标的希望。

这天，我正在内罗毕分公司办公室楼下街上的肯尼亚咖啡店（Ken Co）喝咖啡。每天早上，我都要去那儿休息一会。在《时代》杂志上，有一篇文章说大量船只排队等待在吉达（Jeddah）停靠，队伍都排到了红海之外数英里处。这些船满载跨国公司所需的材料，用于即将到来的石油行业繁荣期的建设和发展。但目前，它们只能无所事事地在外海徘徊。

所有这些由美国人、英国人和其他欧洲人经营的公司都获得了合同，但是，因为所有的设备都卡在海上，他们不能开工，所以要付出数亿美元的罚款。吉达这个港口城市正迅猛发展，但首都利雅得却只有一个小型商业机场和一个五星级酒店——利雅得洲际酒店（Inter Continental），一个房间每晚费用高达 500 美元。

有些公司运来了一些便携舱式住房，然而，它们也滞留在海上了。对数百名只是为了过上好日子的外派人员来说，步入正轨尚且无法指望，更别说舒适生活的前景了——那实在是黯淡。

在苏丹拉耶夫野营营地开展业务的时候，我向雪佛龙公司(Chevron)[1]提供了一种定制设计的野营帐篷，用来安置他们在南苏丹作业的直升机飞行员，从中我还挣了一笔外快。现在我想，为什么不为这些公司开发一种可以空运的空调帐篷呢？这样他们马上就可以开始工作，也不会长时间被运输阻断所延误。

我从内罗毕飞往美国，与安克尔实业公司（Anchor Industries）的代表约翰·道斯（John Daus）会面，这是一家总部在印第安纳州埃文斯维尔（Evansville）的帐篷制造商。我们花了一个星期设计了一个由重型材料制成的可以进行温度调节的帐篷，帐篷的窗户网纱上覆盖着一层可以升降的、柔软的白色珀斯佩（Perspex）亚克力有机玻璃。

帐篷里安置了体面的厕所、电动淋浴器和空调。在寒冷的沙漠冬季，空调还可以转换成加热器使用。一个月之后，我们把帐篷放在芝加哥郊外橡木溪的后院里。帐篷漂亮极了，里面是温馨的天蓝色，而外面是柔和的白色，可以反射阳光。乔丽帮我把东西搬进院子，让我住在帐篷里，一个月后，我就被这帐篷征服了：不行，我非得把这个卖到沙特阿拉伯去不可。我在英国陆军期间的一位老朋友威廉·科尔里奇勋爵（Lord William Coleridge）——他是名非常强悍的伞兵——和我一道飞往利雅得。到了之

---

[1]　雪佛龙股份有限公司是世界最大的全球能源公司之一，总部位于美国加州圣拉蒙市。

后，我们立即购买了一辆通用汽车公司的卡车，沿高速公路驶入沙漠，进入一个完全隔离的区域。"这里怎么样？"

比尔[1]看了看四周，说："我看不错。"

我们就睡在帐篷里，每天早晨五点钟醒来，穿上颜色鲜明的军服，开车一个小时到利雅得洲际酒店去吃早餐，这是一个重要的建立人脉的场合。第一个星期的一天早上，我们和一个美国人聊起了天，他来自美国最大的建筑商之一比奇特尔公司（Bechtel Corporation）[2]。比尔给我使了个眼色，让我开口。这是我们的机会。"你觉得酒店怎么样？"我问他，"喜欢你的房间吗？"

"还不错，"他说，"但是真的太贵了！"

"来和我们一起喝杯咖啡，"比尔说，"早饭我们请了。"

"你的工人出了问题，对吗？"我问。

"他们甚至不能开工，因为住房被卡在海上了！"

比尔又和我交换了一下眼神。"你知道吗，"我随意地说，"我们可能有个解决办法。要不要和我们一起出去看看？"

我们迅速结账，朝门口走去。"我们走吧。"我们缓缓往沙漠开去，到达临时营地时，他从卡车里走出来，一脸惊讶地看着眼前的景象。"去吧，"我告诉他，"去看看周围。"

"你要是喜欢，"比尔说，"还可以待一两个晚上。"

他说："我不需要在这过夜，现在就可以告诉你，这正是我们需要的。你们能给我一份千人规模营地的规格说明书吗？"

比尔看着我。

"当然可以，"我告诉他，"给我们几天时间。"

我们给了他一个帐篷的报价，包括了搭帐篷的工钱、家具配件的费

---

[1]　威廉的昵称。这里指威廉·科尔里奇勋爵。

[2]　比奇特尔公司是美国最大的建筑和工程公司，在美国私营公司中排名第五。总部在旧金山金融区。

用，还有雇用员工操作整个项目以及餐饮的支出。还不到几天，我们就达成了150万美元的交易。除此之外，我们手中还有大量工作。

我在伦敦《泰晤士报》上登了一则招聘广告，然后聘请了一位名叫蒂姆·萨默塞特·韦伯的人担任运营经理，向比尔·科尔里奇汇报，因为现在我将不停地在内罗毕、伦敦、芝加哥和沙特阿拉伯之间飞来飞去。蒂姆精明能干，人缘极好。他和比尔在华氏115度（约摄氏46度）的沙漠中忙个不停，为比奇特尔公司搭起了帐篷。第一次收款后，蒂姆和比尔在利雅得租了一间别墅——不过不是什么豪华别墅，只有三间卧室、一个厨房、一个客厅，还有别墅前方的一个停车位，可以用来停放我们的卡车。

有一次，蒂姆去蕾拉湖（Layla Lakes）休假一周。湖在利雅得以南，只有两个小时的车程，在那里滑水和露营都非常棒。结果，他在路上被警察拦了下来。警察在车上发现了一瓶自制的葡萄酒，于是他被捕入狱，并被判处鞭刑。我们花了两万美元才把他保释出来。

一天晚上在利雅得的别墅里，我们都热得不停流汗。比尔和我在为伦敦的会议做准备，而蒂姆坐在中间休息。他抬头看着吊扇在转，转过头来看着我们说："这地方简直就是个烤箱。你知道吗？"

我继续埋头工作，只应了一声："嗯？"

"我想家了。"

我眼睛的余光看到比尔抬起头来，在看我的反应。但我仍然埋头工作，眼睛也没抬一下。

"这儿没有女人，也没有酒……上帝啊，杰弗在入境的时候几乎被捕，就是因为他带了个该死的火腿三明治……"

我停下工作，靠在椅背上，终于加入聊天，寻些乐子。

"你知道我真的很想什么东西吗？"蒂姆说。

"嗯？"

"冰淇淋。"

"冰淇淋……"比尔叹了口气。

"想想吧，沙特阿拉伯即将成为世界上最富有的国家之一，但他们连冰淇淋都没有。为什么会没有冰淇淋？"

我们三个都直愣愣地盯着吊扇看，陷入了幻想。

最后，还是比尔打破了沉默："那些船都还在该死的海上进退不得，这应该就是你吃不上冰淇淋的缘故吧。"

第二天，我乘坐的飞机在希思罗机场降落，结果在路上我就找到了答案，那时只差几分钟就到我们在斯隆广场（Sloane Square）的办公室了。出了机场，出租车载着我往前开，突然之间，我看见一辆贝德福德面包车停在海德公园（Hyde Park）大门外。"请停一停。"我对司机说。

"什么？"

"请停一下。"我从出租车里出来，跑过大街，从口袋里摸出一英镑。"我要一个冰淇淋。"我对车上的摊主说。

"没问题，"他给我一个圆筒，对着窗外的我说，"15 便士。"

"这个冰淇淋到底是怎么做的？"

"什么？"

"这不是冰冻的冰棒，它是怎么做的？"

"不，先生，"他说，"这是一种特别的冰淇淋，只为流动冰淇淋车供应。我们买的是液体状的原料，在车里冰冻。"

"你买的是液体……"我的头脑里，计划开始成型。

"它用利乐包（Tetra Pak）装着，是液体，就像牛奶一样。我们用这个机器把它冷冻起来，要吃的时候挤到圆筒上就可以了。"

"这东西可以用船运吗？"

"应该可以吧。"

"生产商叫什么名字？"

"康美乐（Comelle）。"

我冲进办公室，给利雅得的比尔打电话："我想买十辆贝德福德的货车。"

"好吧……"

"还有，把别墅旁边的公寓也租下来。不为别的，就为了可以停得下全部货车。我们马上动起来吧。"我联系了康美乐公司，下了冰淇淋的订单。经过一番讨价还价，他们同意给我一个 15 年期的独家经营许可，在沙特阿拉伯卖康美乐冰淇淋。

我从伦敦雇了一位移动冰淇淋车司机，给他三倍的工资。我们在利雅得城市广场开了三辆车，只是为了测试市场反应。但是一个星期之中，所有卡车前的队伍都排得老长，甚至都绕过了街角，排到了街尾。当地的男男女女都穿着阿拉伯民族的长袍，花 3 里亚尔[1]——相当于 1 美元——来买一个圆筒，而我们的成本只要 25 美分。

当十辆货车全部投入使用的时候，我们又买了 15 辆。当它们都赢利的时候，我们又买了 25 辆投放在吉达。然后有一天，利雅得市长给我打电话。"我想从你那里买下这些冰淇淋车。"他说。

"没门。"我告诉他。这是迄今为止我最赚钱的现金业务。

但是，几天之内，利雅得的警方就开始追着我们不放，还进行重罚，狠狠地掐住了利润。我打电话给市长。"你想买这些卡车?"我问他。

"是的。"

"那么就按我说的这样做。"我把这个生意卖给了他，获得了很不错的利润，而且我还保留了康美乐沙特阿拉伯独家经销商的执照。也就是说，如果利雅得市长想要继续销售冰淇淋，那么他必须继续从我这儿购买冰淇淋。

到 1977 年的三年里，比尔、蒂姆和我一直在提供住房和管理营地。沙特阿拉伯像疯了一样兴起，而我们在营地内外也被称为好老弟。有一天，我们三人坐在卡车里，比尔朝窗外望去:"现在每个人都在工作，但你看看这些劳工，他们在街道中央随地大小便。"

"你知道，"我告诉他，"我一直保持着阅读的习惯。现在有一些新的发明——实际上，还会有移动厕所。"

---

[1] 沙特阿拉伯的货币单位。

"厕所还会移动?!"

"没错。"

蒂姆说:"这要是真发明出来就太棒了,卖移动厕所准会发一大笔财的!"

我雷厉风行地预订了飞往芝加哥的航班。飞机降落在奥黑尔机场(O'Hare)的时候,我预订了一辆出租车。结果,在前往办公室的路上,我又真真切切地看到了正在找的东西。"司机,请停一下。"

"先生,您说什么?"

"我说,请停在这儿。"

我从出租车上跳出去,跑到一个工地上,那儿有个蓝色的东西,像是个高高立起的药箱子。"对不起!"我跟领班说,"我刚下飞机,在航班上咖啡喝多了。我可以用下厕所吗?"

"当然可以,"他说,"请自便。"

我走进去,"砰"的一声关上门,疯狂地四下查找——制造商的信息一定标在哪里。终于,我发现了:明尼苏达州(Minnesota)明尼阿波利斯(Minneapolis)卫星实业公司(Satellite Industries)。连名字带电话号码我都记在便笺本上。

我也测试了一下厕所:冲洗时,清洁用的化学物质会旋转着冲下来。我把小小的门锁翻起来,走出去。大功告成。"这厕所的工作原理是怎样的?"我问领班。

他慢慢跑过来。"这有一个储水罐。我们和公司签有合同,对外出租这些厕所,他们每周来三次把污水抽出来。"

"真聪明。"我对他说。

"是的,非常轻松,对吧?"

我打电话给卫星实业公司,要求同老板说话。"我叫艾尔·希尔德(Al Hilde)!"老板接了电话,"你说你刚刚从沙特阿拉伯回来?"

"一点也没错——"

"哇!那儿怎么样——我听说他们现在还会砍头!"

"没错，他们还这么做，"我告诉他，"每个星期五都砍。"

"我听说他们也砍手，这是真的吗？"

"是的，也在星期五。"

"哇！我可不想接近那个地方！决不！"

"好吧，你也不需要。但是那里需要移动厕所，我想从你那里获得许可。"

"我们可以谈谈，但你必须明白：这些可都是我的宝贝！肯特先生，我不会把这些授权给任何一个大大咧咧的老牛仔。我必须培训你，你必须学会如何正确地抽取污水！"

比尔·科尔里奇、蒂姆·萨姆塞特·韦伯和我参加了为期三天的培训课程。我们这些英国顶级学院和桑德赫斯特皇家军事学院的毕业生，衣服上别着个圆形的小纽扣，上面有一个笑脸，还写着："卫星实业：给我们一个旋风！"

"是啊，给它一个旋风！"我们的一个同事说。他来自爱达荷州博伊西（Boise），是个农民，也是个哈雷·戴维森摩托车的狂热爱好者。

"蒂姆，你的旋风怎么样了？"我用纯正地道的英国口音问道，"我怕是旋得不怎么疯。"

"你们这伙人怎么了？"比尔问，"为什么你们不像其他在旋风的人一样来个旋风呢？来吧，伙计，再给它一个旋风！"

考试以书面形式进行，实际上非常难，不过我们三个人都及格了。过关后，艾尔·希尔德让我们穿上高筒靴，戴上手套。"好吧，伙计们，"他说，"今天我们要学习如何理解产品！"

"产品？"比尔·科尔里奇说，"见鬼，真是废话。"

"再也不许说这个词！"艾尔·希尔德说。

"什么词，'见鬼'吗？"

"不是！是'废话'！我再也不想听到'废话'、'狗屎'、'狗屁'，甚至'移动厕所'也不行。你们明白吗？"

比尔双手叉腰："那我们要怎么说这个呢？"

"你把它叫作——"希尔德的双唇紧闭，为了发出一个完美的爆破音而憋足了劲——"排出！"

"排出！"大家跟着念了一遍。

"排出！"

比尔作出一副"让我死了吧"的表情。"好的，"他说，"排出。"

我们通过了最后阶段的培训，购买了 100 个移动厕所，还有三台抽水车运往沙特阿拉伯。"你的城市街道上到处是人们的排泄物，这简直让人受够了。"我告诉市长，"我们将为所有的工地提供这些厕所，我们也将负责清理它们。"

"我不会允许任何公司进场和开工，除非他们已经同你签订了合同，在他们的工地放上一个移动厕所，"他说，"这简直太完美了。"

第二年，这件事变得更加完美了。伊利诺伊州橡树溪的一家废物处理公司收购了我们的移动厕所业务，这样我就有足够的资金去做下一个我真正想做的事情：扩大美国的旅游业务。

毫无疑问，沙特阿拉伯仍是世界经济、文化、宗教等的重要中心，这其中也包括了旅游。2004 年，当我在沙特阿拉伯第一家所谓的"企业"成立 30 年后，沙特阿拉伯旅游业主管官员苏尔坦·本·萨尔曼·阿尔·萨德（Sultan bin Salman Al Saud）殿下联系了我，希望共同探讨如何将旅游引入沙特阿拉伯。我乘飞机去开会，和我的导游基斯·斯普勒（Keith Sproule）见面。

我们一路走到沙特阿拉伯与约旦接壤的北边边境，去探索玛甸沙勒的洞穴——路上，我们开车穿过圣地麦地那（Medina）。在穆斯林世界中，它的地位仅次于麦加（Mecca）。我们一路被护卫人员围着。基思解释说："对异教徒而言，这个地方实际上是禁区，但是苏尔坦殿下已经安排好了让我们通行。"

我记得查尔斯王子醉心于伊斯兰建筑，于是我在清真寺的庭院中给他打电话。我对他说："先生，您怎么也不会相信我现在在哪。"当我把位置透露给他，他立即就知道是哪里，并且记起这座清真寺原本是由先知穆罕默德（Prophet Muhammad）设计的。

查尔斯王子问我："宣礼塔是不是总像照片里看到的那样，是美丽的蓝色？"

先知清真寺（Al-Masjid an-Nabawi）[1] 天篷的细节。

---

[1]　先知清真寺，简称先知寺，又名麦地那清真寺，位于伊斯兰教第二大圣地麦地那。始建于公元 622 年，是仅次于麦加禁寺的伊斯兰教第二大圣寺，也是伊斯兰教史上继库巴清真寺之后的第二座清真寺。

我们都抬起头，果然是这样。

我并不是很喜欢在沙漠中旅行——在沙漠里过夜，任何事情都可能出问题——但是，我在中东地区的时光让我对这个地区有一种特别的钦佩。阿布扎比（Abu Dhabi）和迪拜（Dubai）的沙丘非常漂亮，猎鹰和阿拉伯马都很有趣。我也去了约旦和以色列，骑着骆驼在约旦走过了一条长达 40 英里（约合 64 千米）的路线。这条路线位于永恒的瓦地伦（Wadi Rum，意为花岗岩和砂岩的"月亮谷"）和亚喀巴（Aqaba）之间。在电影《阿拉伯的劳伦斯》（*Lawrence of Arabia*）中——这部 20 世纪 60 年代初期的电影颂扬了中东的奇迹——彼得·奥图尔（Peter O'Toole）走的就是这条路线。

我也参观了以色列及其古代的遗物，甚至也进入了特别为我们开放的耶稣举行最后晚餐的房间。那真是一次了不起的旅行——我们在沙漠中举行晚宴，睡在帐篷里，晚上在星空下歌唱。

中东旅行是不可多得的体验，而且我认为对西方人而言，去中东旅行非常重要。我特别强烈地感到，如果更多的世界领导人和决策者曾经在中东旅行，那么世界上的冲突就会减少。当我们目睹与自己截然不同的人们的日常生活时，我们会对他们表示赞赏……并且，通常会发现，他们与我们没有什么根本的不同。

麦地那清真寺，又称先知寺，位于麦地那（Medina），其祈祷厅可以容纳超过 50 万信徒。

阿格拉（Agra）传说中的泰姬陵（Taj Mahal），由莫卧儿皇帝沙贾汗（Shah Jahan）建造，以表达他永恒的爱意。

第 9 章　印度：王公、寺庙和老虎

◆◆◆◆◆◆

1979 年

我的朋友圈里几乎没有人把我当作旅游业内人士——对他们来说，我 40 年来作为业余马球选手的职业生涯更出名。2011 年，在威廉王子（Prince William）的婚礼上，我向菲利普亲王（Prince Philip）问好，祝贺他的孙子大婚。他问我："杰弗里，你还在玩马球吗？"

"没有了，先生，"我告诉他，"几年前我受了很重的伤。""好吧，每个打马球的人都受过伤。"他说，"那你还在卖那些价格离谱的旅游度假产品吗？"

我们畅快地大笑起来——我甚至笑得比他更开怀。回想起在桑德赫斯特的岁月，那个肯尼亚来的小男孩来到御林军马球俱乐部（Guards Polo Club），用十英镑租用一匹马球马加一双高帮皮马靴，因为他没钱给自己买一匹马——后来，这个男孩去了温莎公园马球队（Windsor Park Polo Team）当了队长。这支马球队由菲利普亲王的儿子威尔士亲王（Prince of Wales）殿下在 1987 年重建。

马球界的朋友为我的事业作出了很大的贡献。1969 年，我和杰·辛格（Jai Singh）一起在内罗毕打马球。在社交圈和皇室圈中，他被称为乔伊·斋浦尔（Joey Jaipur），而他的兄弟巴瓦尼·辛格（Bhawani Singh）是斋浦尔王公（Maharaja），也就是亲王，人称"气泡"。乔伊和我相处甚欢，他真诚地支持我从事的事业，并把我介绍给了一个叫吉姆·爱德华兹（Jim Edwards）的英国人。吉姆刚刚在尼泊尔开了一家旅馆，希望我能帮他想些营销计划，来吸引顾客。

到了他的旅馆之后，我看到了它难以抗拒的魅力。无疑，这里将成为我们去过的最友好、最独特、最生气勃勃的地方之一。我想要加盟——但是，要覆盖这片区域，引入西方游客，就需要更新旅游业的标准。我们要让客人们感觉到，虽然他们远离尘世，身在桃源，但是无论他们想要什么，都能够触手可及。为了在印度和尼泊尔实现这一目标，我们建立了 Abercrombie & Kent 印度分公司。

◇◇◇◇

"大象马球？"

"大象马球！"吉姆·爱德华兹在伦敦市中心喝高了。我们讨论如何在世界范围内制造一个奇观，吸引人们前往尼泊尔，去他的老虎顶丛林小屋（Tiger Tops Jungle Lodge）。那里房子建在桩子上，客人们骑着大象而至，与老虎比邻而居。"杰弗，这实际上并不具有竞争力，这纯粹是娱乐——想想旅游，想想慈善。它会吸引人们注意力的。"

吉姆·爱德华兹承认自己从来没有碰过马球槌，但是我有——我在马球身上看到了很多机会。相对来说，尼泊尔市场并不为人所知，因为它在20世纪50年代初才开放旅游业，现在已经开放一段时间了。我在试探如何进入这个市场。

"来老虎顶丛林小屋，住下来，"吉姆说，"在这世界上，它是独一无二的。你可以玩玩马球，也可以教教我，还能结交几个新朋友。你可以亲身感受印度和尼泊尔的魅力。你带来客人之后，很快，老虎顶丛林小屋就将会闻名世界。"他靠着桌子，眯着眼睛，"我们都将赚很多钱。"

我背靠在椅子上，仰头观察着夜空中星星的排列组合。去年，也就是1978年，我的球队赢得了美国马球公开赛。从那以后，我收到了许多去印度打马球的邀请。在印度，马球是一项全国性的运动。有一次，乔伊·斋浦尔坚持说，如果我去印度，可以到他的继母家做客。他的继母是嘉亚特里·德维（Gayatri Devi）公主，她的另一个名字马哈莱·阿伊莎（Mahalai Ayesha）更为人们所知。她的王子丈夫于 1970 年去世了。

我和吉姆·爱德华兹会面后，我打电话给乔伊·斋浦尔。他热衷于在斋浦尔和德里安排马球比赛，并安排我住在阿伊莎名为睡莲池（Lily-pool）的隐逸豪宅的客房。这座豪宅位于斋浦尔，就在伦巴宫殿酒店（Rambagh Palace）附近。

这个提议看起来像梦一样：阿伊莎公主是当代的传奇人物。她出生在伦敦，是印度皇室，当她还是个活泼可爱的孩子时，就被认为是世界上最美丽的女孩。虽然她看起来像个假小子，却依然俘虏了 21 岁斋浦尔王公的心。当时他已经有两个妻子和两个儿子，阿伊莎只有 12 岁。

她的母亲和祖母都是相当开明的王妃，担心如果她嫁给了王公，阿伊莎就会脱离社会生活。不过，阿伊莎与一些世界杰出女性，如伊丽莎白二世女王（Queen Elizabeth Ⅱ）和杰奎琳·肯尼迪（Jacqueline Kennedy）都建立了极好的亲密关系。她证明了母亲和祖母的担心是多余的。

在斋浦尔的第一个早晨，我到游泳池旁边的露台上享用早餐。阿伊莎穿着一件色彩明亮的长袍，已经就座，面前摆着一顿丰盛的早餐。"真高兴再次见到您，"我告诉她，"早餐真是太丰盛了。"

"杰弗里！"她从椅子上站起来说道，"很高兴再次见到你。"她的嘴唇丰满，涂着深紫色的唇膏，双眼灵动活泼，头发光滑乌黑，掠过脖子上戴着的珍珠。她带着有些神秘却十分友善的气质。"请坐。"她说。而后，她的厨师站在我的桌旁。"你能给杰弗里来一杯印度茶吗？"厨师鞠了一躬，转身走进厨房。

我们边吃早餐边聊，谈论着相互熟悉的朋友，他们都是因我们对马球的共同热爱而认识的。公主的丈夫是一位十级的球员——怪不得她对这项运动如此了解。"杰弗里，新赛季开始了，"她说，"你在这儿的时候会参加吗?"

"是的,在这儿和德里都会打。"

"我正希望如此。"

两天后,我抵达德里的泰姬酒店(Taj Hotel)。酒店大堂四处闪烁着大理石的光亮,摆放着金色的家具,还有天花板中央一排排的大吊灯。前台的服务员穿着全套的纱丽,双手手腕上戴着粗粗的金手镯。她的头发向后梳起,优雅而光滑。"肯特先生,"她略带些口音,鞠躬迎接我,"我们已经为您安排好了住宿和汽车。"

她向前门指了指,我发现一辆华丽的奔驰轿车停在外面。阿伊莎一定是打了电话知会他们。"司机会随时为您服务,"服务员说,"请随我来,我们安排您住在商务套房里,从您的房间可以看到胡马雍(Humayun)陵墓的景色。不论何时,这座城市的美景尽在您的窗口。"

进入套房前门时,我发现这里无论是房间大小还是室内装饰,都像宫殿一样富丽堂皇。每面墙壁上都镶嵌着独特的印度皇冠造型标志,上面雕刻着精美的图案,弧形的线条和图饰层层对称,像夸张却完美的火焰一样一直上升,最后汇集成一个点。透过玻璃滑动门,可以看到一片茂密的树林……胡马雍陵墓白色大理石的圆屋顶像皇冠一样戴在树梢之上。胡马雍是 16 世纪的莫卧儿帝国的统治者,那时的帝国统治着现代印度北部的大部分地区。

我信步走到阳台上,在这里可以看到一个小水池,还可以看到整个公园的全景,以及一片广阔的草坪和树木。曾经以为,在德里这样的城市中,我将不得不困在建筑物里。然而,这里居然是我曾经站过的最宁静的地方之一。

◆◆◆◆

在印度的几个星期里,好运气似乎在指引着我。遥远的克什米尔(Kashmir)北部以人民友善而闻名,我受邀到达尔湖(Dal Lake)中一艘

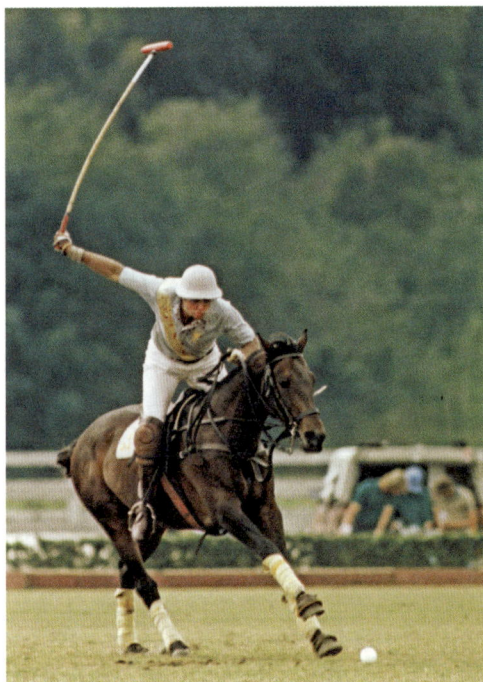

我在印度打了一场职业生涯中最好的马球比赛。图中，我正准备射门。

船上参加香槟派对。回到德里，我参加了向斋浦尔王公致敬的印度马球公开赛决赛。斋浦尔王公的昵称叫"气泡"，因为他出生时人们喝光了所有的起泡香槟。"气泡"为我在贵宾包厢里安排了一个座位。比赛开始不到60 秒，R．S．"鱼雷（Pickles）"索迪（Sodhi）上校就从马上摔飞了，锁骨也断了。我极不情愿地被人从座位上拉下来，在三万名观众面前参加比赛。没有更衣室，球队、官员和马夫在我身边围成一圈，这几乎不能称之为隐私，他们给我穿戴上靴子、马裤和头盔。最后，我发现还挺合身的，然后我爬上了"鱼雷"的一匹马球马。

　　尽管我期待着一整天轻松地观赏马球，但在比赛结束之后，我却发现自己已经打出了职业生涯中最好的一场比赛：我打入三球，我们四比二赢了。在散场的路上，我去医院看望"鱼雷"索迪，并想把奖杯交给他。他正在治疗中，一群医生正照料着他。"你赢了，杰弗里，""鱼雷"说，"你留着它吧。"

11 月的第一个星期，我参加了普什卡尔（Pushkar）的骆驼节——《圣经》上都有这个记载。骆驼、牛、马在游行队伍中慢慢走着，身上被装饰得五彩斑斓，就像花车一样。路上有许多街头艺人，而且我发现每个地方都有一些新鲜的东西。月亮升起时，信奉印度教的妇女走上街头，头上顶着花哨的盆盆罐罐。我在那里野营了三天，欣赏着沙漠壮丽的光影变幻，心想，策划推出印度的度假产品是多么的容易啊：王公、寺庙和老虎。我们将推广印度之旅，并在这里推出高端旅游产品。

回到美国后，我与还在中东运营的蒂姆·萨姆塞特·韦伯开了个会。"我们一定要进驻印度，"我告诉他，"毫无疑问，这就是下一步计划。"

蒂姆飞往德里，与泰姬酒店和奥贝罗伊（Oberoi）酒店签订合同。我们设计了一个休闲度假产品，将会吸引那些想要逃离国内数月寒冬的西方客户。我与英国航空公司签订了一份合同，许诺印度、埃及和南非的游客只搭乘他们的飞机。

我们在南亚次大陆的业务风风火火地开展起来了。十年不到，我们的旅行产品就引发热议，连查尔斯王子都让我向他展示尼泊尔的旅行产品。我们雇用了廓尔喀（Gurkha）军队作为领队，护送我们攀登喜马拉雅山脉。廓尔喀人是世界知名的尼泊尔勇士，他们是护卫，更是守望者。我们跋涉了数英里，穿过世界上死亡率最高的山之一——安纳普尔纳峰（Annapurna）1 号峰，然后我们打算攀登 2 号峰。查尔斯王子说："我听说这些路上有很多人，可是人都在哪里呢？"

"殿下，您前面可是有一支廓尔喀军队。"

廓尔喀军队不仅训练有素，且隐藏得十分隐蔽，即使是查尔斯王子也为之震惊。夜幕降临时，我们进入了森林，他低声问："廓尔喀人去哪儿了？"话音刚落，一名士兵晃了晃火把，表示他正在附近。

在海湾战争期间，印度对整个旅游行业来说都极具魅力——这是西方人能感觉安全旅行的极少数目的地之一。但是，1994 年 11 月，这金灿灿的印度的摇钱树倒下了。那天，我从奥兰多（Orlando）开车到维洛海滩（Vero Beach）。路上，蒂姆·韦伯给我打电话。"杰弗，我在芝加哥，"他说，"我刚从德里回来。"

"德里情况怎么样？"

"杰弗，我有个非常不好的消息。你坐稳了吗？"

"我坐稳了，但我正在开车。"

"杰弗，你得停下来。"

"真的吗？"该死的。我突然神经紧张起来，急忙寻找出口。我开到I-95高速路上的紧急停车道，并把紧急双闪灯打开，"怎么了？"

"印度分公司有麻烦了。惊天欺诈。"

"该死，我就怕这个。"

"杰弗，他们一直在贪污——款项巨大。他们收取购物佣金，还给旅行社和经理回扣。"

"事情有多糟糕？"

"很糟。大约有数十万——接近 100 万美元。"

车子的挡风玻璃外是平坦的佛罗里达州大道，擦肩而过的车辆根本不理睬我的焦虑。地球不会因为这种时刻而停止转动。在某种程度上来说，这却令人感到安心。我重新发动引擎，检查前后左右的镜子，然后转回到州际公路。

"杰弗？你还在吗？"

"我在。"

"现在变得更糟了。"

"有多糟？"

我听到电话里传来一声叹息，然后，他说："杰弗，我不知道该怎么说，他们把办公室烧毁了。"

"什么?!"

我再次在路右边找到一条宽敞的紧急停车道，离开了车流。蒂姆继

我任温莎公园马球队队长时，取得了 1987 年御林军马球俱乐部比赛的胜利，戴安娜王妃（Princess Diana）向查尔斯王子和我表示祝贺。

续诉说，我也没有关掉引擎。"杰弗，他们把办公室烧了个精光。他们把它烧了，又用水浇了个遍。"

"天哪，蒂姆！"

"全部的电脑、全部的文件，全部的一切，都没了。他们知道自己被发现了，我一走，他们就把一切都烧掉了。"

"找到办公室的工作人员——"

"没有工作人员了，杰弗。他们都跑了，他们都是同谋。"

我摇下车窗，呼吸开始有些不顺畅："好的，你和我必须迅速解决这件事。现在是旺季的开始，两周后大家都要开始过圣诞节假期。我们要发信息给——给哪些分公司？"

"发给伦敦、芝加哥和澳大利亚的分公司。"

"好。发消息询问旅行团的名称、游客名单、行程细节，所有的一切。重组一个团队，让他们迅速成立一个新的分公司。重新处理每一个行程。还有，印度分公司是否取消了酒店的预订？"

"不，我已经查过了。所有的房间都还是预订状态。"

蒂姆在奥贝罗伊酒店和泰姬宫（Taj Palace）酒店的大堂设立桌子，与礼宾服务台一道工作，把 Abercrombie & Kent 所有的客户都调整到一起。他友好地向客人解释说，分公司发生了个小小的意外，他将独立接手并努力挽救这些行程。

第二年 1 月，在圣诞节的旺季过后，我打电话给他："我们忙得翻天覆地，最后，这次我们只损失了 30 万美元，原本可能会更糟糕。蒂姆，你做得太棒了，现在只剩下一件事了。"

电话的那一头，蒂姆沉默了。过了一会儿，他说："是的，我知道。"他前往奥贝罗伊酒店资深销售主管的办公室。蒂姆给他提供了一份工作邀约。蒂姆离开的时候，我们在印度的办公室有了一个新的总经理。

自那以后，我们在印度的业务一直保持着高速稳定的发展，这在很大程度上得益于印度长期以来是世界上最为安全的旅行目的地之一。然而，2008 年 11 月下旬，我们有一批客人遇到了极其罕见的危险状况。十名恐怖分子出动并围攻了孟买的几个主要旅游集散地：咖啡馆、火车站和豪华酒店。整整一天，在各个城市的不同地方，惊慌失措的旅客躲在他们的套间里，听着响彻城市的枪声和手榴弹爆炸声。一共 166 人，包括客人和旅馆工作人员被残忍杀害。虽然一些受到攻击的酒店不允许任何客人离开，但 Abercrombie & Kent 印度分公司知道，必须尽快让客户远离混乱区域，并转移到一个安全的地方。

我和妻子奥塔薇娅应邀参加威廉王子和凯瑟琳·米德尔顿（Catherine Middleton）的婚礼。婚后他们被称为剑桥公爵和公爵夫人（Duke and Duchess of Cambridge）。

　　一位 Abercrombie & Kent 的澳大利亚客人后来写信给我们说："我们在凌晨四点从卧室的窗户撤离，处于绝对的恐惧之中。身后火光冲天，枪声不断。"我们的工作人员亲自上阵，帮助救援客人。"我现在才明白 A&K 保护的价值，"这位女客人写道，"当我在一片混乱中爬下梯子，我看到了黄色的 A&K 标志，真是太难以置信了。我还听到一个声音问我：'你是不是 Abercrombie & Kent 的客人？'这是我们的导游正等着营救我们，并把我们送到了四季酒店的安全地带。这是我听过的最让人安心的话了！"

　　一些国际新闻报道说，因为游客经历了这些恐怖的事件，一些印度人为此感到沮丧和羞耻。然而，很可惜的，正如我们在纽约、波士顿、伦敦、巴黎和哥本哈根所看到的，只要有恐怖分子存在，世界上就没有任何地方是安全的。

我的公司是最早被允许在中国经营的西方旅行社之一，我们为散客量身打造中国行程。

第 10 章　叩开古老的东方国度之门

◆◆◆◆◆◆

1979 年

20 世纪 70 年代末，当中国迎来一个新的时期，我清楚地意识到这个古老的国度将迎来又一个春天。

一天，我在内罗毕荆棘树餐厅喝咖啡。我在《东非标准报》(*East African Standard*) [1] 上读到，埃塞俄比亚某个团体向该国公民提供访问中国的机会。我立刻穿过马路，跑回办公室，预订了飞往埃塞俄比亚首都亚的斯亚贝巴（Addis Ababa）的航班。几周之后，我就来到了埃塞俄比亚旅游局的大楼前。在里面，我对旅游局的官员说："我想加入你们的中国访问之行。"

他们自然而然地回答："但你不是埃塞俄比亚人啊。"

我早有准备。"从某种角度而言，我就是埃塞俄比亚人。"我告诉他们，"我妹妹就是在亚的斯亚贝巴出生的。"随后从信封里取出她的出生证明，让他们接过去，放在桌子上。

旅游局局长看了看证明，让我先离场几分钟。他们让我重新进去的时候，局长告诉我："我们决定给你签发一张埃塞俄比亚的签证去中国旅

---

[1]　肯尼亚颇有影响的一份英文日报，由印度商人创办于 1902 年，主要提供当地及国际新闻、社论、商业、体育等内容，发行量约 7 万份。

行。"我当场给他们签了一张支票，用于支付我的签证费用。然后，我预订了我和乔丽到香港的航班。因为我知道，除了乔丽，公司没有其他主管会花上两个多星期的时间来探访中国，而我计划的却是长达67天的考察之旅，最后一周还会去西藏，而去过西藏的旅行者总计也不过一两千人。这次旅行是一次真正意义上的历史性旅程，我的目的是深入中国，去看看在经历了浮沉与变迁之后，这个古老的国度仍然不变的城市与乡村、历史、美食与文化。

从飞机上鸟瞰香港，这座城市已经日新月异、今非昔比了。这里高楼林立，飞机飞行的高度甚至远远低于摩天大楼的最高层。飞机降落时，机上的乘客和我都在近距离地观察那些办公大楼里的会议室。突然，飞机的起落架一下子落在了跑道上。

我的脑海里立刻预先为旅行报告加上了一条简短的备注：香港需要一个新机场。

我花了一个星期的时间同各个朋友见面，有美国国务院在当地的副领事官员李文（Burton Levin）[1] 这样的新朋友，也有像塞舌尔的帕特里克·麦克劳德（Patrick Macleod）这样的老朋友。我们参观香港的酒店和餐厅时，雨水从阴沉的天空中倾泻而下，但我很高兴香港是个文明城市，其设计精心、周到，非常吸引游客。

在这里，购物也是令人印象深刻的。古董爱好者可能会完全迷失在荷李活道（Hollywood Road）上的商店里。一天下午，我在文华东方（Mandarin Oriental）酒店一楼的皇室洋服（King's tailor）店里试穿西装和衬衫。这些西装和衬衫都是用销遍全球的最高质量的英国布料制成的。在香港停留一个星期之后，我准备离开香港去澳门，但真是天公不作美：雨季将临，雨水肆虐。我们的澳门之行不得不取消了。

---

[1]　伯顿·勒文（1930—2016），中文名为李文，前美国驻缅甸大使、前美国驻中国香港总领事。

虽然天气不好，接下来几个星期的行程却精彩纷呈。在清早的晨光中，我们踏进了漓江西岸的一个地级市——桂林，看到了壮观的喀斯特地貌，具有溶蚀性的水把山脉溶蚀成了尖耸的岩山。当天下午，我乘坐一艘船，沿着漓江泛游。导游让我坐在船首的平台上。他说："在中国，这是最令人心驰神往的游览路线之一了。"河水蜿蜒穿行于笔直的石灰石山脉之间，中国唐朝诗人韩愈有诗云：

> 江作青罗带，
> 山如碧玉簪。

我一边吃着丰盛的午饭——里面有鸡肉、米饭、酸甜的菠萝和胡椒烧鱼、蘑菇和新鲜的橘子，一边欣赏着秀丽的风景。在我眼前仿佛浮现出一幅中国的传统山水画，而明朝的佛塔则不时地出现在这条路线上。渔民戴着柳条编成的尖尖的小工帽，划着竹筏漂流，有人在清理水草，收集猪草，还有水牛躺在河边泡澡纳凉。我向南凝视着前方，看着石灰石岩石的叠翠峰峦，看着峰顶消失在缥缈空灵的云雾之中。

这一切让我更加渴望前往西安，它有着我这次探访之旅的亮点：中国第一个皇帝秦始皇的陵墓。公元前 246 年，秦始皇甫一登基，就建造他的陵墓，成千上万的劳工在他驾崩之前费尽心力去建造。导游告诉我，乾陵也值得一游，这是唐朝第三位皇帝李治的陵墓。同葬于此的还有李治声名显赫的皇后武则天，她于公元 649 年至 683 年在位。通往陵墓的道路又称为御路，两侧拱卫着尖塔、华表、飞马和朱雀雕像，还有十对翁仲、一对石碑、一对塔楼和一组代表参加皇帝葬礼人员的雕像。"到目前为止，还没有真正地发掘出陵墓的主体，"导游说，"不过，人们都在想，要是完成了发掘，不知道会发现什么样的宝物。"

在西安游览了一天之后，我热切地希望去体验一下上海的现代生活，去见识一下那 1100 万的人口。到达上海的那天下午，我们直奔上海宾馆，那是当时上海最高的建筑，有 26 层楼高。宾馆的大堂和任何一家大都会酒店一样简单，楼下由大理石铺就，有一家咖啡厅和一个酒吧区。当经理带我上楼，向我展示 600 套房中的一套时，我们遇见了一个漂亮的中国女孩。她从一个房间走出来，手里拿着服务员的制服，向外走去。经理看着她，她匆匆地同我们擦身而过，投向城里的夜生活。之后经理把我带到了顶楼，那里景色壮观，四周环境十分适合为客人举办鸡尾酒会。接着他带我到一个私密的宴会厅吃晚饭，我们还在看菜单的时候，他告诉我："在上海，你得尝尝北京烤鸭。"

"这是为什么？"

"这里人人都知道，上海的北京烤鸭可比北京的北京烤鸭好吃多了。"

他说得不错。除了北京烤鸭，我们还点了炸带骨鸡腿，在小麦吐司上加上水煮鹌鹑蛋，还有中等大小的淡水鲜蟹。这是到中国的几个星期以来，我吃过的最美味的饭菜。第二天晚上，我又在和平饭店吃了奶油蛋糕、奶油泡芙和巧克力酥卷。上海以其美食闻名于世，果然名不虚传。

从上海开车到苏州路途很短。苏州是座有着 2000 年历史的古城，以其精美的工艺品著称。我们第一站来到了苏州刺绣研究所（Suzhou Embroidery Research Institute），它成立于 1957 年，拥有 300 多名从事设计、刺绣和真丝挂毯制作的工作人员。研究所所长钱女士一路陪同我参观，我注意到里面的学生几乎都是大学生年纪的女性，在工厂工作或留在研究所任设计师之前，都要接受近 10 年的培训。她们向我展示了这半年来所从事的项目：反向刺绣和双面刺绣的丝绸作品。这些作品细节精致、色彩鲜艳。其中，有一幅玫瑰刺绣作品特别栩栩如生，我几乎都想从这丝织品中捧出一束花来。

下一站，我来到了中国仅有的四个檀香木工厂之一，它位于苏州西北街 58 号。在这里，工人们制作了许多中国妇女纳凉驱暑用的传统檀香木扇。

在工厂车间里，我观看工人们用手工制作的镂空锯切割出图案繁复的扇子。在隔壁车间，工人们用加热的电模板在扇子上雕印图案。最后，

穿越长江三峡——瞿塘峡、巫峡和西陵峡。这是中国最负盛名的自然奇观之一。

我进入了雕刻室，在那里工人开始雕刻手柄，完成整把扇子。檀香木扇的整个制扇过程需要 20 天的时间。

　　游览了苏州之后，我乘上一艘行驶于长江之上的游船，开始游览三峡。我花了两个星期前往北京，这样就有大量的时间沿途游览农业区——例如，无锡国有市场和自由市场典型地体现了政府将土地分配给农民的实施情况。在经过了一些惊险的狭窄道路和仿佛驼峰之上的小桥之后，我抵达了美丽的杭州西湖。有一本旅游指南中这样写道：

　　在中国，你能看到的最美丽的景致之一，就是西湖日出。倘若能早起，就能看到第一缕曙光轻触湖面的情景。你不会失望的。雾气缓缓下降又逐渐抬升，再升上天空，此时太阳若隐若现，时不时出入云层。

故宫内有明（1368—1644）、清（1644—1911）
两代皇室所居住的一系列深宫庭院。

但是，当我第二天早上六点半醒来，从酒店的窗户向湖面望去，却只看到灰白色的天空下灰色的云朵弥漫消散。柳树的枝条无精打采地朝湖边扫去，睡莲柔软的叶子在风中摇曳不定。花了一上午在西湖人工岛上游览之后，我更加迫不及待地想前往北京，满心渴望游览紫禁城。然而，在飞往北京的飞机上，我突然感觉自己处于一种虚弱无力的痛苦中。当飞行机组人员宣布我们即将降落时，空乘人员走过过道，向每位乘客发了一颗糖果。我很好奇并且想尝尝中国的糖果会是什么味道，于是撕开糖纸包装，把方块状的糖果塞入嘴中，这是一种类似英式奶油太妃糖的味道。我很喜欢这个味道，于是有滋有味地猛咬了一口。突然，一阵剧痛袭来，痛得让我握紧了拳头。我保持着镇定，从嘴里取出太妃糖，发现上面嵌着一块金色的填充物。我的牙医曾向我保证，说它永远也不需要更换呢。

我用餐巾纸把金色填充物包起来，在飞机着陆并入住酒店之后，打电话给中国国际旅行社帮我寻找并预约牙医。一个名叫吉米（Jimmy）的年轻人在酒店叫住我，开车把我送到了一家典型的中国医院。接待员要我支付一美元的押金，然后陪着我走进一个长长的走廊，进入牙医诊室。我缓缓向四周瞥了一眼：窗帘拉开一半，柜台上四下散落着药瓶，大部分都没有盖子，瓶中的药液溅落到了地板上。牙医使用的牙钻看起来稀奇古怪，像是由英国漫画家兼工程插画师希思·罗宾逊（Heath Robinson）[1]设计的。我凑近导游，问道："能不能请你告诉这两位护士，我不想让牙医在我的嘴里注射任何东西？"

结果他说："这两位女士就是牙医。"

"打扰一下，两位女士，"我说，"我希望明确一下，我不想让你们中的任何一个人，或者其他任何人，在我的嘴里注射任何一种药物。"我停

---

[1]　希思·罗宾逊（1872—1944），英国著名漫画家、插画家与剧场设计者。因作品里经常出现异想天开的机械设计，后来人们将荒谬无用或极端复杂的机器称之为"希思·罗宾逊机器"（Heath Robinson contraption）。

站在万里长城之上远眺，这是我的平生夙愿。

了一会儿，接着问，"好吗?"

她们露在口罩上方的双眼一片茫然，齐刷刷地看向我的导游。导游把我刚才说的话用普通话翻译了一遍，不过他的语气里有些犹豫。突然，他们之间爆发了一场争论。我听见他们大声说着话，拿着仪器的手臂挥舞着。有一刻，我觉得他们中有人几乎要流下眼泪了。"医生!"我大喊起来，把餐巾纸从后面的口袋里拿出来，"我只是补个牙而已呀!"

一下子，所有人都平静了下来，其中一名牙医转向医药柜，默默地开始混合糊状物。另一位牙医则指了指椅子，向我示意，好像在说："是哪里痛? 请坐吧。"她轻轻走到转椅边上，用普通话说了些什么。一位牙医又打开了我头上的灯，灯光让我畏缩了一下。整个过程中，在我把下巴抬起来之前，有一只手在我的嘴里敲敲打打，而另一只手则把新的填充物塞进牙齿里。我用眼睛的余光向外看，我注意到有一只脚像脚踏板一样拼命地踩，才能让牙钻保持转动。"结束了，"吉米说，"好样的，肯特先生。"

在接待处，我支付了费用。账单上写着：两块五，美元。

当我终于来到了紫禁城，我被那华丽的皇家庭院和神秘的氛围所吸引和折服。这座拥有九座宫院的皇城规模之大令人震惊。直至中国末代皇帝的时代，平民都不准进入。中国国际旅行社已经做好我们的参观安排，此前几乎没有多少人能够有这样的机会。

而长城更是让人不可思议、叹为观止。它非常宽，上面足以让十匹马并排行走。难以想象人类居然能凭借智慧建造起这般规模宏大、雄伟壮观的建筑，并保护着内地免受游牧民族的侵扰。游览长城完完全全是一次令人激动万分的文化体验——尽管这和我一般的冒险类型不同，却非常独特。

去西藏之前，我们把最后一个早晨留给了四川省的省会城市成都。成都以工业闻名，还建有大熊猫的保护区。13世纪，马可·波罗称成都为年轻人的幸运天堂，因为这里美女众多。然而尽管可以带贵宾来看大熊猫，但这座城市还是多多少少让我们感到失望：它曾经也有故宫般的宫殿，甚至一度被认为足以与北京媲美，可惜如今大部分的胜迹都被毁坏了。下午，我们去买东西，乔丽买了橘子和水果罐头、一条面包、熏牡蛎、馅饼、香辣酱烧牛柳和一小瓶中国红葡萄酒。

我们凌晨四点就起床赶6：30飞往西藏的飞机。结果，飞机在上午10：30才起飞。一个小时后，我们开始飞越横断山脉。横断山脉有一处高约5英里（约合8千米），有着壮丽的冰川和冰雪覆盖的山峰。蔚蓝的天空中，白云从山脉下升起，舒卷翻滚，不肯散去。我们忙着抓拍照片，同时我也做了笔记提醒客户也记得抓拍，因为西藏是世界上最高的地区，这样的景色在其他地方殊难见到。

阳光无限灿烂，似乎向我们证明，来这里的确是正确的选择。飞机在群山之上又飞翔了一个小时，我们就看到了西藏的景象，一切正如我所预料的那样荒凉。蓝水晶般的雅鲁藏布江横穿大地，它是布拉马普特拉河

（Brahmaputra River）[1] 的源头之一。

　　我们于下午 1∶30 在贡嘎（Gongkar）的一条硬质路面上着陆。中国国际旅行社的副社长迎接了我们，陪我们走向一辆正在等待的中国军方吉普车。"我们的行李呢？"乔丽问道。

　　"行李会单独运往拉萨。"这位负责人告诉她。

　　乔丽耸耸肩，上了车。"希望如此吧，"她说，"我所有的保暖衣物可都打包在了行李里面。"

　　司机柯平（Ke Ping）带着我们离开了机场，稳速前进，直到我们被一个路障挡住。"解放军正在修路，"司机说，"想让路变得更宽，让更多的游客过来。"

　　柯平摇下车窗，大声和一名修路工人说话。之后，他叹了一口气，把窗户摇上来。"对不起，肯特先生、肯特夫人，"他说，"工人说，我们必须等到晚上八点才能通过。"

　　乔丽和我看着对方，笑了起来。"我就知道会是这样！"我大声说道。

　　"唉，"她叹了口气，靠在头枕上，"至少还有新鲜空气，"她说，"没有污染，没有像在内地其他地方一样，到处都有人抽烟，烟雾缭绕——"

　　柯平说："内地也没有塞满了乘客，还用酥油除臭的公共汽车！"他再次摇下窗户，对修路工人摆了摆手。他们又说了些什么，声音渐渐大了起来，听起来像是在争论什么相当棘手的问题。最后，我们的司机启动了车子，往后退了退，对我们说："不管怎样，我都要试试能不能过去。"他缓慢地开着车，工人们正把大石头推到一边。柯平说："我告诉他们，我车上坐的这个人是要给西藏带来更多游客的。他们也正是为了此目的才修这条路！"

　　一群约有五十多人的工人站在山顶和我们打招呼，我们也挥手致意。

---

　　[1]　南亚的重要国际河流，上游在中国境内，称为雅鲁藏布江；流入印度后称为布拉马普特拉河。

不要停，继续开。我在心里默默地对柯平说。要是上面有个工人一不小心，挡住的石头就可能滚下来，一下子就把我们砸扁。

在前方的路上，我们再次碰上了修路的工人，司机只好多费一次口舌，进行了一番解释，之后便一路顺风地直奔拉萨。在一座 14 世纪的寺院前，他停车让我们拍照。这座寺院有着红蓝相间、颜色明亮鲜艳的横梁，有描绘佛祖弟子的壁画，还有一座寺院初代住持的舍利佛塔、覆盖着金箔的佛像。

"柯平，"我们走进东边的佛殿时，乔丽低声问道，"那是什么气味？我们在贡嘎下了飞机后一路上都闻到这味道。"

"是这种像坏了的奶酪和动物皮毛的气味？"

"呃……"她说，"是的。"

"这是酥油！西藏人什么东西里都加酥油，不管是泡茶还是用来除臭，所有的一切。你现在闻到的就是这个。"他指着一盆擎着灯芯的油，说道，"他们还拿它来做蜡烛。"乔丽说："我觉得受不了这种味道。"

"这没什么，"柯平说，"我们有些当地人也一样受不了！"

一路上，风景如画，光影斑驳，很是壮观。不久，我们看见遥远的地平线上出现了一道红白相间的光芒，那就是布达拉宫——我们终于到达拉萨了。柯平驾车穿过城市的街道，停在一幢官方建筑模样的楼宇前。他说："西藏重新向游客开放之前，这里是自治区的行政中心。但现在，这是你们的客房。"

我们进房间之后，柯平给我们带来了咖啡、茶和涂了黄油的热吐司。"我想马上洗个澡。"乔丽说着走进洗手间。一会儿，她喊道："杰弗，柯平还在吗？"

"我在这儿，肯特太太！"

"有个问题，"她说，她从门后探出头，看着柯平，"锅炉是不是没有开？"

"哦，是没有开。不过，肯特夫人，"他的声音里带着极大的担忧，"第一个晚上我们从来不让客人洗热水澡。"

乔丽关上浴室的门，然后又打开，身穿一件白色的浴袍走出来。"你说什么？"她说。她的手臂交叉在胸前，紧紧贴着身体。

"肯特夫人，第一个晚上您不能洗热水澡。"

"等等，"我也插入他们的对话，"那是为什么？"

"肯特先生，我们是为您妻子的健康着想。"

"为什么呢？"

"如果洗热水澡，她会感冒的！"

"柯平！"她说，"现在是 11 月初，我们站在海拔 12000 英尺（约合 3658 米）的地方。太阳再过一小时就下山了，但我们的行李还卡在贡嘎到拉萨之间不知道哪儿的路上，而且有人还在修那条路。"她双手叉腰，慢慢靠近他，"如果一位美国女士告诉你，她想要洗个热水澡，她可不是跟你在开玩笑。"

柯平手足无措地慢慢退出了房间。"我去拿水壶，马上就回来！"他喊道，走下走廊。

乔丽关上门，倒在床上。"你可是第一个要求第一天就洗澡的人。"我对她说，轻轻地坐在她身旁。

"第一个。"她叹了口气，转过来整个人撑在胳膊上，朝着我，"今晚我还要第一个吃饭。"

这时敲门声响起："肯特太太，您的水来了！"

我打开门，看到门外站着一个娇小清丽的女人，脸上带着温柔的微笑。"先生，水是热的。"她说。我真诚地感谢了她。

乔丽起身，接过水壶，快速地跑进浴室。"水很热，亲爱的！"她喊道，从浴室里出来，整个人精神焕发。我们选择在房间里吃晚饭——显然，这些牛肉和新鲜的蔬菜是特地为我们从中国内地空运来的。然后，我们在彻骨寒冷的房间里睡觉，身上穿着穿了一整天的衣服——我们的行李仍然滞留在贡嘎附近的某处。

不论是内地还是西藏，整个中国就只有一个官方时区，所以越往西部，日出日落就越迟。我八点钟起床的时候，要了一杯咖啡，把纱质窗帘拉开。这时，太阳还未完全升起，天蒙蒙亮。夜间下了一场暴风雪，红棕色的喜马拉雅山山头撒上了点点白雪，与蔚蓝的天空形成鲜明对比。不可理解的是，很长一段时间以来，许多旅客都错过了这一经历——这一幕美景，如此灿烂华丽，又如此普通平常，真是大自然完美的奇观。

在我的一生中，这一幕最为难忘，深深印入我的心中。

这种灵感泉涌的情景持续了一整个早上。我们快到布达拉宫的时候，太阳正好穿透云层，阳光照在这座始建于公元 7 世纪的历代达赖喇嘛冬宫居所。柯平开着车把我们带上了神山，这座红山就是布达拉宫两座主要宫殿之所在。布达拉宫高达 13 层，空间大得惊人，有 1000 多个房间，面积近 150 万平方英尺（约合 14 万平方米）。柯平带我们穿过两座佛殿，其中第二座又叫"祀殿"，供奉有灵塔，用于保存历代达赖喇嘛的不朽遗体。灵塔金光耀眼，以数吨黄金和各种宝石装饰而成。灵塔基座周围是无数盏酥油灯，让灵塔保持长明。灯火闪烁，在灵塔之间投射出斑驳的光影。在我们周边有很多面貌古朴的民众，围绕着佛殿行走，每人都拿着一盏酥油。"这些人是谁？"乔丽问。

"这些是从藏西北来的朝圣者，"柯平说，"他们住在小帐篷里，过着游牧生活，放牧山羊和牦牛。"

乔丽"咔嚓咔嚓"地用相机拍照，捕捉朝圣者鞠躬和祈祷的画面，记录下他们用勺子将酥油打起，添入灵塔灯座之内以保持蜡烛燃烧的影像。

柯平带我们参观了另外两座佛殿，其中一座是观音洞，始建于公元 7 世纪。它本建在山上的岩石上，如今成了布达拉宫的底层，这是布达拉宫最古老的建筑。"你们可以看到，在每个佛殿里都有这样的彩色锦绸从天花板上垂挂下来，上面绘有各种故事。这叫唐卡，这些都有好几百年的历史了——"

"保存得如此精美。"乔丽赞叹道。

“这实际上是因为山上空气寒冷干燥，”柯平向我们解释说，“墙壁上的壁画也是如此。这些壁画都有 300 至 1300 年的历史不等。”

“真是迷人，不是吗，亲爱的？”乔丽说。

我点点头。

“你怎么不说话？”她说。

“我只是在消化这些所见之景。”

“杰弗……你没事儿吧？”

“我其实感觉不太好。”

“肯特先生，来一些布达拉的神水怎么样？”

“不了，谢谢。”我告诉柯平，“洒点冷水可能不管用，哪怕是神水。”

“听我说，肯特先生，”柯平说，“跟我来吧，快跟随我到第七座佛殿，到那里你就明白我的意思了。”他找到一个茶室，乔丽和我坐下，然后他转过身来：“肯特先生，布达拉神水其实就是绿茶，它会帮助你保持水分，在山上这非常重要。”乔丽和我都喝了几杯茶，这真的让人很舒服。

接着，柯平带我们去布达拉宫的另一侧。他告诉我们：“在布达拉宫的 64 座宫殿中，这座白宫是新选定的达赖喇嘛举行坐床仪式的地方。”

“选定？”乔丽说，“我还以为达赖喇嘛是一个世袭的头衔。”

“这是一个常见的误解，肯特夫人，但要成为达赖喇嘛有其偶然性。”他接着解释说，达赖喇嘛圆寂后，正是在这里举行金瓶掣签。那些在达赖喇嘛圆寂时刚好出生的婴儿如果满足了一定条件，名字就会被放进一个金瓶里，然后随机从瓶中掣出一支象牙签，当众宣读上面的名字。掣中者就是达赖喇嘛的转世灵童，也就是他的继任者。不过，所有的金瓶掣签程序须经中央政府批准才是合法有效的。

“杰弗，”乔丽问，“你还不舒服吗？”

我摇摇头，说：“头痛。”

“肯特先生，您的胸口是不是也疼？还感到恶心？”

我虽然不想直说，但也不得不承认：“是有一点儿。”

"杰弗！"乔丽惊叫起来。

"这是高原反应，肯特夫人，不要惊慌。"

"但是杰弗身体这么棒！"

"拉萨是世界上最高的省会城市，而且我们一整天都要待在这里。我们快去参观大昭寺吧，"他说，"然后你们就可以休息了。"

大昭寺的外梁和门框上的雕刻色彩明亮耀眼，寺内装饰华丽，觉沃佛释迦牟尼佛 12 岁等身鎏金铜像坐在庄严的黄金宝座上。传说这座佛像是由唐朝的文成公主带入拉萨的，她于公元七世纪下嫁首次统一了西藏的松赞干布国王。

"这一切都如此引人入胜，"乔丽说，"但是我们为什么不回宾馆去呢？"

由于缺乏石油而频繁停电，我们在黑暗中享用了一顿乏善可陈的晚餐。我在日记里写道："要让进藏的客人都随身带着火把，这非常重要。"

"火把？"乔丽俏皮地笑了一下，"在写给美国人看的小册子里，为什么不把它称为'手电筒'[1]？"

第二天早上，我的喉咙痛得像着了火一般，头也疼了起来——这是得了严重流感的表现。"也许我生病并不奇怪。"我沉思着说。

"是高原反应？"

"不是，在那些小房间里，有几百个朝圣者挤着从我们身边走过，而他们正流着鼻涕！"

第二天早上九点，我们离开拉萨。这一天是我们整个中国内地与西藏之旅中最为坎坷崎岖的一天：我们马不停蹄地向西奔波 168 英里（约合 270 千米），前往日喀则市。日喀则是西藏第二大城市，此前到过此地的西方人寥寥无几。我们坐在军车上，预计路上要花 11 个小时。但出发 30 分钟后，我们就抵达了第一站——在我们的面前是一幅巨大的彩色释迦牟尼佛雕像。该像于公元 7 世纪雕刻于喜马拉雅山的岩石上，以防御山谷中

---

　　[1]　在英式英语中，手电筒是 torch，这个词也可以表示火把。

的恶灵，之后开始断断续续地进行佛像的彩绘。这个行进的速度让我们觉得很意外。"预计差不多需要一个小时才能到这。"乔丽说。

我在日记中记下了关于物流交通的信息，并提醒得盯着司机的里程计。

1 个小时后，也就是上午 10∶30，我们穿过了藏布江上的一座大桥，开始往甘巴拉（Gampa-La）山口的山顶行驶。整个爬坡的过程颇有些惊悚，因为超车的地方往往是视觉盲点。我告诉乔丽："这些悬崖是完全垂直到底的，有几千英尺高。"

她表示同意："对那些恐高的客人就不推荐这条路线了。"

但是，在海拔将近 17000 英尺（约合 5182 米）的甘巴拉山顶，可以看见藏布江和清澈碧蓝的羊卓雍错湖（Yamzho Yumco）那壮丽惊天的景色。

下午 1∶30 的时候，我们在一条河边停下来野餐。在河边，一座高大的山脉仿佛悬在头顶。接着，我们再次出发，然而越接近日喀则，我们就越来越频繁地和驴子、骡子挤在同一条狭窄的土路上。这一队队的驴骡拖着带铲的小型平土机在平整道路。"哦，天哪！"乔丽叹了口气说，"真是灰尘飞扬……"

我们只好关上了吉普车的车窗。下午 3∶30，我们在小镇江孜停了下来。这里的一座小山上建有城堡，城堡外围是长长的围墙。柯平提议带我们去参观当地的寺院，但路上车流加大，还有很多军车驶向日喀则，灰尘大得让我们简直无法忍受。不管是谁，这趟旅行说什么也不能在夏天来！我在日记里写道："现在是 11 月初，天气足够凉快，我们还可以关上吉普车的窗子……但在夏天，乘客怕是会窒息而死。"

我们接着遇上了一条去中印边境的岔道，这意味着我们离印度只有 250 英里（约合 402 千米）。"乔丽，"我低声说道，"也就是说，我们来得及到日喀则喝下午茶。"

她看了看腕表："没错，已经快 5 点了。"她张大眼睛望着我，知道这表示什么：11 个小时的路程，我们的司机用了不到 8 个小时就开到了。

进入酒店的套房之后，我们才发现这房间其实是由军营改造的。它有两个双人间，中间被隔开，还有一个小壁凹，放着两只脸盆和几条毛巾。没有自来水。如果这还不算什么，那么洗手间里的设施就简直是个露天的茅坑，臭气熏天。我只好借了一个虎标万金油，再加上乔丽的香奈儿五号香水，来减轻臭气的困扰。我对乔丽说："就算我之前没生病，现在也肯定得大病一场。"我摇摇晃晃去睡觉的时候，在额头上放了一块湿布。很明显，我发烧了。

第二天早上醒来的时候，我头疼得要命。工作人员送来了咖啡和涂了蜂蜜的吐司，这才让我精神好了不少。乔丽自己一个人坐上雅鲁藏布江下游的一艘充气船，花了一上午游览，然后停靠在日喀则以北的 10 英里（约合 16 千米）处。我则躺在床上睡觉，一直躺到午餐时分。终于起床之后，我像一只大巨蜥一般坐着晒太阳，直到乔丽回来。我们下午还要参观扎什伦布寺。扎什伦布寺修建于 1447 年，是现存西藏古建筑的精美典范。

扎什伦布寺坐落在棕色的山上。在炎热阳光的照射下，寺院呈现出鲜艳的白橙相间的颜色。我们首先进入的是弥勒佛殿内，弥勒佛像建于 1914 年，由铜、黄金和黄铜制成。他闪闪发光的第三只眼睛则由 1400 颗钻石、珊瑚和玉石制成。我们接着在寺院的藏经阁游览，里面有七百多本各个学科的书籍，还有《甘珠尔》（*Ganzhur*），地上还有寓意吉祥的"卍"字纹饰。我们看到了藏有四世班禅喇嘛遗体的灵塔，走在土墙之间弯弯曲曲的鹅卵石古道上，身边不时走过头戴橙黄僧帽、身着藏红色僧袍、来来回回漫步而行的僧侣。之后，我们参观了千佛造像。

导游带我们走进了茶室，那里有五个巨大的铜锅，为僧侣们煮着酥油茶……接着我们到了在西藏所见过最迷人的地方——诵经室。诵经室是扎什伦布寺最古老的建筑，柱子把整个房间一分为二，天花板上垂下精美的经卷织绣，一排排座位整齐方正地排列着，坐满了吟诵的僧侣。一名高僧带领着他们吟诵，还不时敲一下钟。钟是智慧的象征，钟声敲响的时刻则寓意着吉祥如意。

从诵经室出来，我们走进一个大厅，一名僧侣正在准备向佛陀敬献由酥油和青稞粉制成的贡品。这个大厅比诵经室还要令人惊叹，导游解释说这里面都是最高级别的僧侣。里面钟鼓齐鸣，铙钹共响，一派恢宏。

从寺院出来，我们回到了要什么没什么的房间。突然之间，我们觉得这一切——这一路狂野而尘土飞扬的旅程、黯淡灰蒙的军营，还有这一周以来几乎不可下咽的食物，都是值得的。

就在我打瞌睡的时候，窗帘上闪过一道光，还有一阵刺耳的响声。乔丽问："到底怎么回事？"

"是隔壁的收音机在响吗？"

"打电话给前台问问。"

"对不起，先生。"接电话的年轻人说，"星期五晚上会放映中国电影。"

"什么时候结束？"

"通常在午夜左右。"

乔丽把头塞到枕头下面，痛苦地呻吟。

◇◇◇◇

在这世界的一隅，罕有外国人的足迹，其理由十分充分。因此，将游客带入西藏，可并不是那么容易的事——不过，到了 1994 年，我们在世界各地，包括在中国都已经有了相当的影响。比尔·盖茨（Bill Gates）热衷于旅行和了解不同的文化，因此找到我们为他安排访问中国的行程。他和沃伦·巴菲特（Warren Buffett）正计划一起出游，随行的除了他们的朋友，还有颇有名望的商业伙伴。我们非常清楚这次旅行对他们和我们而言都同等重要，因此派遣了 A&K 中国公司的专家杰拉尔德·哈瑟利（Gerald Hatherly）来确保一切安排万无一失，同时满足客人的全部特殊要求。

我们想要给他们一个"不同凡响"的中国之旅。盖茨一家未曾以休闲旅行者的身份来过中国，所以我们设计的行程不仅为他们展示中国的面貌，更将带他们进入一些鲜为人知却神奇迷人的地方。

还好，比尔·盖茨父亲的妻子米米·加德纳·盖茨（Mimi Gardner Gates）是一位杰出的中国学学者，她同意我们在行程中加入乌鲁木齐和敦煌。乌鲁木齐人迹罕至，但景观丰富、风光旖旎、风情浓郁。敦煌的意思是"壮观的烽火"，因为一千五百多年前，它曾是一个贸易和文化中心，有着一段辉煌的历史。

因此，我们设计的中国行程包含了神奇而经典的旅游目的地，包括中国首都及历史名城北京、中华文明的伟大摇篮之一西安，以及山水如画、人在画中的桂林。此外，我们还添加了丝绸之路的沿线城市，如乌鲁木齐、吐鲁番和敦煌。这些城市不仅古老，也印证了中华文明之多元与不同寻常。一般的旅行者可能不知道世界第二大沙漠就位于中国，不知道世界上最大的佛教洞窟艺术集中于中国广阔的西北沙漠的流沙之中，也不知道吐鲁番境内有古代丝绸之路的城市，有景教教堂、摩尼教寺院和希腊罗马神像。

为使行程顺利完整，我们在行程中还加上了沿长江中游经过中国有名的三峡地区的航行。长江是中国的"母亲河"，它确实是一条国家的命脉，有四亿多人生活在长江沿线。它的流域占据了中国 35% 最丰饶的农田区域。一直以来，长江也象征着中国人的性格，是它的天然晴雨表。它既代表着中国人坚忍克己又充满热情（就如同三峡的漩涡水域一样），又代表他们的深沉谨慎、历久弥坚。

所以，将这些不同的元素结合在一起，我们觉得这是理想的中国之旅。

我特别高兴杰拉尔德和他的团队计划向盖茨一家介绍长江三峡。长江三峡之行是我第一次在中国游览时最喜欢的经历之一。他们的访问时间恰逢 1992 年批准的三峡大坝工程建设之期。三峡大坝的建设引发了世界范围内的广泛关注，被誉为"水上万里长城"。比尔·盖茨要求我们提供一些关于该项目的信息简报，包括规划阶段、成本、环境影响以及新闻报道的社会问题等。

长江之旅将为这次旅行带来一段美妙的插曲，使盖茨一行可以放松和享受。我们可以租用长江上最好的河轮"东方皇后号（East Queen）"，我们还安排了优秀的长江问题专家比尔·赫斯特（Bill Hurst）上船。杰拉尔德还保证为客人腾出时间，让他们在山清水秀的长江支流神农溪中游泳。

盖茨一行还希望乘坐毛泽东主席（生于 1893 年，逝世于 1976 年）南巡时的专列。火车在北京，不对外国旅客开放使用，不管他是不是贵宾。杰拉尔德和中国国际旅行社的朱海峰（Austin Zhu）同中国铁道部会面商谈。经过六个月来来回回的谈判，他们终于获得了中国方面的正式批准，允许盖茨一家乘坐毛主席专列从敦煌前往乌鲁木齐。

获得正式许可之后，我同意杰拉尔德的意见，我们应宴请铁道部的高级官员，将这件事真正确定下来。

宴会在一个私密的房间举行，一开始大家严肃地交谈，互致问候，直到茅台酒送上了餐桌……于是，大家开始干杯。很快地，这些拘谨的客人们就成了老朋友。大家你敬我，我敬你，喝得很尽兴。一位客人喊道："来唱首歌吧！"杰拉尔德和朱海峰对视了一下。"我讨厌唱歌。"朱海峰低声说。

杰拉尔德对朱海峰说："我们需要为比尔·盖茨争取到这列火车。"于是，他们开始唱起中文歌曲来。在晚宴结束之前，十多个人甚至跳起了狐步舞。第二天早上，杰拉尔德对我说："如果能让 A&K 获准，让比尔·盖茨坐上他想坐的火车，这算什么。"

火车在敦煌停下来的时候，盖茨一家要求吃一顿西餐。敦煌饭店的厨师根本不知道如何做西餐，于是杰拉尔德去当地市场买马铃薯做法式炸薯条，又买了精牛肉。他们用切肉刀把牛肉切小块，又找来面包，做成汉堡包——据说，这是敦煌的首次西餐服务。

在成都抱着一只大熊猫，为保护它免受感染我还穿上了特殊的防护服，2010 年。

这还不算什么，我们满足了沃伦·巴菲特只喝樱桃可乐的要求，这才是最了不起的。杰拉尔德和我们公司中国办公室的总经理帕特里克·麦克劳德（Patrick Macleod）会见了香港的可口可乐经销商，讨论 A&K 将如何为盖茨一行在每一站都提供樱桃可口可乐，包括敦煌、乌鲁木齐、长江和桂林。幸运的是，他们得知香港经销商还有一些存货，于是严格地按照团队的行程，将可乐送到这些目的地。杰拉尔德汇报说，除了桂林，一切都非常顺利。在桂林，载着盖茨一行的私家河轮在漓江上漂流，左等右等也没有等到，樱桃可乐送不上去。杰拉尔德将送可乐的人员送上另一艘船，沿河向下寻找。然后，他回到码头上等着这次"颇有仪式感"的送货，可乐预计在一两个小时内送到游船上。

不过，他发现了一艘小型的摩托艇，可以让他更快地追上盖茨一行的游船。经过一番劝说和谈判之后，他征用了这艘船。船在漓江上一路疾驶，把差不多三四十条船都抛在了后面。当他发现盖茨一家所在的船时，他喊了一声，发出信号。最后，当杰拉尔德将樱桃可乐搬到船上时，沃伦·巴菲特和其他人都拍手叫好。

　　旅行结束时，盖茨一家和沃伦·巴菲特告诉我们，A&K"提供的旅行方式真是首屈一指"。

在号称"无法穿越的"布温迪森林（Bwindi Impenetrable Forest）中与山地大猩猩面对面，这里是非洲动物和植物物种最丰富的生态系统之一。一个将改变人生的时刻！千万不要直视山地大猩猩的眼睛！

第 11 章　布温迪森林的山地大猩猩

❖❖❖❖❖❖

乌干达、卢旺达和刚果民主共和国，1985 年

1980 年，我的父亲——那位将我引入旅游这一行业的导师、时常质疑我商业抱负的早期合伙人——去世了。他的去世对我造成了诸多影响。多年来，我们之间产生了如此多的冲突，但不管如何，我们之间有着共同而深切的爱与意义深刻的纽带：那就是母亲，还有非洲。

我和妹妹安妮为父亲选择了一块墓地，就离我第一次游猎的营地不远，地势高旷，视野辽阔，俯瞰着马赛马拉。在两块巨石上，我们为父母分别放置了一块墓碑。父亲的墓志铭上写着："约翰·肯特：他在非洲的足迹成就了我们的道路。"恰巧在这个时候，我有机会以自己的方式去保护一些非洲的野生动物。整个事情始于20 世纪 60 年代中期，当时我正驾车带着纽约来的一位艺术品经销商去游猎。他问我是否愿意为他的画廊寻找一些作品——准确地说，他正寻找传说中只能在刚果周边找到的古老的手工艺品。

同事托尼·丘奇（Tony Church）是我们早期骑马游

猎的主管，他帮我把两辆丰田陆地巡洋舰汽车都装满装备，和我一同出发。
"这不是小差事，杰弗，"托尼说，"这完全是个远征。你去过刚果吗？"

"当然，我十岁的时候和父亲一起去过。"

"哎，那可是 16 年前的事了，如今已今非昔比。战争已经蹂躏整个地区，我们要去哪儿？"

"去基伍湖（Lake Kivu）的南端——"

"基伍湖，那可是不要命了！黑杰克·施拉姆（Black Jack Schramme）和他的一伙雇佣兵去年将布卡武（Bukavu）夷为了平地，现在那里就像处在枪林弹雨之中。那个商人愿意给多少钱？"

"75000 美元。"

"75000 ？"托尼惊呼道，"就为了探个路？"

"是的。"

"好吧，不就是人为财死，鸟为食亡吗？走吧！"我和托尼开车穿过乌干达默奇森（Murchison）瀑布的大型狩猎乐园，再向西开到乌干达北部一个名叫帕克瓦赫（Pakwach）的地方。在那里，我们从多年前父亲发现的一个隐秘地点穿过尼罗河，然后开车进入刚果，在伊图里森林（Ituri Forest）停下来探访传说中的俾格米人（Pygmies），看看霍加皮（Okapi）。这是一种罕见而神秘的动物，长得像羚羊，身体是棕色的，腿像斑马一样有条纹，通常只能在科学家的营地中才能看见它们。

继续朝南行进，终于抵达基伍湖北端的戈马（Goma）。当我们历尽艰险到达布卡武这个目的地时，发现它确实就像是一部末日电影的场景。我们驱车经过建筑物的残骸和大如火山口的弹坑，直到看见有人在小城里行走。他指了条路，示意通向瓦尔加（Warega）部落。果然，几天后，我们就在那儿发现了大量的小象雕像、月形器物，以及由琥珀色象牙制成的微型匕首。

大功告成！我相信那位艺术品商人朋友听到这个消息定会很激动。我仔细地在地图上标出了这个位置，对托尼说："回布卡武吧。"

回来庆祝的时候，我们去了一家夜总会，每人喝了一杯啤酒。这时，夜总会的一位常客上来和我们搭话。他是比利时人，不过他和山地大猩猩在这里生活了好多年。"游击队？[1]"托尼说，"你胆量倒是不小！"

"不，"比利时人说，"是山地大猩猩——我和一群真的山地大猩猩住在一起。"

我用拳头捶打胸膛："山地大猩猩，就像这样的山地大猩猩？"

"对，"他说，"我是一名科学家，我叫阿德里安·德施莱佛（Adrien Deschryver）。"他伸出手，"很高兴认识你们，想看看我的山地大猩猩吗？"

我们点头。

第二天早上，天还蒙蒙亮，我们就爬进阿德里安的四驱奥斯汀冠军（Austin Champ）汽车。一路上，我们喝着白兰地和姜汁啤酒，而托尼和我则像傻瓜一样四处寻找山地大猩猩的踪迹。就在太阳升起时，阿德里安停下车。他说："我们必须穿越一片相当茂密的热带雨林。要当心，那儿经常有蛇出没。"

经过八小时的艰苦跋涉，托尼忍不住问："你的营地到底在哪里？"

阿德里安向前指着："就在那里。"

前方大约有十头山地大猩猩，托尼和我难以置信地看着我们的新朋友阿德里安走近它们，就像在自己家里行走一样，毫无防备。一只个头很大的雄性山地大猩猩重重地捶打着胸膛，大猩猩幼仔们则用大拇指拨弄着自己的胸口，在我们头顶的树枝上作出一副假装要向前冲的样子。它们看到阿德里安都非常高兴。而他则站在那里，看着我们的表情大笑起来，仿佛我们才是不合群的。

我飞回纽约向艺术品经销商客户汇报在基伍湖的经历，并约见了一位熟悉的电影片人。"你一定要制作一部关于这些山地大猩猩的纪录片，"我告诉他，"除了这位比利时科学家，世界上没有其他人见过它们。"

---

[1]　英语中大猩猩（gorilla）和游击队（guerilla）的发音几乎一模一样。

我在 20 世纪 70 年代初开始推广山地大猩猩观赏旅行，作为"不走寻常路"之旅的一部分。不久，一位人类学家戴安·福西（Dian Fossey）找上门来。

◇◇◇◇

我们在戈马酒店（Goma Hotel）的咖啡馆相见。"听着，杰弗，"戴安·福西说，"我知道你急于向有钱的客户炫耀山地大猩猩，但我希望你们远离我的领地。"

"你的领地？"

"当然是我的领地，我不希望游客惊扰到山地大猩猩。"她解释说，她最近失去了最亲近的一只山地大猩猩，她担心如果我们把游客带入森林，山地大猩猩会变得对人类盲目信任，甚至是对那些偷猎者也会如此。

"戴安，这些山地大猩猩不是你的。"我告诉她，"旅游业有可能挽救这些大猩猩，与此同时为当地社区提供就业机会。"

"杰弗——"

"除非你能向社区证明保护这些山地大猩猩在经济上有所回报，否则大猩猩的栖息地肯定会被摧毁。戴安，雅克·库斯托（Jacques Cousteau）曾说：'人们保护他们所爱的人。'如果来观赏大猩猩的游客能够给当地人带来一份生计，当地人就会保护大猩猩免遭偷猎者的袭击。"

她坚决反对我的意见，起身冲出了酒店。

在几年之后的 1985 年，我在内罗毕的办公室里听闻戴安·福西在卢旺达遇害，才意识到整件事情变得多么的可怕。戴安和我都拥有拯救山地大猩猩的初心，只是我们的方式完全不同。

第二周，一位正效力于军情五处（相当于美国的联邦调查局）的老战友来找我，对我说："明天我们会进行一次有趣的旅行。我要和一群空军特种部队（SAS）的伙计进入森林。我们掌握了一条线索，知道谁将会成为乌干达的下一任总统。"

世界范围内的山地大猩猩有一半生活在乌干达"无法穿越的"布温迪森林，而这个数字仅为不到 800 只。

　　"我当然希望是约韦里·穆塞韦尼（Yoweri Museveni）将军。"我告诉他，"奥博特（Obote）总统正在屠杀自己的同胞，死了成千上万人！需要有人站出来整顿一下这个地方的动乱。"

　　"我只能告诉你，我们就是要去见穆塞韦尼。"我的朋友说，"想不想一起去？"

　　我们从内罗毕飞到乌干达，与穆塞韦尼会面。将军由一支部队保护，他就像媒体一直以来所形容的那样：脚踩战靴，头戴宽边丛林帽。他为人友好，凡事喜欢追根究底，空军特种部队小组则在一旁进行检查，确保他有足够的安全护卫，为即将到来的选举作准备。一个小时左右的时间里，

圣殿集团山地大猩猩山林小屋（Sanctuary Gorilla Forest Camp）的礼品店周围，山地大猩猩家族正在悠闲地"逛街"。

大家把臂言欢，笑声阵阵。之后，空军特种部队离场，向先前从机场开来的车队走去。

机会来了！这正是我与约韦里·穆塞韦尼将军独处的时机。我进一步介绍了自己，对他说："我相信您会当选为下一任总统。一旦您成为总统，请一定和我合作进行一个项目。我的请求同刚果的山地大猩猩有关，它们生活在刚果尼拉贡戈火山口（Nyiragongo Crater）和火山公园（Parc des Volcans）的不远处。在那个公园的另一头是'无法穿越的'布温迪森林，这意味着，在乌干达境内有许多大猩猩族群。"

他若有所思地看着我，思考着我的意图。

"那些山地大猩猩从来没有固定的栖息地，"我解释说，"所以您成为总统后，能否让我们在那里建个保护公园，供山地大猩猩栖息？"

"下个月就是选举了。"他告诉我，"如果我有幸当选，请来坎帕拉（Kampala）见我。"

果不其然，穆塞韦尼于 1986 年 1 月就任乌干达总统。我马上同他预约见面，然后离开内罗毕，应邀前往位于乌干达首都坎帕拉的议会大厦。穆塞韦尼总统说："我有兴趣帮助你保护这些山地大猩猩。但是我想知道，你们的项目能够为乌干达带来什么。"

"这正是我想说的。"我告诉他，"如果建一个山地大猩猩保护公园，我会带客人到这里来看它们，这会给你带来旅游收入——当地社区将会迅速发展。"

"你会确保我们的人赚钱吗？如果你这么说，那么就应该带尽可能多的人来看山地大猩猩。"

"不行，我们必须做到低影响，高收益。你得相信我：如果你带入大量的人，他们就会伤害大猩猩，还毁坏森林。"

"这话说得有道理，"他说，"但是我的民众怎么能赚钱呢？"

"你可以发放观赏山地大猩猩的许可，每个许可证收取数百美元。社区将负责出售这些许可证，而不是中央政府。几年之内，它就将给乌干达带来数十万美元的收入。最重要的是，山地大猩猩也受到了保护。"

他思考了一会儿，最终说："最后一件事，杰弗，如果我们要建公园，你会怎么做？"

"我会这么做：我将在'无法穿越的'布温迪森林中建造第一个豪华的营地，帮助山地大猩猩定居下来。"

"我会给你独家经营权，杰弗里。"他说，"如果你信守诺言，每个人都将受益。""我同意。"我对他说，"但是，最重要的还是让山地大猩猩受益。"

几个月后，我们签署了协议，开始热火朝天地建设布温迪森林中的山地大猩猩营地。我派儿子乔斯去负责建造。1991 年，"无法穿越的"布温迪森林变成了一个国家公园，预订火热，等候名单上的客人排得很长，几年内的日程都排满了。此外，我们也一下子迎来了七八只山地大猩猩在此栖居。随着发展势头变得强劲，我雇用了一个名叫约翰·韦伯利（John Webley）的肯尼亚人，在坎帕拉开设了一个 A&K 办公室。

每个季节都有几十位客人来公园参观，他们爱上了这些山地大猩猩，因为猩猩的交流方式同人类非常相似。客人们每天可以花一个小时，观察大猩猩在自然栖息地里的生活——进食、梳理毛发和用声音交流。一位摄像师捕捉到一个镜头，山地大猩猩拍着一位客人的头，欢迎他，向他问候。这个视频在互联网上迅速传播开来。

整个项目运营完美，只有一个相当不确定的因素除外：建立国家公园来保护山地大猩猩意味着任何居住在栖息地内的人都必须搬迁——如果人留下，他们将可能捕杀野生动物。最糟糕的是，居住在那里的唯一人类恰恰是俾格米人。这个依靠狩猎和采集为生的古老非洲部落在这个地区生活了几千年。我们很忧虑，不仅仅担心他们将要搬迁到哪里，更担心他们的整体健康与幸福。

他们几乎没有见过医生，有的人健康状况十分糟糕。

我们与美国医生司各特·凯勒曼（Scott Kellermann）和他的妻子卡罗·凯勒曼（Carol Kellermann）一道为他们提供医疗服务。露天诊所最初建在一棵树下。我们的客人见到了巴特瓦人（Batwa）[1]，了解他们的传统：如何生活和打猎、古老的传说和传统歌曲，以及草药的使用方式。

几年过去了，这个小小的诊所成长为一个成熟完备的医院，每天有

---

[1] 巴特瓦人是俾格米人的一支，主要居住在刚果民主共和国境内开赛河和刚果河中游之间地区，是最大的俾格米人群。居住在卢旺达、布隆迪和乌干达境内的俾格米人亦称巴特瓦人。

300 名病人来就诊。此外，我们在那里也建起了一所学校。今天，我们的客人已经捐助了超过 118 万美元，把诊所改造成一个有手术室、产房、儿童病房、新生儿病房和护理学校的社区医院。布温迪社区医院（Bwindi Community Hospital）每年为三万多门诊病人提供服务，使该地区的婴儿死亡率降低了约 50%。

　　山地大猩猩在公园里受到保护，开始繁衍起来。"无法穿越的"布温迪森林为极度濒危的山地大猩猩提供了一个安全的乐园，这里的山地大猩猩数量占据了世界总数的一半以上。

这对引人注目的小鸟叫蓝脚鲣鸟（blue-footed boo-by），它们会连着好几天都在海里觅食，然后返回地面筑巢，交配的时候还会跺着脚大方展示出来。它们是加拉帕戈斯群岛游客的最爱。

第 12 章　加拉帕戈斯的深海销魂

◆◆◆◆◆◆

厄瓜多尔加拉帕戈斯群岛，1988 年

我一直认为，季节性是旅游行业最大的杀手。不论在哪个地方，也许一年中有 4 个月业务不断，甚至满负荷运转，然后到了剩下的 8 个月，游客却会减少一半，甚至寥寥无几。因此，虽然我们仍继续拓展游猎之外的业务空间，但我也想找到个一年四季都气候宜人、不受季节性影响的旅游目的地。为此，有时我会长时间陷入深深的思考之中。

此时，我了解了美国人旅行时想要什么：他们会选择离家不远的地方，如果可能的话，时区还要差不多。我突然灵光一现，倘若能开设加拉帕戈斯群岛的游船之旅，岂不正是他们的兴趣所在？在这个非常靠近赤道的群岛上，美国人会颇有在家的感觉。这里全年 12 个月都气候宜人，从 6 月到 11 月，当洪堡寒流（Humboldt Current）[1] 从智利北部流向秘鲁，气温只会稍微变凉。直到 20 世纪 70 年代，只有科学考察队才真正到过加拉

---

[1]　也称为秘鲁寒流，是南太平洋东部的低盐度洋流。

晒太阳的海狮。群居的海狮根本不正眼瞧瞧人类游客。当它们不再慵懒地享受日光浴时，则变身为快速有力的游泳健将，轻松地乘风破浪，寻找它们的主要食物——沙丁鱼。

帕戈斯群岛，而且大多数人仍然把世界的这个角落看作冷冰冰的科学试验场，或是只有像查尔斯·达尔文这样的科学家，才会搭乘"比格尔号（Beagle）"[1]来到这个物种丰富的地方，研究自然界的物种是如何进化的。我一直都觉得这个群岛必定壮观万分——那里有令人惊叹的鱼类、美丽的珊瑚礁、奇特的火山区、数以百计的鸟类、海豹，还有从南极北部寒冷海域漂流而至的企鹅……美景尽收眼底，却完全没有什么危险。此外，加拉帕戈斯群岛自1934年以来一直受厄瓜多尔政府的保护，所以当地的动物相对不怕人类狩猎或惊扰。

这将是个完美的家庭度假胜地，我想孩子们一定会为此着迷，迫不及待地去了解栖居在岛上的独特而丰富多彩的野生动物。而众多的岛屿可

---

[1]   一艘属于英国皇家海军的双桅横帆船，1820年5月11日下水启航。达尔文曾担任该船随船博物学家。

供游艇巡航，父母可尽情放松，恢复活力。

20 世纪 80 年代，查尔斯王子把我介绍给他的好友杰拉德·沃德（Gerald Ward），他是哈里王子的教父，还曾在桑德赫斯特受训并入伍。1988 年，杰拉德和他漂亮的妻子阿曼达（Amanda）告诉我，他们想去享受一个与众不同的假期。我们趣味相投，我深知他热爱户外活动，也喜爱动物。我灵机一动，这是把加拉帕戈斯群岛作为豪华旅行目的地推广出去的绝佳机会。我陪着杰拉德和阿曼达夫妇一道去了加拉帕戈斯群岛——不管对他们还是对我或者其他任何人来说，这都是一场全新的冒险。

在圣克鲁兹（Santa Cruz）主岛外，我们登上了一艘私人游艇。这艘游艇储备丰富，设备齐全，就像个野营营地一样，出海整整一个星期都完全没有问题。"潜水氧气瓶用的发电机在这里吗？"我问船长。

"杰弗，发电机在这儿。他们正在给气筒充电。"

"很好，做得很好。我们的潜水教练呢？"

"卡洛斯（Carlos）啊？杰弗，他不来，我们走不了。还有，你请的博物学家也在船上。"

本次行程多姿多彩——每天早上我们会在博物学家的带领下，遍览 19 个主要的岛屿。船长介绍，圣克鲁兹是座死火山，它的熔岩隧道是必看之处。第一天吃午饭的时候，博物学家和我们说起加拉帕戈斯群岛上的企鹅和巨龟。他说："岛上的龟是世界上最大的活龟，一般长 5 英尺（约合 1.5 米），重 500 磅（约合 187 千克）以上。"他解释道，巨龟可以活到 100 岁，沃德尔夫妇都吃惊地看向我。他说："它们都是老家伙了，有时候脸像小老头一样。"这些乌龟曾经数量众多，占据了整个岛屿，连加拉帕戈斯群岛都因此得名。"奇怪的是，很少有人知道'加拉帕戈斯群岛'的名称源于'乌龟'这个词，"他解释说，"这是古卡斯提尔语（Old Castilian），西班牙探险家用此描述岛上爬行动物众多。"加拉帕戈斯群岛上的动物根本不怕人。他说，事实上，我们沿着海滩走的时候，必须跨过海狮。它们完全不受人类的影响，除了寻找配偶和游泳捕食沙丁鱼以外，它们只喜欢悠闲地晒太阳。

"人类好像也和它们差不多嘛。"

杰拉德和阿曼达看着我，笑了起来。看到他们兴趣愈浓，我也更加兴奋。

"哎呀，"我对他们说，"我居然说出来了？"

"杰弗，"杰拉德说，"我很好奇，你最想看这里的哪种动物或者鸟类？"

"这想都不用想，"我告诉他，"埃斯帕洛拉岛上的蓝脚鲣鸟。"

蓝脚鲣鸟是狂野的，我不只是指它们不易驯服。书里记载，它们的名字源于西班牙语，意思是"小丑"，因为它们有着巨大而颜色鲜艳的脚爪，而且行为怪异。雄性蓝脚鲣鸟求偶时，会在雌鸟面前慢慢抬起两只脚爪，先是一只，随即再换一只，跳着一种极为古怪的交配舞蹈。然后它极力展开双翅，好像在炫耀自己的翅膀有多大、身体有多强壮。雄鸟还会带给雌鸟一个小树枝作为礼物，以此表示雄鸟有能力为幼小的爱情结晶建造一个牢固的巢穴。

然而，雌鸟的眼里只有一个东西——雄鸟的脚爪。倒不是因为加拉帕戈斯群岛上的野生动物也崇尚所谓"越大就越好"，而是因为雄鸟的脚爪越鲜艳，就意味着它越健康。蓝脚鲣鸟脚爪的颜色代表着生育能力，如果雄鸟的脚爪颜色灰暗，雌鸟就会认为和这只雄鸟结合生下的后代潜能较差。

下午，海水平静下来了，我们潜入海中，在各种海洋生物和引人入胜的珊瑚礁之间穿梭。在世界的这个角落，珊瑚礁的生存环境艰难。这是因为加拉帕戈斯群岛碰巧坐落在几种不同类型的海流交汇处，水温相差很大。珊瑚对环境温差十分敏感，海水温度越高，它就越难适应、越难聚居生长。例如，20 世纪 80 年代初，厄尔尼诺现象（El Nino）[1] 就将大部分已生存了数百万年的珊瑚种群消灭殆尽。而且，由于加拉帕戈斯群岛的贝类、沙丁鱼和凤尾鱼资源丰富，人类的过度捕捞也严重影响了

---

[1] 东太平洋海水每隔数年就会异常升温的现象。

当地的食物链。失去了食物来源，饥饿的海胆就只好大肆啃食珊瑚，使其没有足够的时间恢复正常。此外，海水的酸度同样不容乐观——自 20 世纪人类开始工业化进程以来，该地区水域中的二氧化碳含量已占世界总量的四分之一。二氧化碳会使珊瑚窒息，对它们来说无疑是雪上加霜。

我们在太平洋上的第一个下午，杰拉德和阿曼达选择在船上休息，以调整从伦敦飞过来的时差。我们坐在甲板上时，潜水教练卡洛斯正在整理背上的氧气瓶。他告诉我："再过十年，你就看不到这些珊瑚了。"我调整好潜水护目镜，穿上潜水服，背上氧气瓶，随后转到一条 Zodiac 充气艇上。我清楚，这次旅行要是再延后一些时间，加拉帕戈斯群岛最有活力的珊瑚就会消失不见了。

"现在，杰弗，"卡洛斯说，"我知道你以前潜过水。但必须提醒你，这是一次放流潜水（drift dive）。到海里的时候，水流会把我们带下去，但几乎不会有感觉。你顺流往下即可，不需要做什么。"

"知道了，我跟着你就好。"

"好的，你明白，我就放心了。我们会下潜 120 英尺（约合 36.6 米）左右，记住视线别离开我就行了。注意我的手势。"

我点点头。120 英尺并不算极限潜水，但初学者最好不要尝试。

我们从 Zodiac 充气艇的两侧背跃入海——天哪，别看上面阳光普照，进入水里则如入冰窖！——下一秒，我们就发现自己身处成千上万只颜色鲜艳的小鱼当中。鱼群散开的时候，我平生第一次看见了珊瑚礁：它看起来像是一块绿色巨石，上面点缀着黄色和荧粉色的苔藓。卡洛斯就在我身边，我对他竖起了大拇指，表示到现在为止还挺好。

海底下，鱼无处不在，就仿佛是一阵雨朝我们身上袭来。它们身上那明亮、闪耀的红色反光，与海洋深邃的幽蓝形成了鲜明的对比，仿佛大自然的梦幻一般。鱼群时而向下游来，时而拍打着鱼鳍从我们身旁急速漂过，时而带起一股旋风离去，又突然四下散开。这时，卡洛斯向上指了指，再次提醒我注意。我的目光顺着他所指的方向看去，原来是锤头鲨，在加拉帕戈斯群岛的火山岛巴托洛梅（Bartolome）岛上。

大约有二十几只，在正上方缓缓地兜圈子——仿佛一串项链，由一只只游动的鲨鱼串起来。教练给了我一个一切正常的手势，让我知道目前是完全安全的。我曾听说，加拉帕戈斯群岛从来没有发生过一起鲨鱼袭人的事件。世界上有相当大比例的鱼源于此地，因此鲨鱼的食物来源很丰富，不需要捕食人类。

这时，海水的色调越来越暗，而珊瑚表面的荧光也显得越来越微弱。我知道只要再过几分钟，就到最大的潜水深度了。一对海豚在我们身边起舞。可以看见它们腹部是白色的，这是因为光线从海面照射而下。鱼群出现了又消失，好像魔法一般。一条黄貂鱼优雅地掠过，漂浮在身旁。海狮滑稽地摇摇摆摆，也来迎接我们，有点像马戏团里的海豹——不难想象它们用鼻子顶着球的模样。接着，一条鲨鱼出现了，身上是典型的灰色，带着满满的自信，贴近海底滑行，很可能是迟迟睡醒，想吃上一顿午餐。它背鳍之间有鱼脊，我怀疑这只就是加拉帕戈斯鲨鱼。卡洛斯盯着鲨鱼，一动不动……而鲨鱼则完全无视我们。

看到这一幕我彻底放松了下来。我示意卡洛斯，打出向下的手势，意思是："我要潜得更深一点儿。"他夸张地点了点头，然后双手上下来回作出停止的信号，告诉我："放松一点儿。"

我向下潜去，深一点儿，再深一点儿。海水的颜色变得越来越暗、越来越重，一种"万籁此俱寂"的感觉油然生起。沉浸其中，一种深海之中的欢欣与愉悦强烈地冲击着灵魂，涤荡着心灵。这时，一只鲨鱼在我的头上游过。有那么一会儿，我甚至考虑向它游去，去面对面看看它。毕竟，教练说过，这里的鲨鱼并不会攻击人类。

不过，我还是让海水带着走。仰起头来，太阳在我眼中无限遥远。"这才是完美的生活，"我想。我仿佛沉醉在幸福之中，脑海中浮过一丝奇想，在前生往世，我一定天生就有鳞片和鳃。在水下的感觉就像在天堂一般——哪怕现在的水温并非是最适宜的。

"我可以永远待在这里。"

就在这时，一股力量传来，拉了我一下。我回过神来——有什么东西拉住了我的脚蹼。我保持着冷静，缓慢而平静地转过身来，以免惊吓了这个不明生物。拉力更大了。我猛然转过身来，是卡洛斯。他的双眼透过面罩盯着我。"怎么了？"我举起双手，问他。

他指指手腕。"时间，"他想告诉我，"时间到了。"

我往下凝视着，想潜深一点儿，再深一点儿。在眼睛的余光中，我看见卡洛斯挥着双手，想引起我注意。现在，他正用力地拍击着手腕。

他可没在开玩笑。

我们游向水面。卡洛斯在我前方十几英尺（约合 3—6 米）附近，游得很快，仿佛有什么紧急的事件一般。接着他停了下来，我游到他身边，他给了个信号，让我也停下来。我们一起在原地停留了几分钟，把血液中的氮清除出去——否则，我们有可能得潜涵病，也叫减压病。这种病使血液的温度升高，从而使人致残甚至死亡。接下来，他又开始往上游了一段，并让我跟随着。我们再次停下来，这时离头顶的水面还远着呢。就这样，游游停停，过了一阵，终于浮出了水面。卡洛斯稳住 Zodiac 充气艇的边缘，叫我："杰弗，抓住船。"

"我没事，"我回答说，把面罩搁在前额上，"先让我喘口气。"

"杰弗，你在深海待得太久了。别愣着，抓着船，我觉得没事了你再放开。"

他似乎感到很担忧。于是我伸出手，抓住充气艇的边缘，身体的其余部分则仍然在水里轻轻晃荡。他说："沉醉在深海销魂里。"

这个说法听起来真动听。"你说什么？"我问道。

"'深海销魂'，也就是氮麻醉。肺里的氮气，进入了你的血液——把你麻醉了。"

"你说的就是那个深水欣狂？"我问他，"天哪，我沉进去了！"

"你是沉进去了！"

"真的沉进去了。"

上图：这只五彩缤纷的螃蟹占据着岩石嶙峋的海岸，吃着海藻。其强壮的腿牢牢地扎在岩石上，波浪再汹涌也冲刷不走。

下图：我和妻子奥塔薇娅在加拉帕戈斯群岛上和一只巨龟站在一起。你能相信这只巨龟已经一百多岁了吗？

"你可能会送命的。"他现在得意地笑着，也许只是为了让气氛不那么沉重，"还好我在那儿。"

"我甚至一点儿感觉都没有，我只是感到如此的……"我停顿了一会儿，看着水面上随着海水自由浮动的手，继续说道，"欢欣。"

"一点儿也没错。"他说，"它影响了你的大脑，麻痹你的感官，让你不会注意到任何变化。我不希望你潜得太深，就是这个原因。潜得越深，这种影响就越大。"

"我知道我们分阶段游上来，是为了防止减压病，但是——"

"对不起，杰弗，我没有和你说过深海销魂。我还以为你知道!"

"还好你在那儿。我潜水的时候一定要有教练陪着。"我深吸了一口气，重新找回了方向感，"哇!"

我们被拉上了充气艇，我精疲力竭。"怎么样?"正在甲板上闲逛的杰拉德和阿曼达问。

"美得让人窒息。"我告诉他们，"一点儿也没骗你们。"

葡萄牙人在 15 世纪 80 年代修建的加拉里堡（Fort Al Jalali）保护着马斯喀特老城（Old Muscat）海港的入口。

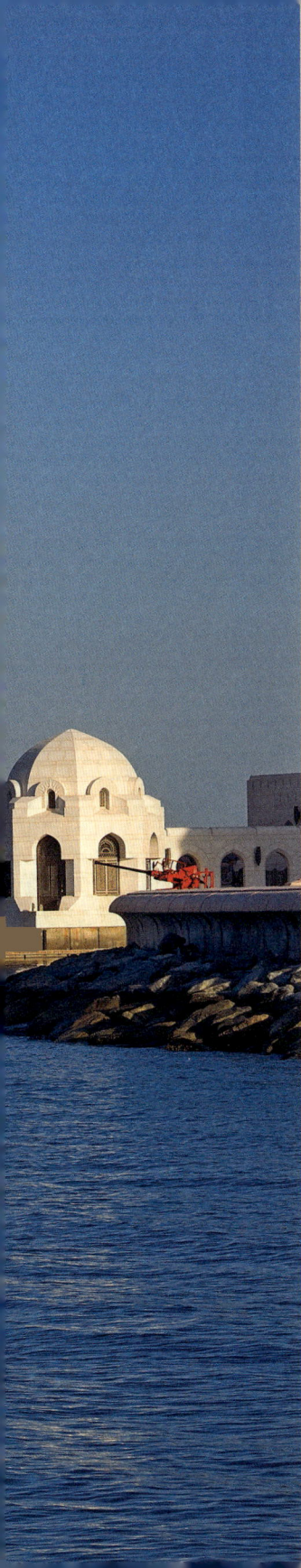

第 13 章　重返阿曼

✦✦✦✦✦✦

1992 年

　　1991 年 11 月，公司的业务再一次发生了翻天覆地的变化。然而此时，我的母亲却以 78 岁高龄去世了。在父亲巨石墓碑的旁边，我们给妈妈的墓碑也加上了墓志铭："她的眼中只看到世间的美好。我们接过她梦想的火炬，并将永远高举。"

　　比起父亲，妈妈对我的成就一向持肯定的态度，也更为之感到欣慰。20 世纪 80 年代后期，在我执掌查尔斯王子殿下的温莎公园马球队期间，我们赢得了英格兰大部分比赛的奖杯，并参加了 1987 年的英国马球公开赛的决赛。她目睹了这些成绩，也让她在一生中都为之骄傲。

　　与此同时，我那些以社区为中心的旅游项目和保护区营地，例如我与乌干达总统穆塞韦尼洽谈的合作项目，引起了一些世界政要的注意。他们多少与我有些联系。查尔斯王子肯定是其中之一，而另一个则是阿曼苏丹国的卡布斯·本·赛义德（Qaboos bin

Said）[1] 苏丹陛下。

　　与苏丹陛下的友谊始于我们同在英国陆军的时代，当时我们一同被出身更为高贵的同事排斥。卡布斯和我，还有一位兄弟蒂姆·兰登（Tim Landon）一样，都不是"地主士绅（landed gentry）"[2]。也就是说，我们并非出身于英格兰上层社会。但是，许多同学却并不知道，预备军官本·赛义德实际上是阿曼统治者的儿子。我们保持着密切的联系，蒂姆和我在20世纪60年代还曾在阿曼驻扎。

　　1970 年，我的桑德赫斯特老朋友成功发动了一场政变，并成为阿曼的统治者。蒂姆·兰登没有调离，继续留任，成为他的左右手，最后晋升为准将。1992 年年初，卡布斯·本·赛义德苏丹陛下请我向马球队队友威尔士亲王转达访问阿曼的邀请。热爱历史、考古和自然的查尔斯王子非常高兴地接受了邀请，而卡布斯·本·赛义德苏丹陛下则为这三天旋风式的快速访问安排好了一切，准备慷慨款待我们。

◇◇◇◇

　　早上 9 : 15，我跑完步，忙乱地整理完行李。然后我给克拉里奇酒店（Claridge's Hotel）的前台打了电话，确定我可以赶上上午 11 点从希思罗机场起飞的皇家飞机。司机伦纳德（Leonard）向我保证，他知道机场的贵宾候机室在哪里——他信誓旦旦地说："就在南侧航站楼，过了第四登机口，一路都有路标。"汽车从酒店驶出，开到布鲁克街（Brook Street），我则放松地坐在后座，在去机场的路上拿出一堆笔记看是否安排妥当。

　　我们靠近南侧航站楼，那里显然没有航班。"这个航站楼已经停止使

---

　　[1]　卡布斯·本·赛义德（1940—　），阿曼苏丹，于 1970 年起统治至今，也是阿曼阿布赛义德王朝的第 14 代君主。

　　[2]　也译为乡绅，英国历史上的社会阶层之一，成员主要依靠田产为生或在乡村拥有田庄。社会地位较贵族低，但实际上一些士绅更为富有或者也有贵族血统。此外，他们也多担任地方行政或军队首领。19 世纪末期英国农业衰没之后，该阶层也随之衰没。中国历史上的缙绅与之类似。

用了。"一名穿着橙色背心的机场工作人员说,透过司机的车窗眯着眼睛看着我,然后给伦纳德指了个绕来绕去的方向。当我们挤进一条停滞不前的车流长龙时,我心中涌起一阵巨大的恐慌。

当我们靠近下一个登机口,机场员工正在打瞌睡,并且作出不要进入的手势。其中一人说:"那家伙给你指错方向了,皇室贵宾候机室位于机场的另一端。"

终于找到贵宾登机口的时候,安检异常严格。"你的名字在列表里,"一名警卫说,"但我们没有收到你车子的牌照号码。"

"这不是我的问题,"我告诉他,"我昨天就提供了所有必要的信息。"警卫接通无线电对讲机,把我护照上的详细信息念给他的同事。几分钟后,他终于让我进去了。

停在面前跑道上的,是我见过的最漂亮的 DC-8 喷气客机。"这是苏丹的飞机吗?"我问站在飞机门口的飞行员。

"不,先生。"他说,"这是一架轻便飞机。苏丹陛下的常用飞机实际上是一架波音 747。"

"让我猜猜:这是架自行改装的飞机。"

"没错。"他笑着说。

伦纳德帮助航空公司员工往飞机上装我的行李。我则仔细地检查未来三天的行程,仔细到每个小时的计划都一一看过。我永远都对后勤安排谨慎万分。查尔斯王子此行到处都是历史胜迹,时间观念就变得非常重要——我曾经见过他兴致勃勃、热情高涨地投入到一项行程中,结果整个随行团队在后续行程中都行色匆匆,只因为前面多花了时间,不得不弥补回来。

不到 15 分钟,威尔士亲王的车队就到了,查尔斯王子向我问好,并亲切地邀请我去他的机舱。在飞机上,我参观了舱室和座位布置:一个满是独立电子设备的办公室、一个极度私密的休息区、一间漂亮的带浴室的主卧,以及为王子殿下的每位工作人员准备的顶级头等舱。

查尔斯王子和我聊了 45 分钟的工作和生活，然后到各自的办公桌去工作。过了一会儿，空乘人员推着午餐车进来，餐车上的食物琳琅满目，有龙虾、鱼子酱和新鲜蔬菜，都是查尔斯王子从格罗斯特郡（Gloucestershire）海格罗夫庄园（Highgrove）[1]带来的。我们一边不慌不忙地吃着饭，一边通过电视屏幕查看行程：全程 7 个小时的飞行，我们已经跨越了欧洲的一半，即将飞过罗马尼亚的上空，然后进入波斯湾。

晚上 10 点，我们在西布国际机场（Seeb International Airport）[2]降落，威尔士亲王受到仪仗队的热烈欢迎。我亲密的老战友蒂姆·兰登在舷梯下迎接我们，我们面前则是一排一模一样的蓝色奔驰轿车。蒂姆热情地握着我的手。"想想，杰弗！"他对我说，"要是你从没有离开阿曼，到弗罗斯特将军那儿当副官，你可能就坐在我的位子上，而这一切都将是你的！"

我们都开怀大笑起来，真心诚意地握了握手："总而言之，蒂姆，我会说现在这样对我们俩都挺好的。"

"的确如此。"他说，"威尔士亲王殿下将乘坐前面的那辆白色捷豹汽车，我们俩坐他后面的第一辆奔驰车。"

蒂姆和我于 1964 年一同在阿曼服役时，整个马斯喀特市并不比加拉里堡大多少，最多再加上个尘土飞扬的简易机场，供我们的贝弗利（Beverley）军用飞机降落。30 个春秋过去了，当我们从高架桥驶出高速公路时，我看见银行大厦照亮了夜空，看见高层公寓的窗户里灯火通明、温暖明亮。

20 分钟后，我们来到了布斯坦宫酒店（Al Bustan Palace），五层楼高的大堂内的八边形天花板如教堂穹顶般高耸。我们登记入住，苏丹的工作人员给了我们一个特殊徽章，供随身佩戴。我们在严密的安保人员护卫下，穿过光滑而宽阔的门厅大理石拱门，走向皇家套房，这是苏丹为查尔

---

[1] 查尔斯王子的私人别墅，是英国最负盛名的私人住宅之一，位于伦敦以西，始建于 1796 年至 1798 年间。

[2] 阿曼马斯喀特的主要机场和阿曼航空的枢纽机场，于 2008 年改名为马斯喀特国际机场。

我作为温莎公园马球队队长，与查尔斯王子在打马球。

斯王子一行特别准备的。我们放下手上的包，立即倒上一杯杜松子马提尼酒。我走上阳台：套房下方是一个大草坪，一条走道点缀着棕榈树和发光的喷泉。房间可以眺望到阿曼海的海景和锯齿般的哈杰尔山脉（Al Hajar Mountains）的轮廓。哈杰尔山脉一直向北延伸，进入阿拉伯联合酋长国的境内。

其他随行人员休息后，我去了酒店的行政中心，在那里一直工作到凌晨 3 点。

第二天早上，亲王殿下一行前往位于加拉里堡的阿曼文化博物馆。我则留在酒店，很晚才吃早餐，与我同座的还有英国大使特伦斯·克拉克

（Terence Clark）爵士。他告诉我，苏丹的工作人员在为查尔斯王子的访问做准备时，搞得一团糟。"上个星期简直是一场噩梦。"大使说，"上周，苏丹派出了至少十几台推土机，为王子的营地铺平地面——"

"不会吧……"我睁大眼睛盯着他。我很清楚他说的地方是哪里。

"就是这样，"他说，"他们在考古挖掘区和部分海龟养殖区堆上沙土再推平。"

千万不要告诉查尔斯王子，我提醒他。他坚定地热爱着大自然，听到这个消息会很震惊。王子从博物馆参观回来后，我们前往海滩上的苏丹秘密营地，那儿是阿曼有名的海龟筑巢地。

着陆的时候，这里仿佛海湾战争中的滩头阵地一般：四五十辆车、三个营地，还有一队武装直升机。苏丹的工作人员在设立烧烤场地时，我和查尔斯王子冒险去海边散步，才走了几分钟，就发现地上有宽宽的印迹，就像装甲车开过留下的。我们突然明白，这些踪迹一定是每年从红海迁移到马斯喀特海滩来的有名的玳瑁海龟留下的。

我们在海滩上轻松自在地吃着晚餐。苏丹的一位导游说，马斯喀特的海龟是非常孤独的，生活的全部就是在海中独自游来游去。好不容易与同伴相聚一次，也只为交配。雌龟每隔几年就会到海滩的高处产卵。如果在沙滩上发现了一处洼地，她就会占据它，并挖出一个深深的洞。然后，她会头朝洞外蹲下，花上几个小时紧张地产卵，并把卵隐藏在洞里。"她会生多少个蛋？"我问导游。

"一次 150 个。"

人群中顿时响起不敢置信的惊叹声。我想象着这只坚定的雌龟所面临的困境：她孤身一个，背着巨大龟壳，腹部沉沉——那里有她的小宝贝们。她用宽大鳍状肢上的爪子挖洞，把卵产下来。然而，她产子的努力往往都是徒劳的：狐狸或巨蜥会嗅到富含卵黄的蛋，而蛋的成熟期又长达 55 天，只有极少数的小海龟能够幸存下来。

这些仅存的少数幼崽会用虽小但强有力的鳍状肢把蛋壳打破。然后，这一群慌里慌张的小家伙会从蛋壳里探出头，爬出来，再一窝蜂地从洞里逃出，在沙滩上留下微小的轨迹，一路冲向海洋。在路上它们必须躲避各种各样的掠食者，有螃蟹、鸟类，还有哺乳动物。一只母龟在 80 到 100 年的寿命中可以产下数万只卵，但每一万只中只有两三只小海龟能够真正活到二三十岁，到能够生产自己后代的年纪。

向导又告诉我们，如果这些威胁不足以危及新生海龟的性命，那么幼龟只会根据一个关键因素来进入水中：水面上天空的亮度。第一次的海上旅程对海龟来说非常重要，这将决定它们的磁定向，使它们可以在数十年后回到孵化区域，产下自己的卵。

休息过后，午夜时分我走进查尔斯王子的帐篷。"不要熬夜读书。"我和查尔斯王子开着玩笑，"你的灯光可能会让年轻的海龟产生误会，它会在一生里一直寻找你的！"

蒂姆·兰登说："我可不认为阿曼的玳瑁海龟有办法游到格洛斯特郡去。"

"我们明天的行程确实很紧张，"我告诉他们，"白天有六个小时的参观，而下午五点我们就要乘坐飞机回家了。"

第二天早上 8 点整，我从帐篷里走出来，这真是个美丽的早晨。走进海水里，海水用温暖的臂膀环抱着我。之后，我冲了个淋浴，和大家一起迅速吃完早餐。接着，我们爬上混凝土楼梯，走到苏丹的直升机停机坪上。"这些台阶先前就在这儿了吗？"我问一个苏丹的工作人员。

"不，肯特先生！"他骄傲地回答道，"这是苏丹陛下为了亲王殿下的访问而特地修建的！"

我们登上直升机，经过短暂的飞行，到达了我曾经在军队时驻扎的杰贝阿克达尔山的山顶。

山下的峡谷在当地称为"维迪提维（Wadi Tiwi）"，我还记得当初从军时就知道了"维迪"这个词，在阿拉伯语中它的意思是"河谷"。我们就沿着提维河谷的岩壁飞行，在群山之中观赏着壮丽的峡谷景色。

His game is polo. His business is safaris. His watch is Rolex.

To say that Geoffrey Kent is a man of action is indeed a mild understatement. Imagine controlling a twelve hundred pound polo pony in a headlong gallop, pursuing a four-ounce bamboo ball, intent on driving it with a mallet through goal posts eight yards apart.

Then imagine that action combined with beauty and grace, skill and teamwork. A rare, powerful sport is polo.

The game comes naturally to Kent. As captain of the Abercrombie & Kent Team, he plays with the best. Among the Abercrombie & Kent victories are: U.S. Open Championship, 1978 and 1981; U.S. Gold Cup, 1978; Oak Brook International Open, 1979; Palm Beach Polo International Handicap, 1980.

But there's more to Kent than polo.

He is President of Abercrombie & Kent Safaris, perhaps the world's finest and most luxurious exotic travel corporation. Temples and tigers in India. Lions and champagne in Kenya. Civilized adventure from Tibet to Egypt. And no rifles, please; you hunt with your camera.

Geoffrey Kent is a singular man. And he wears a singular watch. Rolex. Nearly impregnable. The famous Oyster case is handcrafted step by step from a solid block of stainless steel. A unique combination of style and durability that says much about its wearer.

The game of polo combines strength, endurance and a certain savoir faire. Which gives it a lot in common with a Rolex.

ROLEX

Pictured: The Rolex Datejust Chronometer in stainless steel with matching bracelet. Also available in steel and 14 kt. yellow gold, and 18 kt. yellow gold.

Write for brochure. Rolex Watch, U.S.A., Inc., Dept. 111, Rolex Building, 665 Fifth Avenue, New York, N.Y. 10022-5383. World headquarters in Geneva. Other offices in Canada and major countries around the world.

我与高尔夫球手阿诺德·帕尔默（Arnold Palmer）[1] 和滑雪运动员吉恩–克劳德·基利 (Jean-Claude Killy) [2] 同时为劳力士做广告。

---

[1]　阿诺德·帕尔默（1929—2016），美国著名职业高尔夫球手，自 1955 年起获得过数十个巡回赛冠军。

[2]　吉恩–克劳德·基利（1943—　），前法国高山滑雪世界杯的运动员，曾赢得奥运会三连冠。

苏丹安排我们去参观几处新近发现的墓葬。抵达的时候，一股强风吹来。

飞行员灵巧地操控着直升机，并为迟到了几分钟而道歉。我告诉他，这没什么，但得注意下午的时间，因为 5 点我们要乘机前往印度。

他说："先生，今天晚上不会有任何事情延误行程的。"

就在此时，查尔斯王子从直升机上下来。他双手叉腰，四处张望，说："这跟格洛斯特郡可不太一样！"

位于 5500 英尺（约合 1676 米）山脉之上的墓地一片荒凉。这个地区的特点不过是一系列大型巨石围绕着一座圆顶塔，显然是一座坟墓。据导游称，这里始建于公元前 3000 年，之后的千年工程仍在延续。一组考古学家在墓葬群进行研究，墓葬得到了不同程度的修复。靠近它们时，可以看到精湛的工艺和细节。

站在墓地附近，我们找到了驻扎此地时我曾经最爱去的地方，就在杰贝尔·阿卡达山脉的最高处。30 年前，这里没有道路，也不通电，出行都要骑骡子——但是现在，当我们穿过村庄的中心时，可以看到电话线悬在土屋之上，屋内墙上电视屏幕在闪烁。在赛克（Saiq）村之上的高原，我们走到我曾驻扎过的老基地，发现它也完全不一样了：在过去，基地里只有几个小屋、一个足球场和一个观察台。现在，这里变成了一个令人印象深刻的现代化总部，有着射程很远的先进火炮和铺着跑道的飞机场。

离开老基地之后，我们前往一个高崖峭壁的地区——我很高兴还记得那里有结着沉甸甸果实的核桃树，还有开满了活泼的粉红色花朵的石榴树。查尔斯王子在山路上发现了一个平稳的地方，可以在那儿进行素描创作——他说，他喜欢绘画，不仅仅是为了创作，更是因为绘画给予他宁静与平和，他可以细细地观察风景，倾听各种声响，呼吸野外的空气。

我独自走开，一人漫步。当微风吹过，我深深地呼吸。空气中带着洋葱和大蒜的味道，那是从它们生长的起伏田野中飘散下来的。这种感觉就和我在此地服役时一样。高耸的小麦和开满小紫花的苜蓿在田野里摇曳

漂浮在死海之上。这里海拔 -1378 英尺（约合 -420 米），是地球上的最低点。对前来中东的游客来说，这是难忘的体验。

着。我驻扎在这里的时候，阿曼从来都不会像家一样舒服，但现在令我感到欣慰的是，这个国家的一部分原貌保留了下来，没有受到任何影响。

我往回走，告诉查尔斯王子："先生，我们最好继续前进。午餐时间快到了。"

"好的，杰弗，让我画完这个树枝……"

"好吧，先生。"我看看腕表，下午的时间正在飞逝。当亲王殿下低头思考时，我看着他，心里突然有一种完全不真实的感受：世事真是无法预料啊！小时候，我从来没有想到，有一天我会陪伴威尔士亲王来到这个世界上最古老的土地之一，去拜访我在桑德赫斯特的老朋友，而后者现在又成为阿曼的苏丹陛下。我甚至从未想过，查尔斯王子这样一位温厚、体贴、有影响力的人物，会成为我的亲密朋友。

他结束了绘画，露出了满意的神色。他从折叠凳上站起来，朝我微笑。"好啦，我们走吧。"他说着，从我身边走过，朝着从山下开上来接我们的汽车走去。

司机找到了苏丹为我们安排午餐的雅致宾馆。查尔斯王子特别要求午餐清淡一些，只要蔬菜和沙拉，但是我们坐下时，苏丹的工作人员给我们上的菜却完全不同。那是一份足足有七道菜的午餐，其中有烟熏火腿、烤红鲷鱼、牛肉、羊肉和鸡肉。吃完一份阿曼式的红枣甜点后，我靠在椅子上。蒂姆·兰登问我："吃饱了吗？""我觉得自己饱得就像一只海龟，但是不会下蛋。"大家都笑了。我们喝了最后一杯浓醇的咖啡，上了汽车，往飞机那里驶去，准备傍晚起飞。起飞时，查尔斯王子和我朝护送直升机看去，我们又笑了起来。显然，起飞时有一些混乱，本应是武装直升机守卫我们的侧翼，结果他们把位置弄反了。他们的枪炮正径直对着我们！飞行员很快就意识到了这个错误，并纠正了机位。

与此同时，我瞥了一眼手表，已经迟到了 25 分钟。要是在军队的时候，这种情况我是决不会允许发生的。然而在今天，这个时机却是完美的：太阳西下，暮光落在砂岩峭壁之上，巍峨的山脉在下方田野上长长的绿色苜蓿带上投下浓重的阴影。

这三天旋风般的访问后，我回想起那位骑着骡子的年轻人，那位第五皇家恩尼斯基林龙骑兵近卫团的年轻军官杰弗里·肯特中尉，从来都不会想到，有一天他会陪伴着威尔士亲王，在一队武装直升机的护卫下，以这样一种方式回到故地！最后，曾经的袍泽深谊、曾经一段旅程的目的地，在绕了一大圈之后，又带着无比重大的意义，回归到我的人生。

穿过一条河流前往提姆伯克（Timburke）村。

第 14 章　探访最遥远的人类部落

❖❖❖❖❖❖

巴布亚新几内亚，1993 年

　　进入 20 世纪 90 年代后，Abercrombie & Kent 的旅行线路已覆盖了世界的各个角落，我开始思考，下一站将去哪里。30 年来，我们一直向人们展示地球上最遥远的地方，但现在我想反过来，把世界带给那些没有机会去旅行的人。在 90 年代初的温布尔登（Wimbledon）网球锦标赛[1]派对上，我见到标杆式人才经纪机构国际管理集团（IMG）的创始人马克·麦柯马克（Mark McCormack）[2]，我准备了一套说辞。"马克，让我们一起制作一个电视系列节目吧。"我对他说，"我想把观众带到世界上最不寻常的地方。"

　　马克把制片人查理·拉法夫（Charlie Lafave）介绍给我。我们一拍即合，确定最好的办法就是跟随名人到他们一直想去的地方。我们首先在主演名单中列入了劳伦·赫顿（Lauren Hutton）[3]，她天生丽质，是美国人心

---

　　[1]　每年在伦敦南部温布尔登举行的一项草地网球赛事，也被认为是一项典型的英国式社交活动。

　　[2]　马克·麦柯马克（1930—2003），美国律师、体育经纪人和作家。他是高尔夫运动市场化的先锋，首创职业高尔夫世界排名系统，被誉为高尔夫世界最有权力的人。他创立的国际管理集团（IMG）是世界著名的经纪公司，老虎伍兹等球员都是该公司的客户。

　　[3]　劳伦·赫顿（1943—　　），美国著名演员、模特，大学毕业后成为当时最出名的时装模特、薪金最高的封面女郎和电视广告女郎。

漂亮的卡拉瓦里（Karawari）面具，用于宗教仪式、舞蹈和生育仪式。

中的美人儿，因此在 20 世纪 70 年代成为有史以来薪水最高的模特。整个电视系列节目题为《直到世界的尽头》。"当我说要去寻找异国情调的时候，"马克说，"我的意思是天南地北，说走就走。"我们问劳伦，如果她可以选择任何地点，她会去哪里。"尽管想。"我对她说。

她说，她想去地球上最遥远的人类部落看看。

此时时机正好。20 世纪 80 年代后期，美国和欧洲的游客越来越不愿意离家出游，因为担心自己的安全。美国轰炸了利比亚，南非仍在实施种族隔离政策，印度和巴基斯坦正在克什米尔交战，而埃及则经历了内部的动乱。1986 年，我去澳大利亚考察，打算在那里实现一个销售和营销理念："择山而林，逐水而渔"。我们成功地吸引了越来越多的澳大利亚游客。同时，我也一直渴望进入和澳大利亚位于同一区域，但尚未人满为患的地方，一个拥有巨大的旅游机遇，但尚未全面开发的胜地。但对于劳伦，我知道一个最为适合的目的地：《直到世界的尽头》将在巴布亚新几内亚拍摄。

"杰弗，你确定可以帮我们安排行程？"制片人查理在电话里说，"别忘了，这可是一个多达 15 人的摄制组。"

"只要摄制组和演员们全力以赴，我的团队就会安排好一切。"我已经和劳伦相处了一段时间，我相信她会是完美的人选。她喜欢骑摩托车、户外活动，甚至潜水。

我的得力女助手卡罗琳·惠勒（Caroline Wheeler）提出了些疑虑。"你不想把他们带到那些美国人实际上想要度假的地方吗？"她问我，"当大多数美国人听到'巴布亚新几内亚'这几个字时，他们会想起那个洛克菲勒家的小儿子，他就是在那里失踪的。[1] 我们也许需要重新梳理一下行程，做些微调？"

"要么巴布亚新几内亚，要么别做了。"我告诉她，"马克·麦柯马克想要'异国情调'，我们就要给他异国情调。主流电视观众从来也没有见过这些地方。"

"好的，杰弗，"她叹了口气说，"也许这个理由足够了。"

卡罗琳在我身边工作十年了，知道我不会被吓倒——尽管如此，当我和团队开始筹划行程时，确实开始怀疑是不是走得太远了一些。巴布亚新几内亚生活着这个星球上一些最为与世隔绝的原住民：在那些山谷和村庄，许多居民甚至没有见过白人。据了解，这些原住民居民中，还存在强奸、食人肉、割取首级等现象。尽管这些说法夸张了些，这个国家的生活方式也可能让很多观众望而却步：男人和女人完全分开生活，他们之间见面只是为了交媾。女人们的下半身只穿着草叶，而生活在高地的男人则

---

[1] 指的是 20 世纪 60 年代初，迈克尔·洛克菲勒（Michael Rockefeller，1938—1961）在巴布亚新几内亚海岸意外失踪的事件。迈克尔是标准石油公司的继承人、美国前副总统纳尔逊·洛克菲勒（Nelson Rockefeller，事件发生时任纽约州州长）的儿子。事件当时震惊美国全国，之后长期和大范围的搜救也未找到。1964 年迈克尔被宣告死亡。

被称为"假发人（Wig Man）"，因为他们戴着制作精致的假发和面具。除此之外，他们标准的衣柜里放的除了阳具套，就没其他什么了。"你知道，劳伦·赫顿可是个女权主义者。"卡罗琳责怪我。

为了掩盖我越来越大的疑虑，我回答："难道我不是？"

然而，还有一件事让我们的计划变得更加复杂，那就是巴布亚新几内亚有数百个部落，几乎有 1000 种不同的语言，而且都不是英语。同时，许多彼此相邻的村庄之间，为了一点儿生活上的鸡毛蒜皮，比如一两个小海胆壳和几头猪，会频繁地相互争斗。我们澳大利亚分公司的总经理安东尼·海德（Anthony Hyde）同意在巴布亚新几内亚的首都莫尔兹比港（Port Moresby）与我见面，在那里我们和查理·拉法夫一起在塞皮克河（Sepik River）[1] 上乘船去内陆。

那天傍晚，一辆陆地巡洋舰在哈根山（Mount Hagen）接我们。此时我突然想到一个地方，可以让电视观众难以忘怀巴布亚新几内亚。我们沿着满布车辙的蜿蜒土路行驶，路上遇到了一群男人，脸部宽大、面相粗犷，站在支架上建起的长屋外面，用怀疑的目光打量着我们。导演把棒球帽拉紧拉低，遮住自己的脸。"人们最后一次看到洛克菲勒家的那个年轻人，就是在巴布亚新几内亚。"他说，"大家说他被鲨鱼吃掉了，但是根据这些人看我们的样子，我会说怕是被他们吃掉了。"

"那是什么时候的事？"安东尼说。

"那是 1961 年。"我告诉他。从 20 世纪 60 年代以来，我一直带老大卫·洛克菲勒（David Rockefeller Sr.）去游猎，我很清楚这件事，"但那发生在印度尼西亚一侧的西巴布亚（West Papua）。"

"你确定劳伦·赫顿准备好录这个节目了吗？"安东尼问道。作为回应，导演注视着陆地巡洋舰汽车的窗外，显然也在想着同一个问题。安东尼向前伸出脖子，从包里拿出一副双筒望远镜。"前面有烟，"他说，"你

---

　　[1]　新几内亚最长的河流，是亚太区最大的未受污染的淡水湿地生态系统。

　　在特殊聚会和季节性活动之前，胡利族（Huli）假发人（与我合影者）会花费数小时准备服装和化妆，最后配上礼仪假发和配饰。

觉得那是什么？"

"想去看看吗？"我问导演。他点点头。

不过，司机转头看我。"肯特先生，我不建议开车进去，"他说，"可能会有麻烦。"

"把前灯关了，"安东尼对他说，"这样他们不会被我们打扰。"

我们缓缓开了几分钟，沿着角落拐过了一个弯。"退后一点儿。"我告诉司机。他慢慢倒车，把它塞进一个满是灌木丛的隐蔽地方。

导演问："掉落在地上的那些是长矛吗？"

"是箭。"我告诉他。

"老天，就像电影场景一样。"他说。

司机熄了火，我们都静静地看着。一队男子向另一队射箭，而第二队则向第一队发起冲锋。突然间，一道火焰划过空中，将一间草屋点燃了。在狂热之中，两队男子都散开了。我们汽车的大灯仍然暗着，司机发动汽车，带我们走下尘土飞扬的道路，穿过浓烟和一片废墟。安东尼说："我真的不知道好莱坞是否准备好接受巴布亚新几内亚了。"我盯着前路，完全不理会他。

劳伦驾驶着双引擎螺旋桨飞机着陆时，我们开始在现场拍摄。我们走到一个和雨林接壤的村子附近，制作人员在后面跟着，嘴里还嘟囔着"危险"和"原始"这样的字眼。劳伦欣赏着周围的一切，一边抚着头发，一边开玩笑说没有带造型师来真是太麻烦了。这可是地球上气候最潮湿的地方。"不管怎样，这里的雨季是什么时候？"查理·拉法夫问我。

"从 12 月开始。"

"什么时候结束？"

"3 月。"

"啊！"

就像得到了提示一样，突然一阵猛烈的大雨从天而降。摄制组手忙脚乱地用防水帆布把设备遮盖起来，劳伦和我则从田野里冲向森林，指望

卡明迪比特（Kamindibit）村的市场——其中有些面具仍然在我的收藏之列。

树木可以遮蔽雨水。"蜘蛛！"她大叫了起来。

"你告诉我你很勇敢的！"我对她说，"你连摩托车都敢骑，还怕这个！"

第二天早上，我们食物不足，迫切想到下一个地方。我们爬上双引擎"诺曼海岛人号"。

飞行员发动了引擎，右边的引擎转动了——但是，左边的引擎却不动。"这下好了，"查理说，"看起来我们被放逐到无人岛上了！我们去哪儿弄零配件啊？"

然后，我有一个好主意。记得我小时候有架飞机模型，在螺旋桨毂上拴根绳子就可以让它们转起来。

我跑到湖边，从独木舟上拿回一条绳子。我向旁观的人喊道："来帮帮我们！"他们跟随我到飞机边上，帮忙把绳子绕在螺旋桨毂上。"他们不会说英语，杰弗！"安东尼大叫。

"那我就教他们数数！一！"我领头喊道，"二！三！"我们肩上背着绳索，拼命地跑。突然间，螺旋桨抖了抖，发动机发出一声巨响，开始点火发动。

"太令人吃惊了。"查理·拉法夫说，又转向摄制组，问道："你们拍到这个了吗？"

第二天，在从一个村庄回来的路上，导游问劳伦："赫顿女士，你看这里的女人，为什么一个乳房往往比另一个大得多？"

劳伦抬起头，环顾着四周给孩子喂奶，以及那些从家里看着我们的女人。"噢，我没有注意到。"她说，"不过，是啊，你说得对！这是为什么？"

"喏，"导游说，"你看，他们最贵重的东西就是猪。如果他们不想让小猪被其他的小猪从母猪乳头上挤开，她们就会自己哺育猪崽。"

劳伦完全疯了。"这是我听过的最疯狂的事情之一！"她说，"是你编造的吗？"

"不，赫顿女士！"导游说，"我可没有胡说八道，这是真的！"

"杰弗里，这是真的吗？"

"千真万确。"

在拍摄劳伦的冒险故事时，我们决定拍摄另一个插曲，由詹姆斯·布洛林（James Brolin）主演，他想看荒野中的花豹。1994 年，《直到世界的尽头》在美国有线广播网（USA Network）播出。这个系列获得了两次有线电视杰出奖（Cable ACE Award）[1] 的提名，该奖项被认为是有线电视界黄金时段的艾美奖（Emmy Awards）[2]。直到今天，我还是喜欢再看一看这些镜头，重温那些独一无二的冒险历程。

---

　　[1]　美国 HBO（Home Box Office）有线电视网设立的奖项，获得过该奖项的有著名歌星迈克尔·杰克逊等。

　　[2]　美国一项用于表彰电视工业杰出人士和节目的奖励，其重要程度与电影界的奥斯卡金像奖（Academy Awards）、音乐界的格莱美奖（Grammy Awards）以及戏剧界的托尼奖（Tony Awards）相当。

第一次在飞机上鸟瞰阿拉斯加，入目一片荒凉，令人敬畏却又令人振奋。

第 15 章　飞越阿拉斯加

◆◆◆◆◆◆

1997 年

　　我一生中有个梦想，就是要战胜美国，无论是在马球还是商业上，这不是什么秘密。拍摄完《直到世界的尽头》之后，我开始专注于提供体验旅行的机会，让美国客户无需出国旅行。也就是说，Abercrombie & Kent 要让美国也成为和诸多海外胜地一样激动人心的目的地。为了设计出极致的美国冒险体验，我们搜寻了广阔的大自然、独特的文化体验，以及完美的荒野之旅——这也是最重要的。我曾在非洲开发了早期的飞行之旅，这个想法让我眼前一亮：让我们开创美国的飞行之旅吧。

　　于是，在 1997 年夏天，我和乔丽从佛罗里达州飞往阿拉斯加州最大的城市安克雷奇（Anchorage），开始了两周半的考察。我在日记中写到，在这里可以感受到彻底的与世隔绝。虽然我们是带着任务来的，但是阿拉斯加之行既满足了工作需要，也同样让我们充分放松：这一次在未开垦的蛮荒之地的探险充分激发了我们俩心中对户外旅行的热爱。这种纯美国式的探索与潜在的商业机遇也让我心动不已。

◇◇◇◇

位于安克雷奇的阿拉斯加帝王酒店（Regal Alaskan Hotel）并不是最安静的地方，它离机场只有十分钟路程，不时可以听见飞机和水上飞机从屋顶上空飞过。不过，酒店大堂似乎是飞行员约会的绝好去处。"这里有什么选美盛会吗？"我在办理入住手续时问前台的服务员，"为什么有这么多的漂亮女人？"

"不，肯特先生，很可惜没有什么盛会。"他告诉我，"这些是飞行员的妻子。"他倾身，放低声音对我说，"这里有很多寡妇。"

"哦，天哪，你一定是在开玩笑吧？"

他摇摇头，"您会明白的：在阿拉斯加，在不同的城市间飞行时，飞机的飞行高度往往很低，要从树林或水面上方掠过。这里是世界上飞机失事率最高的地方之一，今年已经有两架飞机坠毁了。"

"现在才7月。"

他的脸怅然若失地扭曲了一下，仿佛在说，还用你说。

乔丽和我往套房走去。路上，我想起在军队学到的一个航空法则："有老飞行员，也有大胆的飞行员，但没有大胆的老飞行员。"到房间之后，我拿出日记，写道：

谨记：A&K应与阿拉斯加州当地旅游运营商联系，确保我们能够得到飞行员的名字和完整的飞行记录。只有指定的飞行员才能给客人提供飞行服务，其他人都不行。

这点非常必要……请A&K予以执行。

由于机场噪音的影响，我们在阿拉斯加的第一天早上7点就起床了。这一天是1997年8月7日星期四。有人给我们送来了咖啡，我们开始重新整理行李——把御寒的衣物都收拾好了，结果行李太多了！"我来帮

2010 年，阿拉斯加州 830 万英亩（约合 3.4 万平方千米）的土地被划作北极熊的保护区，帮助保护这些美丽的动物避免因海冰融化而灭绝。

你。"酒店门房迈克尔说，他和另一位拿着咖啡的服务员一起走到我们房间。"肯特先生，你们两位今天要去哪里？"迈克尔问道。

"要去普里比洛夫群岛。"乔丽的第一个愿望是去圣保罗（Saint Paul）岛 [1] 和圣乔治（Saint George）岛 [2] 观鸟。这两座岛屿都是普里比洛夫群岛的一部分，位于阿拉斯加大陆的西南部。

迈克尔不太明白那有什么好玩的："普里比洛夫群岛？那上面到底有什么？"

"好吧，我们想去看野生动物。"

他摇了摇头，仿佛试图把我的愚蠢也甩掉："你们要去多久？"

"两天。"

---

[1]　法属南部领地的一个岛屿，距离阿姆斯特丹岛 85 千米。

[2]　百慕大岛屿，位于圣大卫岛西面的大西洋海域。

"好吧，请不要超过两天！"他嚷道，"希望你们不要碰到停飞！"

"停飞？"

"因为天气！"他说，"气候是永恒的自然灾难！"

"有那么严重吗？"

"普里比洛夫群岛会下横向的雨，肯特先生，你一定知道吧？那里经常下雨，而风又很猛烈，于是风把雨吹横了，雨就从你身边一侧下起！"

乔丽正把围巾戴在脖子上，听到这话她停了下来，瞥了我一眼。我们该怎么办？她的眼神问我。

"没关系，迈克尔。"

他应了一声，提着我们的行李出去了。门房现在和我们说这些已经太迟了。

登上飞机前往圣保罗的时候，我意识到，显然迈克尔说得没错：天气是在阿拉斯加州旅行的决定性因素之一。我们计划乘坐半岛航空公司（PenAir）4250 次班机去圣保罗岛，但是当我们就座时，飞行员宣布天气变得异常糟糕，因此我们不得不飞往迪林厄姆（Dillingham）加油，以避免暴雨的袭击。"为什么我们要飞往迪林厄姆？"乔丽问一名空乘人员。

"如果我们到达圣保罗，却因为恶劣的天气而不能降落，"年轻的空姐回答说，"我们应该加满油，以便能够回到这里，回到安克雷奇。"

我们相互看了一眼。噢，天哪。

不过，这四小时的航程却风景如画，令人难以置信。尤其是在北面，我们看到了海拔 20320 英尺（约合 6194 米）的北美最高峰麦金利山（Mount McKinley），这更是让人激动难抑。空姐向我们倾下身，眼睛盯着窗外。"你们真幸运，"她微笑着说，"在夏季，仅有三分之一的游客有机会看到麦金利山。"

乔丽激动地握住我的手臂："我们可以把麦金利山列入'观赏行程'中。"

普里比洛夫群岛以其鬼斧神工的自然美景、大量的海豹种群和迁徙的鸟类而著称。这四个岛屿本是火山，现在也只有两座岛上有人居住。

我们降落在普里比洛夫群岛最大的圣保罗岛上，当地导游肖恩解释说，这个岛位于阿拉斯加大陆以西 300 千米，在阿拉斯加半岛以北 240 千米处，也在白令海（Bering Sea）东部群岛的范围内。我还惊讶地发现，它实际上是在夏威夷西部！

我们开车去礁石点（Reef Point），这是一个以海狗闻名的保护区。圣保罗是许多动物的群栖地，有近 300 万只鸟和 80 万只海狗，每年春天从远至加利福尼亚半岛（Baja California Peninsula）的南方迁徙而来。这里可能集中了世界上最多的哺乳动物，几乎相当于肯尼亚迁徙角马的数量——150 万只。然而，圣保罗的所有哺乳动物都在这个小岛的海边和海滩上游泳嬉戏，雄性动物划动脚蹼四处游动，争夺雌性的青睐。特别是雄性海狗，其后宫中可有多达 80 只雌性，自然也养育了不少可爱的幼仔。

我们即将离开的时候，一只漂亮的北极狐从前方道路上穿过，离我们不过几英尺远。肖恩告诉我们，他最近看到一只白头秃鹫捕获了一只这样的北极狐。白头秃鹫从空中猛扑下来，用爪子将北极狐一把抓起。我们到达港口时，我指着一处说："那边就有一只白头秃鹫。"他们两人一眼就发现站在起重机上的那只鸟。

"就是它，"肖恩说，"很难这么近看到它们——它们可都是危险的掠食者！"

下午，我们开车穿过圣保罗镇，入迷地欣赏它的文化遗产。这里有世界上最大的阿留申人（Aleut）聚居区，因此整个地区都受到爱斯基摩人渊源的深远影响。阿留申人在上一冰河时代末期通过亚洲和北美之间的陆桥迁徙到此，是阿留申群岛（Aleutian Islands）的第一批人类居民。今天，他们占据了这个村庄的一大块区域。阿留申人人口很少，只有 500 人，主要依靠两个家庭产业生活：大比目鱼和螃蟹捕捞，以及旅游业。

开车经过村庄的时候，我们注意到这里的生活是多么古朴和简单：一个酒吧、两名警察、一个红绿灯和一个熟食店。我们开车经过镇上唯一的一所学校，刚好孩子们下午放学走出来。他们一个个身体结实，身穿厚重

的大衣和靴子。肖恩还指给我们看俄罗斯东正教教堂。他解释说，在 18
世纪末，俄罗斯航海家格夫里尔·普里比洛夫（Gavril Pribylov）成为第
一个发现这些岛屿的欧洲人。他按照阿留申的传说寻找海狗，并和手下的
人猎杀了海狗并带回家乡出售。因此，他们也背离了东正教信仰。当地捕
杀海狗的行为极其残忍——用棍棒将海狗及其幼崽全都打死。幸运的是，
今天这种野蛮行径已被禁止，除了允许阿留申人每年捕杀 2000 只作为主
食之外。世界上没有多少种食物是我不愿意尝试的，但我实在无法想象有
人会伤害这些可爱的海狗。

那天晚上回到住所时，我们惊讶地发现，人们可以在床上享受日光
浴，因为太阳直到午夜还悬挂在空中。第二天早上，我们在日出时分醒
来，7 点 30 分一秒也不差。

在外出的路上，肖恩指给我们看比菊花更大更亮的假山金车花，还
有另一朵光芒四射的黄花。"那是一朵北极罂粟。"他说，"不要采，肯特
太太！"

乔丽看着他，有些紧张。"为什么？"她问，"它有毒吗？"

"它没毒，但是一个古老的阿拉斯加故事说：如果你采了北极罂粟，
今天就会下雨！"

"好吧，但来这里这么久了，我应该有一束北极罂粟！"她说。

我们蜷缩在外套里躲着雨，朝肖恩的汽车走去。他迅速地调换了几
个广播电台频道，找到了天气预报节目。气象学家说："今天整天都有东
北风，有阵雨和雾。"但是在我们经过英吉利海湾（English Bay）的途中，
太阳却照在海滩上茂密的莎草丛上。"这个岛屿只有 3000 年的历史，人们
认为它是最后一批猛犸象的家园。"肖恩说，"你们有没有看到那边那座火
山的火山口，还有下面那些看起来炮弹一样的石头？"

"是的。"我说。乔丽用双筒望远镜凝视着。

"我们称之为'飞溅弹'。"

"'飞溅弹'！"乔丽高兴地叫了起来，"这让我想起杰弗和我刚刚在刚

果尼拉贡戈火山口脚下扎营的时候，杰弗说，它就像一个燃烧的蛋奶酥！"

　　肖恩把车停在高高的悬崖上，让我们好好地散散步。我们停下脚步，仔细地看圣保罗岛上唯一的一棵树。这棵匍匐柳不到半英尺（约合 15 厘米）高，树梢横长，与地面平行。我们艰难地穿过球状艾草丛，它并不常见，高高挺立，花朵像浆果一样明亮。我们还停下来看着一些带着幼鸟的红脚三趾鸥、一些长着粉红斑点的岭雀，还有一只温顺的小岩滨鹬，就在我们跟前蹦蹦跳跳。

　　走了不远，我们发现了一群蓝脸狐狸，它们灵巧地跑过悬崖的顶端，大胆地寻找新鲜鸟蛋。

　　"看那里，"肖恩说，"那是圣保罗岛的最高点拉什山（Rush Hill），它有 665 英尺（约合 203 米）高。如果我们要看驯鹿，那就要从这里开始。"

　　"这里有多少只驯鹿？"乔丽问。

　　"这群驯鹿约有数百只，最初是在 1911 年被带进来的。在第二次世界

　　大西洋海雀大部分时间都生活在海上。它的短翼适合运用飞行技巧在水下游泳。在夏天，海雀的喙呈红色、蓝色和黄色，由此而得名"海鹦鹉"。

午后的阳光下，入海冰川一片片剥离下来。观看到这一幕真是令人激动。裂冰现象可能会非常剧烈，激起巨大的水花。

大战期间有军队占领了这里，他们杀死了绝大多数的驯鹿，仅有少数幸存。1951 年人们重新把驯鹿带进来……结果，现在又太多了。"

我们返回了机场，乘坐 4 点钟的班机去卡特迈国家公园和自然保护区（Katmai National Park & Preserve）。"肯特先生，您住在库利克小屋（Kulik Lodge），对吗？"机场工作人员问我。

"嗯，没错。"

"对不起，您需要延后一个小时起飞。小屋给您安排的包机得在中途停一下。"

"我猜猜，是为了带更多燃料防止天气变坏？"

"不是的，"他说，"又有一名飞行员死了。他们需要将尸体带回圣乔治岛埋葬。"

这些飞行员承担的风险真是让人难以置信。

我们朝东向着卡特迈（Katmai）火山景观飞行，机长指给我们看十年前曾爆发的奥古斯丁火山（Augustine Volcano）。他绕着圈子飞，告诉我们爆发时火山灰高达 40000 英尺（约合 12192 米）！为了满足我们的观赏兴致，他又围绕着火山的外围飞行，还指给我们看了几处烟雾仍在飘扬的裂缝。

飞过美丽的乡村与白雪皑皑的山峰，一小时后，我们在库利克小屋粗砾卵石铺就的简易机场着陆了。一对长相英俊漂亮、热情洋溢的夫妇走了出来，他们应该是管理这个小屋的波·贝内特（Bo Bennett）和他的妻子艾米（Amy）。他们带我们进了第 11 号小屋，库利克小屋的主人桑尼·彼得森

（Sonny Peterson）也在屋里同我们见面。桑尼的父亲在1950年创立了这个著名的小屋。"你们可要准备妥当，"桑尼半开玩笑半认真地说，"我知道明天你们将第一次乘坐水上飞机。"

"没错，"我告诉他，"我们迫不及待要学开水上飞机。"

"现在，先安顿下来，然后在餐厅吃晚餐。"艾米说，"我们将用经典的阿拉斯加大餐来欢迎你们。"

我们进了小屋，开始洗漱。"杰弗，"乔丽说，"我的包在你那吗？"

"不，没有……等一下，我的包都在这里——"

最后，我们吃惊地发现：圣保罗岛上酒店的服务员把我的两个行李箱都拿了，而乔丽的却一个都没拿。"没有手提箱。"她说。

"也没有衣服。"

"这里挺冷的……"她的笑容灿烂了起来，我完全明白她的言下之意，毫不费劲就猜出来了：明天我们去钓鱼之前，她会挤时间去好好地购物。

在小屋的办公室里，艾米·贝内特用无线电联系旅行社。"这个地方有没有电话？"乔丽低声问。

我摇摇头："显然没有。"

"所以你认为下一次航班会把它送过来？"艾米对着话筒说，把几份文件从桌子另一头递过来。"你的钓鱼执照和登记卡，"她把无线电的话筒挡住低声说，"你们能在今天离开之前把它们填好吗？"她又对着无线电说："但下一次航班要明天下午才能到！"

乔丽走到窗前，往下看着前面的小屋。"杰弗！"她吸了一口气，叫道，"来，你看！"在那座小屋前，站着一只粗壮结实的棕色灰熊，在河里找鱼。

"桑尼今天要开水上飞机带你们去布鲁克斯瀑布。"艾米说，"汽车在屋后，正等着你们呢！"

我们从附近一条临时飞机跑道起飞。今天的天气棒极了，真是难得。

桑尼带着我们飞过了河流，水晶般清澈的河水中反射出红色的闪光，仿佛密密层层的珊瑚一般。桑尼说："这是大马哈鱼洄游产生的现象。现在颜色格外红，因为它们正在产卵。"

我们飞越了如翡翠般碧绿的湖泊，后面是白雪皑皑的山脉；穿过一个个湖泊，湖岸边岩石嶙峋，湖泊中点缀着长满云杉的小岛，一直延伸到远处的天际——好一幅美丽而未受污染的图画。此外，我们还飞过一个火山口形成的湖泊，与其他水体的颜色不同，这里比较浑浊。桑尼告诉我们，那是因为水中含有冰川沉积物和火山灰。我们现在离地面只有 35 英尺（约合 10.7 米）高。

我们在布鲁克斯瀑布降落了，就在卡特迈的纳克内克湖（Naknek Lake）和布鲁克斯湖（Lake Brooks）之间。我们一下子就明白了为什么那里的小屋因熊而闻名——只见一只公熊站在一座桥上，看来我们无法过桥到下游的平台上了。"可不要想着靠近它。"桑尼说，"不要惹母猪，特别是带着小猪的母猪，要离她 100 码（约合 91.5 米）之外。更不要惹熊，看到熊再后退 50 码（约合 45.7 米）。"

"那只熊看起来饥肠辘辘的。"乔丽说。

"是的，他知道在哪里找大马哈鱼。从 6 月下旬到 7 月下旬，世界上最大的红色大马哈鱼洄游从这里开始。这些熊可以大快朵颐一番了。不过现在，它应该和伙伴们一起向下游走。"

"鱼就是去那儿了吗？"乔丽猜测道。

"没错，"桑尼说，"它在这里找不到鱼……如果这些家伙饿了，它们可是什么都吃：死鱼、腐烂的草、驼鹿腿，甚至自己的幼崽。"

"天啊！"乔丽说，"他们的幼崽有多重？"

"只有 1 磅（约合 0.5 千克）左右。"桑尼告诉她，"一只手掌就可以托起一只。"

"那么，那只熊有多重？"我问道，指着那座桥。

"它大概有 900 到 1000 磅（约合 408—454 千克）重……但是，到了 3 月，当它经过一个冬天的冬眠，一觉醒来——一定要离它远点儿！——这时它的体重下降到 700 磅（约合 378 千克）。然后，让我们这么说吧，它会出来弄点吃的。曾经有商人春天来到这里，结果不得不耽误了几天才能回家。"桑尼说，"你不会想面对一只饥饿的熊的。"他把球帽在头上戴紧，"呃，如果我们过不了桥，能做的就不多了。我说不如回到飞机上，从空中看看风景吧？"

我们再次起飞，穿过万烟谷（Valley of Ten Thousand Smokes），向着卡特迈火山（Katmai Volcano）进发。卡特迈火山最后一次爆发是在 1912年，爆发之后，高度从 8000 英尺（约合 2438 米）降到了 6715 英尺（约合 2047 米）。桑尼把飞机加速，冲进火山口，头也不回地向我们呼喊道："有一次，我还把飞机降落在这里！"

"我们相信你，"我告诉他，"不过现在就不要试了！"

在我们面前是一座翠绿的山峰，山顶覆盖着一张雪白的"毯子"，上面斑斑点点，像黑色的蚂蚁一样。"驯鹿！"桑尼说，"这里只有几十只，但一群驯鹿可能有成千上万只！"

他带着我们又回到了库利克小屋，乔丽和我都不敢相信自己的眼睛。我们下方的河流里，满满的都是红色信号灯一般的红色大马哈鱼——它们正处于每年一次的洄游中。从海里游上来的时候，它们还是亮银色，在产卵前它们就变红了。雄鱼和雌鱼侧着身体，用尾部在岩石间的河底打出一个洞。雌鱼会在洞里产卵，而雄鱼则给卵子受精。之后，这一对鱼掩盖了这个洞，向上游移动，一次又一次地重复这个过程。但是，可悲的是，桑尼告诉我们，产卵结束的时候，雄鱼和雌鱼都会死去，成为熊、虹鳟，当然还有孵化出来后幼小的大马哈鱼的食物——这只不过是大自然循环的一部分。

因此，这里有数量庞大的虹鳟，十分壮观，这无疑也有助于库利克小屋获得巨大成功。

第二天早上 7 点左右，我们被一场小雨吵醒。还好一阵毛毛雨倒不会影响我们钓鱼，于是我们兴奋地穿戴起来。可是，我们进入餐厅吃早饭的时候，一阵狂风正以每小时 40 英里（约合 64 千米）的速度携雨向我们吹来。一整个早上，我们就只能躲在餐厅里讲故事。中午时分，一顿丰盛的午餐摆在我们面前：有好吃的意大利肉酱面、美味的大马哈鱼馅饼、驯鹿香肠和去壳的虾。

我们回到小屋，穿好防水裤和靴子。今天的导游维克在海滩上等着我们，我们爬上他的小船，在库利克河（Kulik River）怒号的风浪中，开始飞钓。

在前 20 分钟里，维克教我们如何放钩——但是风一直把鱼竿吹开，这可不是件容易的事。不过，我们最后都掌握了诀窍，之后维克让我们自由钓鱼。"如果你想运气好一点，"维克说，"试试这个。"

我从他手里拿过一只虫饵："这是什么？"

"一个著名假虫饵制造商做的。这是只特殊的虫饵，并不是真的。我们称之为不杀生的虫饵（bunny hugger）。"

"不杀生的虫饵？"乔丽说。

"是的，"维克说，"昨天有人用它一小时就抓了十条鱼！"

"去吧，"我告诉乔丽，"拿着。"

"为什么给我这个？"她问，"你认为我需要帮忙吗？"

"好吧，我想如果你钓到一条鳟鱼，我可以说是因为我给了你不杀生的虫饵！"

"如果我钓不到鱼呢？"

"那么我仍然给了你最好的假虫饵来帮你钓上一条！"

"哦，我明白了，你怎么样都是赢的！"她说。

维克先让乔丽下到河里。她开始自己投掷鱼竿的时候，维克来到我身边——在我第一次抛竿时，一只虹鳟咬住了假虫饵。"快！把它卷起来！"维克大叫了起来，但鱼脱了钩，游走了。

整个下午我们都待在那里钓鱼，悠闲地在下游晃荡、抛竿。钓鱼当然是一项有趣的运动。我们站在齐腰深的冷水里，任雨水时大时小地打在身上，亦任凛冽的风在身边呼号。有时站立着，几分钟都一动不动，这样的结果基本上……没有一条鱼肯上钩。

　　然后，我突然听到上游一声大喊：乔丽钓到一条鳟鱼了。"我抓到它了！"她喊道，"我……几乎……抓住了它！"但是，接着她的表情就像空空的双手一样茫然失落。鱼饵嗖嗖地往我这边游来，她的手臂已经够不着了。那条鱼——一条巨大的虹鳟在往下游的路上高高地跳出水面。就是这个家伙，刚才把假虫饵从乔丽的手中咬了下来，逃脱了。

　　"可怜的乔丽！"维克说，"你丢了鳟鱼，连假虫饵也没了！"

　　我们都笑了起来。乔丽是个输得起的人，尽管丢了假虫饵，她还是跑到下游的更远处碰运气。"到现在，体验已经超过鱼本身了，你说对不对？"乔丽说。就在这时，我的线被拉动了一下。

　　"维克！"

　　"把它拉上来，杰弗！"维克叫道。我试着把它拉上来，我们仨都非常激动地嚷嚷着。这次鱼离我只有 10 英尺（约合 3 米）的距离，可是，在最后一刻，它依然挣脱游走了。

　　"今天到此为止吧。"我说，"我们已经够努力的了。"

　　"最后钓一次。"乔丽说，"试试运气。"

　　我们都放了钩，耐心地等待着。幸运女神再一次垂青了我，一条鱼又拉动了我的鱼线。这一次，我非常机敏地把它拉了上来。成功抓住它的时候，我高兴地欢呼了起来。"这可能是今天一整天最大的一条鱼了，"维克说道，把鱼线解开，"它大概有两磅半（约合 1 千克）重。"

　　"第一次尝试还不赖，杰弗！"乔丽说。

　　我非常高兴，怎么能不同意她的话呢？"一点儿也不差。"我说。

　　"好啦。"维克说，"继续。放了它吧。"

　　我长久而仔细地看着自己钓上来的鱼，眼神里既有不舍，又有渴望……然后，我把它扔回了河的下游。

　　"只有像熊一样笨手笨脚才会抓了又放，对不对？"乔丽说着，从背后拍了我一下，半开玩笑的语调里透着同情。"欣赏过了胜利的奖品，我很开心可以把它放生。"我回答道，"我希望这不算什么重大损失。"

"根本没有损失。"她说，"荣誉至上。"

当我们回到库利克小屋，我们赶紧收拾行装，又去礼品店买了一些美丽的海象牙和猛犸象牙雕刻品。"你确定这些没有问题吗?"我问艾米·贝内特。

"肯特先生，这些只是阿留申人的雕刻。我向你保证它是完全合法的。"

我们找到桑尼·彼得森，向他亲切告别，他坚持让我们再住一个晚上。他说，他都准备好把预订客房的客人踢出我们的房间了。

阿拉斯加人如此好客，就像所有的拓荒者一样。乔丽说:"几天后我们就回家了，我会想念这个地方的。"

波·贝内特站在水上飞机旁，确保我们登机后都坐稳了。"今天的天气特别可怕。"波朝机舱里喊道。我朝前看了一眼，想看看飞行员是谁。

就在这时，飞行员转过身来。"我一直在这些河谷周围飞行，已经有18 年了。"他说，"肯特先生，我保证，你们的飞行员非常可靠。"

水上飞机跑动起来，然后离开了水面。当我们飞越树林，我瞥了一下速度表，每小时 140 英里（约合 225 千米）。以这样的速度，飞行员沿着每一个山谷的边缘飞行，有时甚至向下贴近山谷地面上方 50 英尺（约合 15.24 米）处。

仅仅两个多小时，我们就抵达了费尔班克斯（Fairbanks）。当地的旅游代理人非常熟悉各种细节，拎着我们的行李，并帮我们入住契纳河（Chena River）畔费尔班克斯最新的酒店之一公主河畔小屋（Princess Riverside Lodge）。

在房间里，我们吃了一顿盒饭，然后不得不起身接了个电话。"肯特先生，我很抱歉，"当地的旅游代理人说，"我们的计划可能需要改变一下。但在我们调整任何安排之前，我想同您确认一下。"她告诉我，拓荒者航空公司（Frontier Airlines）首席飞行员兼总经理鲍勃·舒尔曼（Bob Schuerman）表示愿意明天下午用他自己的私人飞机为我们服务。"您将会前往伊尼亚库克湖（Iniakuk Lake），在那儿住几天，并参观育空地区（Yukon Territory）。这是一个独具特色的体验。"她说，"鲍勃打来电话说，他希望能同您和您夫人见见面，而乘坐一架飞机向北飞行远比在餐厅或会议室里会面更为合适。"

"让我和太太商量一下，"我告诉她，"但这听起来太棒了。"24 小时后，乔丽和我走出正门。"回机场了！"我们的司机说着，帮我们把行李拿到车上。

"你说，我们在阿拉斯加是不是还没有玩够？"乔丽应道。

在机场，我们很高兴地发现，鲍勃的飞机是我们一直都乘坐的 G-44 凫式（Widgeon）飞机，它是著名的格鲁门鹅式（Grumman Goose）飞机的缩小版本。这是一架在第二次世界大战期间建造的完全水陆两用飞机——这是个古董，也是位可爱的老太太。

乔丽毫不犹豫地坐到了前面。"想当副驾驶吗？"鲍勃说，显然把我这位实际上是运动健将，但表现低调的妻子当作娇柔的夏娃了。

"其实我也是飞行员。我有执照的。"她一边说，一边熟悉着机上的控制按钮，"我一直想驾驶这样的飞机。"

鲍勃惊讶地瞪大眼睛，转向后面看我。我把身边的行李挪动了一下，对着他略微笑了笑。"我的美国姑娘，"我告诉他，"我们都是有执照的飞行员，所以我建议她先飞第一段路，然后我来飞第二段。"

就这么说定了，于是他发动了引擎。

我们沿着跑道冲下去，然后飞起来，朝着伊尼亚库克湖飞去。我拿出旅行指南：这个湖在位于布鲁克斯山脉（Brooks Range）的北极圈上方 60 英里（约合 97 千米）处，靠近北极国家公园和保护区（Arctic National Park and Preserve）的大门。在这片区域，没有精心维护的道路，没有电话，没有电视或广播电台，没有餐馆、商店、酒店或加油站；这里没有急救中心、医院、救护车、警察或消防站。除非游客呼救，否则没有人会来这里。在这片荒野之中，人们有可能在偏僻的小屋中冻死、饿死。在他们

普里比洛夫群岛是独一无二的鸟类家园，也被称为北方的加拉帕戈斯群岛。

死后几个月，尸体才会被发现。"鲍勃，这听起来像是一个自由奔放、无拘无束的地方。"我对着前舱喊道。

"我也有同感！"

"真正可以体验什么叫作自力更生——"

"或者应该说自投死路！"他说。

然而，只要从窗户向外一瞥，就能见证这里的魅力。山脉的景致极美，丰富多彩的地衣和野花如火般怒放。"加油，乔丽，你来控制飞机。"鲍勃说。在接下来的一个小时里，鲍勃和我一起讨论在阿拉斯加合作的机会，而乔丽则熟练地带着我们向北飞行。

她和鲍勃齐心协力地绕了一圈，避开了可怕的天气，两个小时后，我们在伊尼亚库克湖降落。乔丽和鲍勃一起将飞机着陆——这是一个非常了不起的壮举。一般水上飞机降落时是两个浮筒先接触水面，但格鲁曼凫式飞机却是主机体首先遇到水面。当我们碰撞湖面，向前掠过水面时，一道巨浪猛烈地撞上前窗。

然后鲍勃给发动机加速，把飞机变成一艘高速快艇，直到主机体和浮筒都从水中浮起才停止加速。到达岸边时，他放下主轮，将飞机停到湖岸边。"这就是伊尼亚库克湖荒野小屋（Iniakuk Lake Wilderness Lodge）。"鲍勃向我们宣布，"与其他地方不同，来到这个地方，你就永远都不想离开了。"

我们下飞机的时候，三个人从岸边走近我们。他们作了自我介绍：伊尼亚库克湖荒野小屋的屋主帕特·盖德克（Pat Gaedeke），她的儿子约翰，以及当地著名的飞行员唐·格拉泽（Don Glaser）。"银狐！"唐伸出手来和我握手，我对他说道，"你是个传奇。是什么让你成为传奇的？ 35000 小时的飞行时间？"

"是 37000 小时。"他笑了，似乎在说你们过奖了，又接着说，"并不是说我想要吹牛。"

没有吹牛的必要。唐丰富的飞行经验也只是进一步衬托出这个 100% 使用太阳能的荒野小屋的与众不同。工作人员到飞机上，将我们的行李运到河另一边的私人房间里。鲍勃向我们告别，说希望很快再见到我们，然后帕特带我们去小屋的主屋吃晚餐：烤大马哈鱼，然后是我吃过最好吃的新鲜采摘的蓝莓做的派。面包也是新鲜出炉的，当天下午才在屋子里烤好。

"帕特，你丈夫不在吗？"我问她。

"不在了，"她说，"6 年前，一场飞机失事夺去了他的生命。"

"我很抱歉。"乔丽说，显然为帕特的话所感伤。

"谢谢你，"帕特说，"约翰和我总算熬过来了。24 年前，伯恩德（Bernd）和我一起来这里度蜜月。那是我第一次来到这个地区，我们就这样爱上了它，自此就没有离开过。实际上我们是第一批在赫德瓦特斯湖（Headwaters Lake）附近住下的人——你会看到这个湖。那个地区的人把它称为盖德克湖。"

"你们在那里怎么生活？"我问她。

一架水上飞机，阿拉斯加的"路虎汽车"。

　　"伯恩德按规格建造了一些房屋并出售给他们，他也建造了属于我们自己的小屋。那是个带壁炉的小屋，有三间卧室。"她笑了，"不管怎样，你一会儿就会看到了。"

　　"我都迫不及待了。"乔丽说。

　　"只要我在阿拉斯加，"帕特说，"我总是感觉到他和我在一起。这个旅馆是他留下来的。我会尽可能长久地经营下去。"

　　晚饭后，帕特和她儿子把我们带到主储藏室，这时她的伤感减轻了一些。"你们看看这个。"她说着，"啪哒"一声开了灯。储藏室里，窗户被打破了，墙上一块巨大的镶板被撕了下来。

　　"这是什么人干的？"乔丽问。

　　"这不是'什么人'，"帕特说，"是'什么动物'：是一只黑熊！"今天一早它突然闯了进来，她说，"我们统计了下损失：卧式冰箱损坏了，熊爬上了冰箱顶部，在上面跳来跳去。"她说："它把里面的东西全部都吃了，包括三盒满满的永备牌电池。"她说，唯一剩下的就只是两个装满蘑菇和辣椒的罐子。

"我想它应该不喜欢蔬菜。"乔丽说,"我的天啊,你能想象它吃了这些然后肚子疼吗?"

第二天早上,我们去找约翰。由于无路可通,他来了以后,把我们用轮渡载到街对面的小船上,小船再把我们带到当地机场的码头。在那儿,唐·格拉泽的塞斯纳(Cessna)185 水上飞机已经在等待着我们了。

我们在一个一英里半(约合 2.4 千米)长的湖上起飞,湖面清澈平滑。唐带着我们飞过清澈碧蓝、光彩熠熠的塔卡胡拉湖(Takahula Lake)。唐说,在这里,游客喜欢登上充气独木舟在河上漂流,一次玩个五六个小时才愿意从水上出来。"A&K 的短途旅行应该加上这个项目。"乔丽说,"这是个很棒的冒险项目。"

过了这个湖,飞机开始爬高。"下一站,艾利格塔克峰(Arrigetch Peaks)。"唐说,"我们会升到 7000 英尺(约合 2133 米)的高度。这一定会是你在阿拉斯加旅行的亮点之一。"我们飞过了冰川,上升,上升,再上升。山峰之上,有些崖壁经过数百万年的冰川磨砺,和刀片一样锋利。中途,我们遇到一个垂直落差足有 1500 英尺(约合 457 米)的垂直岩壁。唐一边继续在高耸的山峰之间寻找出路,一边仿佛知道我在想些什么。他说:"我在这几个地方飞行了 20 年,从来没有碰撞过一次。"

"也没遇到过发动机故障?"

"只有一次,"他说,"但是我最后靠滑行成功降落了。"

在艾利格塔克峰北部的山脊上,出现了让人激动万分的一幕:那绿色的山丘上分布着一群白色的粉笔点。"白大角羊!"乔丽叫道。我们数了数,一共是 14 只。白大角羊是世界上唯一的野生白羊,原产于阿拉斯加和加拿大的育空地区。唐说:"我们现在位于北纬 60 度线。和这里一比,阿拉斯加的其他地方都不叫荒野。"

"它有多大?"乔丽问道。

"你准备好大吃一惊了吗?"

她点点头。

"800 万英亩（约合 3.2 万平方千米）。"

从这里飞离之后，唐把我们带到了阿拉特纳河（Alatna River）源头的湖边。当地人私下里把它叫作盖德克湖（Gaedeke Lake），这是帕特已故丈夫伯恩德的姓氏。伯恩德在天有灵，似乎也给了我们一个幸运的预兆：我们发现了要寻找的迁徙的驯鹿。

我读过有关驯鹿的内容。与鹿和驼鹿一样，驯鹿鹿角能够完全脱落。这样的物种并不多。雄鹿和雌鹿都有鹿角，鹿角在春末开始生长，在年末脱落。他们和传说中的圣诞老人的驯鹿非常相似，它们是近亲，但不知何故，驯鹿更为强壮，也长得更为气派。

苔原上布满驯鹿深深浅浅的脚印。这让我想起了塞伦盖蒂草原，那上面蜘蛛网密布，而角马迁徙时则跋涉其上。在我们下方有一大群驯鹿，大概有几百只。唐解释说，当它们都聚集在一起时，所有迁徙到北极西部的驯鹿将达到 40 万只。

唐在赫德瓦特斯湖上降落了，带着我们走到帕特·盖德克丈夫伯恩德所建的小屋。唐走进小屋里煮咖啡，点燃壁炉，乔丽和我则坐在小屋的门廊上。"真是个好地方，"乔丽说，"我们终于到了这里，实际上已经是在北极——"

"北极圈以北 110 英里（约合 177 千米）。"我补充道。

"这里是北纬 67 度线。"唐说，递给我们俩每人一个热气腾腾的杯子，"你们现在可是在大陆分水岭（Continental Divide）上喝咖啡。分水岭以北，所有的河流都流向北冰洋；分水岭以南，则所有的水都流向育空河（Yukon River）——"

"从那里到白令海？"我问他。

"完全正确。"

"想想这一大片地方的住宅全都是帕特的丈夫建立起来的。"乔丽说。

"你想象得出吗？"我问她。

"他是个开拓者。"她说,"我们也在做这件事,不是吗?"我们看着驯鹿在周围漫步,还有一只红色的北极狐,在距离我们20英尺(约合6米)的地方走过。最后,乔丽起身去观鸟。唐在门廊上坐下,和我聊起到伊尼亚库克的民航路线。

下午两点时分,我们再次起飞,离山谷保持300英尺(约合91米)的高度。当飞过帕特的小屋,我们发现了一只巨大雄驼鹿孤独的身影,然后……一条褐色的灰熊从湖岸一边游来,离我们刚刚喝咖啡的地方不过数码之遥。结果,唐上了岸。我们看着他一步步走上岸——他那奇形怪状的人影倒映在白色的沙滩,看起来就像是棕色的熊影。

离开那儿,我们前往科伯克河(Kobuk River),进行最后一次十足的阿拉斯加式的探险:独木舟漂流。在一个美丽而宁静的午后,我们一路划船到急流处,然后转过小舟,在沙洲上稍停了一会儿,互相拍照。当我们抬起头,一群北极潜鸟在上方飞过。"我们现在离费尔班克斯只有200英里(约合322千米),简直令人不敢相信,不是吗?"

"不过,没有任何道路可走。"乔丽回答说,"唯一可行的就是乘水上飞机……甚至连一条临时飞机跑道都没有。"不过,幸好如此,这个地区才可能永远不会像其他地方的公园一样遭到破坏。

唐让我做他的副驾驶,与他一起驾机返回伊尼亚库克小屋。我们三人系紧安全带,在湖上转了30分钟,给发动机预热,然后开足马力,一声雷鸣般的吼声打破了湖泊和整个山谷的宁静。一股股湖水四溅,打在飞机上,我们像喷火式战斗机一样向上飞起。

这一幕多么壮观。

飞机开始水平飞行的时候,唐把整个操纵杆推到我身上。"杰弗,你是受过训练的。"他说,"继续驾驶,飞起来!"

我们翱翔着飞下山谷,将塞斯纳飞机靠近湖岸,而乔丽则从窗口向外照相。我把操纵杆交还给唐,我们像牛仔一样大呼小叫着。飞机的噪声把湖边小屋震得嗡嗡响,然后在湖面之上着陆。

8 月 12 日上午，离开小屋之前，我坐下来和帕特·盖德克会面。她告诉我，愿意和 Abercrombie & Kent 合作，不论什么事都愿意谈。她说："你将在阿拉斯加获得巨大的成功。"吃过早餐之后，大雨倾盆而下，能见度为零，但帕特的儿子敲我们的房门，说唐已经找到了一条路线，可以带我们去朱诺市（Juneau）。

挡风玻璃上雨水如注，唐发动引擎，我们起飞了，能见度不到 300 英尺（约合 91 米）。我们以每小时 80 英里（约合 129 千米）的速度慢慢飞行，还尝试穿过一个山谷——但没有成功——那儿只有一片雨水和雾气形成的黑蒙蒙的墙。唐缓缓转过机身，慢慢地爬上另一个山谷，直到天上出现了一束光线。最后，飞机的能见度扩展到半英里（约合 800 米）。乔丽转过身对着我，轻轻吐出一口气——刚才一路她都屏住了呼吸，但现在我们已经前路无碍了。

我们在贝蒂斯（Betties）转乘民航前往充满阳光和游船的朱诺市，并入住市中心的韦斯特马克·巴拉诺夫酒店（Westmark Baranof Hotel）。在阿拉斯加州吃的最后的晚餐给我们带来难以置信的惊喜：精美的大马哈鱼意大利水饺，还有美味的黑橄榄酱比目鱼配新鲜得无与伦比的意大利青瓜。主厨走过来，告诉我们他正在为阿拉斯加州带来更好的食物。也许这是新趋势的开始。

那天早晨，我们准备飞回维洛海滩。我拿到了最新一期的《华尔街日报》，充斥其上的是：企业法律纠纷、工会人员争取保健福利、一家公司正在试制军用防弹三角绷带。看着这一切，我立刻就回想起阿拉斯加，哪怕离开时把房门大开，回来时也会发现里面的东西一切如故。阿拉斯加州和"美国本土 48 州（lower forty-eight）"[1] 之间的区别真是太大了。前者是天堂，而后者，却是现实的世界。

---

[1] 在美国 50 个州里，阿拉斯加和夏威夷远离下面的 48 州，所以这两个州的人们将其余48 州称为 "lower forty-eight"。——编者注

前往北极途中。

第 16 章　征服南北两极

◆ ◆ ◆ ◆ ◆

1999 年

20 世纪 90 年代中期，公司的业务发生了巨大的转折。到那时，我们多达七成的业务都在埃及和东非。然而，在美国总统布什宣布发动海湾战争之后，很少有客户热衷于到中东附近的任何地方旅行。

就在此时，我的人生也经历了一次巨大的转折，我也同样面临着新的挑战。1996 年，我遭遇了一场近乎致命的马球事故。这场事故不仅让我的面部、颈部和脊椎受伤，而且粉碎了我继续打马球的希望。这可是我从事了四十多年的运动啊！我不得不接受一个最糟糕的结果：骑着马球马赢得马球冠军的年代已经终结了。在余生中，我从一匹龙马，变成了跛马。男人如果身体受伤，在女人的照料下，还可以康复——但如果精神颓废，没有女人能够将其修复，乔丽也不行。马球是我的激情所在，没有每天那肾上腺素的冲动，在佛罗里达州的生活变得越来越无聊。

我的婚姻破裂在即，我的生意也是勉强支撑。临近 21 世纪，传说中的世界末日将至，如果在地图上可以找到地狱之所在，那么我可以引领第一支地狱旅游团去那儿参观——因为我曾置身于地狱，比任何人都更了解它。不冒些大风险，我的力量或许就再也无法找回。我扪心自问："我需要怎样做，才能再次屹立于世界之巅？"

然后我就意识到：我可以前往世界之巅，去探索世界之极啊！

或许，我甚至还可以把业务拓展至那里。

我快速地做了些研究，我得知 1999 年 7 月会有一支探险队前往北极，这是 20 世纪最后一次的北极探险了。我和乔丽预订了探险队的行程，抱着乐观的决心，希望能够勇敢地面对婚姻和事业未知的将来。我们的想法一致，希望有可能将北极开辟给客人。我们知道，无论北极看起来多么难以穿越，它都将是个新的突破点。

然而，我很快就明白了，9 英尺（约合 2.7 米）厚的坚冰的确是难以穿越的。

我想 12 天的北极之旅将是我做过最为疯狂的事之一了。不可否认，无论是谁，北冰洋之旅都将为其注入新的能量，或至少是场刺激的冒险。

根据行程，我们将在摩尔曼斯克（Murmansk）乘坐一艘破冰船出发。这是我得知的第一个信息。

摩尔曼斯克是俄罗斯最大的潜艇港口，位于俄罗斯北极地区，圣彼得堡（Saint Petersburg）以北，芬兰东部。坦率地说，这座昔日的共产主义海军城市有点儿令人不快。前一天，我在令人愉快而秩序井然的芬兰首都赫尔辛基（Helsinki）度过了一个晚上，之后飞行两个小时前往摩尔曼斯克。到达之后，我无所事事，于是乘坐早晨的巴士游览摩尔曼斯克——我立即就为眼前苏联分崩离析之后的景象而感到忧虑：工厂闲置、破艇废船杂乱无章地四处散落。巴士上的导游向我们解释，摩尔曼斯克在第二次世界大战中遭受到的轰炸程度仅次于斯大林格勒，受到了巨大的破坏。

考虑到这座城市位于北极地区，我本预料天气会很冷。事实正相反，这一天却炎热难耐。摩尔曼斯克的民众在山上、在池塘边享受着日光浴，雪白的肌肤在岩石和海水衬托下格外耀眼，看起来像是一群群海狮在晒太阳。不过，即使天气炎热，这座城市本身却让人感觉寒意凛然——无论是民众的情绪，还是不太理想的东欧政治。

到了摩尔曼斯克港口附近，我从巴士上下车，情绪高涨。我们将从

南极洛克罗伊港（Port Lockroy）的无线电室。第二次世界大战期间，英国在这里建立了一个秘密基地。在这里，日常交流使用的是摩尔斯电码无线电报，这也是冬天里与外界联系的唯一形式。

这儿前往巴伦支海（Barents Sea），它通向芬兰和俄罗斯以北的北冰洋。在一生的旅行中，我乘坐过不少船，也在很多船只上工作过，但对这样一艘破冰船，我并不甚了解。当我看到这艘船头画着鲨鱼的血盆大口的黑色与艳红相间的船时，我判断不知道那么多也许是件好事情。

得知我从事旅游行业，船长特地出来迎接。他长得像海神尼普顿（King Neptune）那般苍髯如戟，虎背熊腰，话语之间带着浓浓的俄罗斯口音，我好不容易才听得顺耳，到这时我才破译了这艘破冰船的独到之处。"她叫'亚马尔号（Yamal）'，"船长说，"在涅涅茨语（Nenet）中，它的意思是'世界的尽头'。"他说的是俄罗斯北极地区北部的原住民涅涅茨族人所说的语言。他继续说，这艘船是一艘核动力的俄罗斯破冰船，长500 英尺（约合 152 米），龙骨到桅顶长 160 英尺（约合 49 米）。在无冰水面上，它可以以平均每小时 18 海里的速度巡航；在有冰水面上，以一个螺旋桨推进，航行速度可达每小时 3 海里。每个螺旋桨有三个叶片，每个叶片重达十吨。十吨？这个设计听起来有些过时了。但是，换个角度来看，我只不过是想造访这个世界上最荒凉的角落，去探索、去发现。既然如此，我还要奢望什么呢？

出发之前，我走向舵轮，向下看，注意到船头非常尖锐，用于直接破入密集的冰层。船的前端会重重撞上冰层，接着船头快速冲上冰面，并利用船身重量将冰压碎。想到三个螺旋桨叶片的总重量，我不得不相信这条船可以在冰面上所向披靡。

进入船舱，船上的住宿条件给我一种极北之境的感觉：房间宽敞明亮，装修简明洁净。百叶窗和窗帘都是厚厚的欧式遮光帘样式。这很合理，要知道在北极，即使在夜晚也会如白昼一样明亮。我对房间印象不错。我经历过更为艰苦的条件；而且，经过一整天在外"不走寻常路"的探索之后，可以躺在一张舒适的床铺上，我想这已经是很美妙舒服的了。

"不走寻常路"——其实是没有任何路，真的。

发动机在我们下方开始转动加速，我立即离开甲板，走回客舱。起初，整个航行过程平稳而愉快。然而，午饭刚过，我就听到了奇怪的声音：

"咣……咣……当……当……"

"啪！"

天啊，我心里想，不会要葬身在这船上了吧。

"嘎吱——嘎吱——嘎吱——嘎吱——嘎吱。"

船再次晃动了一下。不过，几秒钟之后，航行就平稳了下来。

可是，一会儿：

"咣……咣……当……当……"

"啪！"

"嘎吱——嘎吱——嘎吱——嘎吱——嘎吱。"

"亚马尔号"巨大的螺旋桨继续轰轰隆隆地工作着。我走出客舱，想找个人询问情况。在木制的明亮走廊下，我看到一名维修工人正在检查墙上的设备，看起来像是个保险丝盒。"对不起，打扰一下，"我问他，"你忙吗？"

"不忙，先生。"他关上熔断器板，丝毫不惧脚下的雷霆巨响，朝我走来。他诚挚地用英文问我："有什么问题吗？"

"我应该是订了一个隔音客舱。"

"是的，先生，你住的那个就是隔音客舱。"

"咣……咣……当……当……"

"啪！"

"嘎吱——嘎吱——嘎吱——嘎吱——嘎吱。"

他笑了："你会适应的，肯特先生。想看看它是怎么工作的吗？我带你去轮机舱看看吧。"

我跟在他身后，穿过走廊，来到一个光线昏暗的楼梯井，沿着陡峭的螺旋楼梯往下走。他打开一个看起来像航海设备工厂入口的大门。

轮机舱内的一切都是庞然大物。两个圆柱形的核反应堆是机舱的中心部件，发出巨大的噪声。自从在英国陆军中驾驶坦克以来，我就没听过如此大的声响。"引擎听起来很响，这正常吗？"我扯着嗓子喊道。

"是的，先生！"他告诉我，"它们现在发的电，足够照亮巴黎那么大的城市！"

"我的天哪。"我喃喃地说道。我的声音几乎细不可闻，要不是喉咙发出震动，都无法证明我刚刚在说话。机械的力量令人吃惊，但如此巨大的噪声却足以让人发疯。

"我们在水线以下 30 英尺（约合 9 米）的地方。"他喊道，"别担心，如果有什么问题，我们可以插入控制棒，连锁反应半秒内就会停止！"

"真不超过半秒？"

"对！"

然而，这个想法并不怎么令人感到安慰。他领着我参观了轮机舱，在核动力反应的轰鸣声中大声介绍不同的管道、仪表和开关。他说，核发动机受

来自全球畅销杂志《体育画报》（*Sports Illustrated*）[1] 的摄制团队正在搭建背景，为凯特·阿普顿（Kate Upton）拍摄 2013 年泳衣特刊的封面。

到钢铁和混凝土的强力保护，哪怕船被一架小型飞机撞上了，发动机也几乎不会受到什么影响。他还向我展示了海水淡化系统——"如果我们被困在船上，"他说，"就从北冰洋中收集一些海水，把它蒸馏出来供沐浴和饮用。"

"希望不会发生那样的事。"

他笑了："我们一直都这么希望的！"

他把我带到了巨大的油箱边上，向我讲解，与烧柴油的船相比，他们的船省了多少钱。"你们最后一次换燃料是什么时候？"我问他。

"上周，"他说，"在此之前，大概是 1995 年。"

---

[1]《体育画报》是时代公司所拥有的体育周刊，订阅用户达 300 多万人，曾经两次获得美国国家杂志奖的卓越表现奖。

"在美国建造一艘这样的船需要多少钱?"

"在美国制造的话,得 5 亿美元。但是核反应堆每三年就必须再处理一次,这个费用则高达 300 万美元。"

"每次更换都这么贵?"

"是的,先生。"

"这艘船遇见过最厚的冰块有多大?"

"这艘船在航行时本来只能破开五米厚的冰,但有一次我知道她破开了九米。"

"那岂不是对船造成损耗?"

"是对船不利,先生。但有时候也别无选择。"

那天晚上上床睡觉的时候,我意识到,人们所听到的破冰巨响其实更多的只是心理作用。破冰船在船长的掌舵下,前行冲上冰块,再向下碾压,在一阵嘎吱、嘎吱的猛烈震动中将冰块破开、粉碎。这剧烈的碰撞声穿透了厚重的钢铁船身,一路传至船桥甲板,然后将船头的一切淹没其中。这种感觉听起来既像是砰然重击,又像是挤压碾磨般刺耳。

在我们下方,破冰船向后退,摇摇晃晃地停下养精蓄锐,积蓄了足够的力量之后,再次冲上了冰面。冲击的响声再次在整个船上响起,此时大量的气泡从侧面释放出来,以减少摩擦。最后,我们自由了……终于摆脱了冰层的纠缠……直到船遇见下一个冰脊。

我开始怀疑,将如何在这样的环境中度过整整 12 天。随着冰山撞上船体,破冰船时而向前、时而向后地跳动,伴随着雷鸣般的巨响。这一路上剧烈颠簸,我在双人床上不是像坐跷跷板,就是像荡秋千,从一边被甩到另一边。

这真是一场噩梦。

我试着随便想些什么,好平静下来。最后,我想到那曾经远征北极的人们。他们人数不多,只有寥寥数千。第一批探险者冒着严寒,在冰天雪地中到达极点,不顾冰冻伤残,甚至付出生命,只是为了在北极留下自己的足迹。巨大的荣誉感引领着他们完成这一征程。我提醒自己，报名的时候就知道，这是一次真正的远征，可不是在邮轮上度假。

接下来的三天里，我都安静地在客舱内工作。但不管何时，只要船员在广播中宣布有北极野生动物出现，我就会登至船桥观看，因为船上甲板是开放的。我们似乎正在以可怜的龟速前进。大副中间休息出来抽根烟的时候，告诉我浮冰群已经明显变厚了。船的速度只有每小时 1 海里，有时还会更慢。"亚马尔号"甚至必须不时地停下，往后退，再加速，全速冲向浮冰群。我注视着大块的浮冰被撞到一旁，看得着了迷。当然，如果浮冰不会漂移，船是不可能破冰前行的。事实上，这艘船正以其 23000 吨的威力在浮冰群中破开一条路，在仿佛冻住的蜘蛛网一般的裂口与缝隙中冲出一条新的航道。

我们继续向北进发，气温也随之持续下降——今天是华氏 30 度（约为摄氏零下 1 度）。队长向我们宣布，从此刻开始，强烈建议我们上甲板时要穿风雪大衣，戴手套和巴拉克拉法帽（balaclava）——这是一种遮住头部和大部分脸部的羊毛帽。不过，奇怪的是我并没有感到那般寒冷。我的视线避开太阳，向外遥望着北极的景观，寻找北极熊或它们的脚印。

船上的鲸鱼专家为我们介绍了白鲸。白鲸成年后颜色会变成纯白，因此得名。它们又被称为"海上金丝雀（sea canary）"，因为能够在水下发出酷似鸟鸣的高亢叫声，海面上下都能听见。专家告诉我们，白鲸没有背鳍，因此不会被卡在冰下。它们的颈部也很灵活，因为椎骨还没有完全融为一体。他说，在浮冰或白浪之中很难发现白鲸，最好的观鲸方法是扫视水面和海浪，找到一条白色圆弧，看它突然出现、变大、缩小，然后消失。他告诉我们，如果周围环境平和安静，白鲸在几百码外呼气时，我们还可能听到空气"被吹动"的声音。

船上有一架直升机，每天在船上空飞行一次。飞行时间很短，因为在华氏零下 8 度（约为摄氏零下 22 度）时，直升机几乎一起飞就会被冻上。在快速飞行中，我们追踪"亚马尔号"的航行情况，观赏下方伸长脖子盯着我们在空中盘旋的北极熊。它们的皮毛在纯白的雪地中像是一道道柔和的黄色阴影，眼睛和鼻子则像是雪人身上用煤做的"大衣纽扣"。北极熊走路的姿势让人想起雄狮，那样优雅，看起来气定神闲，哪怕它们长着巨大的蹼爪——游泳时，蹼爪还能起到划桨的作用。回到船上，我们在甲板上用双筒望远镜瞥见了摇摇摆摆行走的可爱的海豹。

北极的风急速地刮向我们，几乎令我窒息。但是，当我好不容易呼吸顺畅，一种兴奋的感觉抓住了我的心。自从 4 年前我最后一次爬上马球马之后，就再没有感受到这种快感。

在北极航行 4 天之后，乘客们都聚到窗边一起见证特殊时刻的到来：下午 5 点 10 分，船长宣布，指南针显示我们已经到达目的地。"我们已经到了地理北极。"他说，"这里是北纬 90 度，真正的世界的顶端——地球的虚拟旋转轴与地球表面相交的地方。"船员带领我们一群人走上甲板，大家互相传递着香槟。在一片炫目的阳光、耀眼的冰川、敬酒致意与欢呼声中，我离开人群，走向栏杆。在水晶般的蓝白色冰山与坚实的冰面之上，一只黑色的海鸠飞行着。它的模样、潜水的方式和晃晃悠悠走路的样子看起来都像企鹅一样，但是身材更瘦小，还有一个细长的喙。不管在哪儿，这种鸟都很罕见，何况是在这个纬度上。我把它当成一个好兆头。也许我的生活终于翻过了旧的一章，或许这段旅程会帮助我打开新的一页。

在北极，一年中有 6 个月，太阳都环绕着地平线转动，但就是迟迟不落——之后，黄昏降临，6 个月的夜晚开始了。那天晚上，我们在船长的餐桌上吃饭，才知道实际上"北极"不止一个！地理北极位于北纬 90 度。在这里，不论哪一天，天体距离地平线几乎一样高。还有地磁北极，在这儿作用于磁罗经针的水平拉力几乎为零，并且磁针会转而指向下方。在地磁北极，地球上不可见的磁力线全部汇聚在一起。地磁北极的确切地理位置每年都会在加拿大北极地区附近移动。"现在地磁北极距离地理北极 750 英里（约合 121 千米）。"船长说，"但是再过 15 年，它距离詹姆斯·克拉克·罗斯爵士（Sir James Clark Ross）在 1831 年发现它的地方就大约有

600 英里（约合 966 千米）。"

地理北极可能是天寒地冻的，但它却极其迷人。我们花了两天时间在户外徒步旅行，在冰脊之间徘徊，用双筒望远镜观察野生动物。我被巨大的冰柱所吸引，上面有裂缝与豁口，还有巨大的孔洞一直向下通往蓝色的海水。

蓝色。蓝色的层次居然可以如此之多，光线注入冰层，冰块又将光线反射回外面。从蓝绿色到宝石蓝色，这一系列的色彩如此耀眼，如此丰富，跟我见过的任何一种蓝都不同。

在船上，我们的午餐和晚餐都有上好的俄罗斯鱼子酱、奶酪，还有汤。我们还可以选上俄语课，不过我放弃了。除此以外，还可以去北极探险家和专家那里听课。我经常和探险家俱乐部（Explorers Club）主席弗雷德·麦克拉伦（Fred McLaren）一起吃饭，他告诉我，他曾是一名海军潜艇军官，先后三次来北极探险。在其中一次探险中，他成为第一个在北极组织棒球比赛的人。投手站在北极，目标是在国际日期变更线上击球，希望可以在昨天抓到球，并把球投回明天！

当弗雷德把话题转向气候变化如何影响欧洲北极海域这样的话题时，他的语气也变得严峻低沉。海洋对于吸收二氧化碳和热量再分布发挥着至关重要的作用，而欧洲的北极地区是世界上最重要的深层冷水形成区域之一，是全球海洋循环的一个基本组成部分，也是全球和区域气候调节过程的重要组成部分。令人遗憾的是，根据目前的气候模型预测，因为气候变化，北极地区的升温速度是全球平均水平的大约两倍，这也将影响陆地系统。北极地区原本将大量太阳能反射回太空，如果地球变暖减少了该地区的冰雪覆盖，那么反射回太空的太阳能就会减少，地球会吸收更多的太阳能。此外，深层水的形成也可能会受到影响，而海洋中二氧化碳的储存能力也会降低。

这是一种科学上的理解，尽管还有些局限，却令我忧心忡忡。弗雷德告诉我说，在过去的 100 年间，海平面已经上升了足足有 1 英尺（约合 30 厘米）。研究表明，到 2100 年，它还将上升 2.5 英尺（约合 0.76 米）

至 6.5 英尺（约合 2 米）。气候变暖的效应正以骇人的速度增快。他还说，整个臭氧层一直在变薄，而臭氧层正是人类赖以生存之所在，它如果消失了，后果非常严重。我记下笔记，回家以后要再次研究这个内容，并以某种方式努力降低 A&K 在其中的作用。

在北极的最后一天，船上的人员都玩兴十足，他们踏上了冰面，像小朋友一样四处张望。"你可是个大冒险家，肯特先生。"船长说，"怎么不到外面去？"

"实际上，我正在想要不要游泳。"

"游泳！"他叫起来，"想想跳进那冰冷的水里！"

"水有多冷？"

"摄氏 0.5 度。"他说。

很快我就算出它接近华氏 33 度——约比华氏度冰点高一度。"你知道吗？"我问他，"我很高兴我们终于来到了北极。我要下去游泳了。"

"我们来打个赌。"

"来吧。"

"你会和我一起喝伏特加，然后再跳下水去。"

"我同你赌了。"

"我还没有说完呢，肯特先生。"他眯起眼睛说，"不穿紧身潜水衣。"

"不穿紧身潜水衣！"年轻小伙子才会这么冲动，纯粹是一种大男子式的愚蠢，"如果我冻死了呢？"

"破冰船比世界上任何一艘船都好操控。"他说，"如果你沉下去了，我们会去把你接上来。"

我迟疑了半秒钟："好。我下去了。"

"别忘了，肯特先生，我只是说你不能穿潜水衣！你可别什么也不穿就跳下去了。"

我看着船破冰后所形成的海水深渊。在我身后，船长已经进了酒吧。他开玩笑地指着我，在他的附近，乔丽用无助的眼神看着我。我知道她

从直升机上看北极熊。

在想什么：马球事故、我的健康……我们的未来。

此时此刻她太了解我了。

我往里走，走进客舱，站在抽屉前，被那些为在北冰洋游泳而准备的东西搞得晕头转向。最后，我找出游泳裤，抓起浴袍和绿色的长筒防水橡胶靴，走出了门。

回到酒吧，我喝下了浓烈的伏特加酒，我的喉咙立刻像火一样酌烧起来。我和船长擦身而过，扮了一个鬼脸，走到甲板上。"肯特下水了！"他大喊道。我脱下浴袍，船员们都聚集到了门口。

我甚至不敢伸出脚趾头试试水——我奋力一跃，一下子几乎休克而死。这真是冻到骨髓里去了！我想，这倒也是好事，起码意味着我没犯心脏病。很快，我就活跃起来了，一开始还只是踩着水，不久就完全换成了自由泳，朝着船尾游去。不过，那头几秒钟，冷得让我几乎停止呼吸。

手臂每划一下，我都会向前移动。不久，不知何故，我的身体开始适应了温度。我向外游了 50 码（约合 46 米），然后转个身朝船游回来。船上的人没有大喊大叫嘲笑我。事实上，他们正安静地注视着我，看我是否还活着。"我很好！"我叫道。他们松了一口气，笑声开始在水面上回荡，呼出的水雾在阳光下升起。

我把注意力集中在精确地数自己的呼吸上，也就是我冒出水面时，听到的呼气的声音。海水是完美的——没有雪泥，也没有冰——太阳在天空中高度很低，我在地球上还从未见过这么近的太阳。我可不会死在这里，我对自己说，追逐着自己呼出的雾气，追逐着船。在马球运动生涯中，我曾面临死亡；在事业中，我曾面对绝望，又力挽狂澜——最后，我都坚强地生存了下来。仅仅一点冷水就能把我淹没？休想。

最后，我回到了船上。爬上梯子的时候，乔丽和一群人聚集过来迎接我。一个人给了我一条毛巾，催促我穿上浴袍；还有一个人把长筒靴递给我。"我要去散散步。"我告诉他们，穿上浴袍，系紧腰带。

他们中的几个人互相看着，都感到莫名其妙。"杰弗——"乔丽开始叫道。

"我没事，"我向她保证，"我只是想在冰上散散步。"

他们耸了耸肩，都转身回到了船上。这是我的机会。我故意跑到一个冰脊的后面，在那里躲了一会儿，直到我听见有人喊："肯特先生！肯特先生？你在哪儿？"

这是船长的声音。

"杰弗里——里——里——"他大叫着，"杰弗里！你还在那儿吗？还活着吗？每个人都已经上船了，肯特先生！"

"哦！"我喊道，"我在这里。对不起，我有点儿搞不清方向了。"

"肯特先生！"他喊道，"上船，我们必须继续前进！"

"好的！"我赶回了跳板，再上了船。在船里，迎面而来的是许多条毯子、热茶和德国热红酒（Glühwein）。

而且，我很满意：我是 20 世纪最后一个站在北极的人。

这是整个旅程中的精彩之处。

回程路上的第一天，破冰船的力量又恢复了：

"咣……咣……当……当……"

"啪！"

"嘎吱——嘎吱——嘎吱——嘎吱——嘎吱。"

南极令人叹为观止的冰雕。

碾压与撞击比以前更加猛烈。我知道即使问题严重，船长也并不会公开宣布。于是我朝着驾驶室走去，碰到了楼梯上的大副。"发生了什么事？"我问他。

"我们遇上了多年冰层。这是有史以来最厚的一次——普通的破冰船完全别想通过。"我试着想些可以帮得上忙的方法，我摸着下巴，感觉都要"捻断数根须"了。看到我忧心忡忡，大副说："回你的房间去吧，肯特先生。我得确保现在甲板上没有人。"

30分钟之后，航行似乎平稳下来，突然之间我又听到了：

"咣……咣……当……当……"

一声闷响。

那是怎么回事？

走廊里一片喊叫和推挤。我避开正在向轮机舱方向飞奔而去的船员，前往主甲板。在那里，三名潜水员正在穿俄式潜水服——那种老式的圆顶形钟罩头盔，好像我们身处法国小说家儒勒·凡尔纳（Jules Verne）的科幻小说里一样。"发生了什么事？"我问。

其中一名船员说："螺旋桨有个叶片出了问题。"

"那潜水员下水到底要做什么呢？"

"试着修复它。"

我前往驾驶室，发现船长盯着一张卫星冰况分布图发呆。他的眼睛盯着前方，但感觉到了我的到来。"肯特先生，"他叹了口气，"是推进器。"

"这意味着什么？"

"这意味着我失去了操舵装置，船失去了动力。如果潜水员花上一两天还没有办法解决这个问题，那么我们的食物将不足，还将不得不使用海水淡化系统。"我记起了带我参观轮机舱的那位船员和我说的话，他半是怀疑，半是开玩笑。内心深处，有什么东西告诉我这次旅行会一波三折。"更糟的是，"他说，"现在气温是摄氏零下30度，目前我的能见度是零。"

我走到冰图前问他："如果推进器坏了，我们怎样才能得救呢？"

"我们不能!"他说,"这里没地方让飞机着陆,对直升机来说路途又太遥远了。"

我越来越感到恐慌:"那我们能做什么?"

他又看回冰图:"我们必须找到来时打通的道路……不过,为了找到原来的路线,就不得不一路往回航行。"

"我们能成功吗?"

"有成功的可能。但是自上个星期以来,冰层的移动距离很大。"

"你认为我们要到达原来的路线需要多长时间?"

"还要一天,或者更多天……但即便如此,也比潜水员修理螺旋桨需要的时间少。这可能是唯一的办法,不然我们就得坐狗拉雪橇逃生了。"

我瞪大了眼睛转过身来,瞥了他一眼。"我在开玩笑,肯特先生!"

我走到船桥,扶着栏杆,往下看潜水员穿戴潜水服的甲板。船长对着对讲机发出命令。"告诉他们不要下水,"他说,"不要让任何人离开船。我们要回俄罗斯了。"

我们又花了两天的时间找到原先进入的路线,然后我们不得不前往格陵兰岛(Greenland)附近。一个导游告诉我,"格陵兰"的意思是"绿色之地",它是由一个名叫"红色埃里克"(Erik the Red)的维京海盗于公元 982 年命名的。这真是一个厚脸皮的营销噱头。从格陵兰岛,我们再绕道回到俄罗斯,如此就不得不错过法兰士约瑟夫地群岛(Franz Josef Land)的游览。那个岛上唯一存在的哺乳动物就是北极狐。除此以外,仅有的存活植物是草、苔、地衣和地钱,还有大约三十几种北极开花植物。

然而,不管有没有北极狐,不管有没有地衣,当我们比原定行程晚了五天抵岸,连摩尔曼斯克都予人宾至如归的感觉。

◇◇◇◇

北极远征的确令人心醉,不过,坦率地说,大概在这同时,我发现了一种更值得体验的极地远征。那时银行给公司首席财务官打电话,询问我们是否有兴趣购买"探索者号（*Explorer*）"。我们曾为这艘传奇的探险船做过各种营销与销售活动。银行解释说："拥有这艘船的德国公司遇到了一些财务困难，你们介绍了不少客户过去，他们因此欠你们几十万元——如果肯特先生想要这艘船的话，她就是你的抵押品了。"

肯特先生想要她吗？

我和"探索者号"有过一段私人的恩怨。"探索者号"在旅游行业广为人知，被亲切地叫作"小红船（Little Red Ship）"，是由我最早也是最大的竞争对手之一拉尔斯-埃里克·林德布劳德（Lars-Eric Lindblad）特别设计用于远航的。我的思绪回到了 20 世纪 70 年代初的一天，当我听说全新打造的"探索者号"在蒙巴萨停靠，准备前往塞舌尔群岛（Seychelles）时，我从内罗毕前往蒙巴萨去一睹为快。

"肯特先生。"然而，当我踏上跳板，一位年轻的乘务员叫住了我，"我很抱歉，肯特先生，但林德布劳德先生认为你可能会在这里出现。他坚持要求你离开船，并从此严禁登船。"

我吃惊地看着他，但很清楚我与林德布劳德之间的竞争日益激烈。"我现在就走，"我告诉乘务员，"但是，请告诉林德布劳德先生，有一天，我会拥有这艘船的。"

现在，银行也同意了我的说法。这一天来临了。

我至少可以说，"小红船"从来不曾被称为豪华邮轮。而且，她建于1969 年，我们得到她的时候，她已经快 30 岁了。我们接手之后，为了消除客户的潜在不良印象，必须为她设计完美的旅程，让客户满意，从而忽略她的不完美，甚至还可能觉得这些不完美还令人着迷。我对自己说，如果使用她的过程中可以帮助保护野生动物和环境，那我们不妨一试。

于是我们开发了第一个南极之旅：这不是一趟豪华假期游，却是一次丰富的教育与学习之行。南极有着世界上最为稀有和最大的海鸟与海豹，如果 Abercrombie & Kent 能够与世界上最为知名的海洋生物、极地生物和气候方面的专家一道同行，那么我们就可以提供世界上最前沿的南极考察之旅。

前几次的南极远征之旅立刻就被订满了，因此出行一趟紧跟着一趟，接连不断。客人先前往阿根廷或智利，然后搭乘包机到世界最南端的城市乌斯怀亚（Ushuaia），再从那里出发。南极的旅游季节很短，只有 11 月到 2 月之间才适宜旅行。而且，每年允许进入的船只数量受到严格的控制。我们每个南极旅游季节提供六次旅行的预订，次次销售一空，毫无例外。

　　每个旅游季节结束之后，我们都会加固"探索者号"的钢铁船身。然而，尽管小心翼翼地保养，"探索者号"在 21 世纪初还是需要退役了。我们把她出售给一家规模较小的公司，每年只会出航几次——之后，我们获悉行业消息，她再次被抛售。我希望人们能够让她不再奔波，但是我知道麻烦之所在：如果她不能创造利润，让她闲置于船坞的成本非常昂贵。从某种意义上说，"探索者号"是个孤儿。她唯一真正属于的地方就是南极。

　　在 2007 年的感恩节，我和好莱坞梦工厂动画公司的首席执行官杰弗瑞·卡森伯格（Jeffrey Katzenberg）在等候与以色列总理的会晤。突然，

"探索者号"在南极探险中，客人们喜欢称之为"小红船"。

在候客室的电视屏幕上，我看到了她——小红船，她上了国际新闻的头条。"你先进去吧，"我对杰弗瑞说，心里有些不安，"我马上就来。"新闻播报员说，"小红船"的船长听到一声巨响，之后一名乘客报告在附近的冰壁上看到了红漆。"探索者号"撞上了一个冰川，在她历经岁月沧桑、饱经风霜的船体上出现了一个大洞。她沉没了。

那时，乔丽和我已经作出了决定。对于婚姻和公司，我们俩的看法截然不同，我们已经无法继续在一起了。我们在 21 世纪初离了婚，但"探索者号"的沉没让我平静的往日情怀再起波澜。这艘船曾开辟了新的海界。她是有史以来第一次在塞舌尔群岛航行的船之一；是第一个航行于亚马孙河上游的船只，而当时我也在船上；她甚至穿过了西北航道（Northwest Passage）——那些时候，她从不会成为世界的头条新闻。如今，她在南极一个荒凉不知所终的地方，即将触碰到那悲凉的结局，而整个世界突然之间都知道了她。许多人通过她学到了大量的知识，无数人拥有关于她的不尽回忆。对于这样一艘船来说，这是一个令人肝肠寸断的命运回归：她出生的使命即是航行南极，而如今，她长眠于南极的水底。幸好所有的乘客都已安全撤离。

不久之后，我的生活又找到了新的寄托。2007 年夏天的一个晚上，我在意大利里维埃拉（Italian Riviera）波托菲诺（Portofino）港口的舒芙蕾餐厅（Chuflay Restaurant）用餐，一位我所见过的最美丽的女人走了进来。她体态柔美、气质优雅，美丽的双眼和面颊让我想起索菲亚·罗兰（Sophia Loren）。她的身上充满活力和能量，让我的眼睛一刻也无法离开。

当我准备离开的时候，我走近这个坐在朋友中间的美丽女孩。"对不起，"我问她，"我可以请你喝一杯酒吗？"

"不用了，谢谢。"她对着坐在旁边的男人点点头，说，"我和他在一起。"

"我非常抱歉。"我对他们说道，并祝他们晚上过得愉快。

7 个月之后，我在贝尔格莱维亚区（Belgravia）[1] 一家设备非常先进

---

[1] 英国伦敦中西部的上流社会住宅区。

的健身房健身。健身房楼下有一家餐厅，我可以打打电话、喝喝意式浓缩咖啡。那天我正在餐厅里接电话，当我经过一个私人雅座时，我注意到里面坐着一位貌美动人的女士，她的面容似曾相识。打完电话，我突然想起来，她可能就是那天我在波托菲诺遇见的女士。

"对不起，"我走近她，"7 个月前，你是不是在波托菲诺的舒芙蕾餐厅里用过晚餐？"

"是的。"她说，但是并没有抬起眼睛看我。

"你记得我吗？"

终于，她看着我的眼睛："对，有一点儿印象。"

"那天晚上你身边有一位男士，你还和他在一起吗？"

"不，我已经离开了他，而且我两天前才刚到伦敦。"

这真是我的幸运日。"我可以请你吃晚饭吗？"

她又快速地瞥了我一眼，我心里充满了希望。然后，她说："不用了。"

我顿时好像一只泄了气的皮球一般。但无论如何，我还是谢了她，上楼踏上跑步机开始长跑。我跑得又重又快，想把她从脑海中推开。

过了一会儿，我回到楼下，再次问她。

"和你共进晚餐？"她说，"我会考虑一下。"

"你叫什么名字？"

"奥塔薇娅（Otavia）。"

这听起来像个女王的名字，我必须进一步了解她："你是哪里人？"

"巴西。"

就这样，我被她迷住了。

之后，我出发去主持世界旅游业理事会（World Travel and Tourism Council）在迪拜举行的年度会议，这次会议由我与迪拜酋长穆罕默德·本·拉希德·阿勒马克图姆（Mohammed bin Rashid Al Maktoum）殿下一同主持。在会议期间，我每天都会给奥塔薇娅发短信，问她什么时候可以一起出来吃晚饭。两天之后，她终于回复了我，并同意接受我的邀请。

这次晚餐最后变成了我们的第二次约会，而几次约会之后，我们相伴出去旅行。2010 年，当她同意与我在非洲一起泛舟时，我意识到生命中已经不能没有奥塔薇娅了——在我认识的女性中，她是唯一一位和我一样热爱冒险的。随着时间的流逝，她让我明白，她就是那一直在那里等我的女人。我们在伦敦低调地结婚了，只有新郎新娘，没有宾客。婚礼结束之后，我们立即起飞前往巴西度蜜月——除了巴西，我们还会去哪儿呢？

我的生活和事业都注入了新的活力。进入 21 世纪后，Abercrombie & Kent 发起了一次南极巡游，一次与众不同，却无比奢华、更加冒险的航程。这就是一次奢华的远征。今天，我们乘坐的是于 2010 年下水的"北冕号（Le Boreal）"。这艘船拥有最为先进的极地科技，有户外恒温游泳池，每个房间还有私人阳台，可以随时欣赏风景与观赏野生动物。

2012 年 11 月，我们与一群客户一起巡游南极，其中还有一位知名度颇高的客人。奥塔薇娅感到特别惊讶，为什么这艘船会如此受欢迎。"哦！亲爱的，有一件事我忘了告诉你。"第一天早上吃完早餐，从船上的餐厅里走出来，我和她说道，"这次巡游……"其实我完全没有忘记——只是，她未上船之前，我没敢告诉她，超级名模凯特·阿普顿（Kate Upton）就在我们的船上。

"你忘了什么，亲爱的？"她说。

"他们正在为《体育画报》拍摄 2013 年泳衣特刊的封面。这是本全球畅销的杂志。你相信吗，名模凯特·阿普顿就在这艘船上！"

"你忘了告诉我，凯特·阿普顿在这艘船上?!"她说。

在拍摄期间，摄影师指挥凯特·阿普顿，而奥塔薇娅指挥我。她每一次按下快门前都要说一声："现在看——现在不要看！"这可不是我婚姻中最为和谐的时刻……但是，毫无疑问，不论在陆地、海洋或冰川上，没有人能比奥塔薇娅拍出的照片更好看了！

和奥塔薇娅在南极洛克罗伊（Lockroy）港。

在开普敦桑德拉市乘坐一架闪电式战斗机。

第 17 章　战斗机上的太空之旅

◆ ◆ ◆ ◆ ◆

2004 年

　　我于 2004 年左右开始开发 A&K 太空之旅。那时，我们团队已经探索了每个大陆，设计的旅行路线也涵盖了各大洲。此外，Abercrombie & Kent 在全球也拥有了近四十个分公司。终于该来挑战极限了——对于热情高涨的旅行者，宇宙中有没有什么地方会让他望而却步呢？

　　我想，如果不去尝试，永远也没有办法知道自己事业的最后边界在哪里。"花时间侦察是值得的"，这是战争的原则之一，也是我在英国陆军时弗罗斯特将军最喜欢的口号之一。在整个事业中我已经充分运用了这一原则。英国闪电式战斗机（English Electric Lightning）创建于 20 世纪 50 年代，是英国第一架能够以 2 马赫（Mach）速度——大约每小时 1520 英里（约合 2446 千米），或音速的两倍——飞行的飞机。

　　当时，这是英国史上速度最快的战斗机。即使在 2003 年我乘坐了最后一班协和式超音速飞机，我也感觉协和飞机比不上闪电式战斗机的速度。

　　现在是凌晨 4 点，我在开普省桑德拉市（Thunder City）的前军用飞机场。阅读了飞行指南后，我意识到，这次来驾驶闪电式战斗机，我对谁也没说，这一步还真走对了。只要任何一位真正的朋友知道了，绝对都会打电话给我，让我不要做傻事。在飞行指南上，有一行字写着：

登机前，乘客必须支付 2000 英镑的押金。如果您在飞行中意外身故，这笔钱正好用来支付您的返程运费。

我感到一阵恶心。事实上，我已经两天没吃过任何东西了，以免在飞行中呕吐生病。但这也没有什么用。我匆匆回顾了上周接受的培训：如何使用氧气面罩，如何启动机械装置释放位于机身后部的降落伞，以降低着陆时的速度，当然还有如何弹射座椅。他们告诉我，降落伞有两种截然不同的弹出方式：一种是降落时用于减速，另一种则在空中用于逃生，二者绝不可混淆。飞行员说："只要犯一个错误，你就死定了。"

"听我说，"我告诉他，"这些座椅是在 20 世纪 50 年代制造的，有没有人测试过？"

"没有，要测试是很困难的。"他说，"但是我们一直在进行电子测试。我向你保证，没有问题。"

一名年轻男子走出来，递给我一套赛车运动服，类似于一级方程式车手所穿的那样：全身黑色，只有"桑德拉市"几个字是金色的，还有一个头盔，给人一种很官方的感觉。他说："你只需要在里面穿上 T 恤衫和蓝色牛仔裤就可以了。"看着自己，我想起了常常引用的一句话：人生并不是一场穿着正装的彩排——的确没有正装，但是，增压服呢？什么保护服也没有？

我的脑海里立刻想到了忠诚的卡罗琳·惠勒，只有她知道我这一周在哪里——如果我在飞行中出了什么意外，她还要负责处理一切后事……要是天不如人愿，他们还得把我的尸体运回伦敦。

腕表显示时间是凌晨 6 点钟，战斗机驾驶员大卫·斯托克（David Stock）在驾驶舱内活动了一下身体，然后笑容满面地转向了我。"你准备好了吗，杰弗？"他长相英俊，不到 45 岁，手上戴着结婚戒指，脸上总是带着笑容。他这么友善，我感到宽慰，这次飞行似乎也变得不那么可怕了。

"我准备好了吗？"我反问他，"完全准备好了。"

随着喷气式飞机的顶罩上移，我们穿过停机坪滑行到跑道的起点。飞机发出巨大的声响，像是令人难以置信的超级跑车。你一生中都不曾听过这样的声音——它隆隆地轰鸣作响，一切都在颤抖。当我现在写下这个故事的时候，我感觉它就像是一部超大型的法拉利跑车。

我们到达起飞点后，大卫停住飞机。他转向我，用他的南非口音把"天哪杰弗！"四个字一口气说了出来，"这是你放弃的最后机会！"

"我不会退出的。"我告诉他。

"你确定你想继续？""是的，我想继续！"我笑了，"训练了一周，可不就是为了这个。"

"好吧，"他说，"那么你要记住这一点：如果出现问题，我希望你弹射出飞机，我会打给你信号：一、二。但是，没有三。因为第三下的时候我已经弹射出去了，你便变成了机长。"

"噢，看在上帝的份儿上，我们起飞吧。"

顶罩关上了，我听见它紧紧闭合起来的声音。然后——

轰！

我们起飞了，一分钟内就从平地垂直飞到了 40000 英尺（约合 12.2千米）的高空。在爬升的最高处，他飞了三圈，然后飞到 65000 英尺（约合 19.8 千米）高度才保持水平飞行。再之后战斗机加速到 2.2 马赫的全速。这时，大卫的声音通过氧气面罩内的对讲机灌入我的双耳。"你想开一会儿吗？"他大声喊道。

"是的！"我接过了飞机的控制权，直线飞行。我对做其他任何动作都不感兴趣……因为我不能做！

接着，他再次接管了飞机。

"你想看看地球吗？"

"是的，请让我看看！"

轰！

一瞬间，我们低头看见地球的紫色曲线。

"你想看看天空吗?"

"是的,请让我看看!"

轰!

一下子,我正盯着无尽的蔚蓝色天空。

然后,大卫将飞机往下飞得很低,大约离海平面只有 800 英尺(约合 244 米)——我几乎能感觉到喷气式飞机在下边的海面上掀起了波浪。"天哪杰弗!"大卫在对讲机里说,"我这会儿要是打个喷嚏可真是太糟糕了!"

"可不是嘛!"

接着,我们又飞行了几分钟。在起飞 45 分钟之后,我按照大卫的指示,拉动操纵杆释放了降落伞,以便着陆。

当我们走出战斗机时,我的腿跟泥一样软,不停地打颤。我把制服和头盔交还,到酒店取回车,给在伦敦办公室的卡罗琳打电话,让她帮我办理登机手续。之后我就坐不住了。我必须缓和一下神经,将这份兴奋与激动从身体里排遣出去。

我走出酒店,跑了 5 英里(约合 8 千米)。一边跑,我一边想着,这是我做过的最危险的事情之一了。我经历了 5.5 倍重力。一个正常的商人怎么会跑来做这些呢?这会要了他的命,他的心脏可能会停止跳动。我已经 62 岁了,平均每周跑 20 英里(约合 32 千米),即便是这段路程,运动强度对我而言也很剧烈。我不确定大多数 Abercrombie & Kent 的客人是否能够做到这一点,特别是这将成为我们更为昂贵的旅行项目之一。这意味着,一般而言,只有一些年纪最长的客人才有经济能力来体验。

我打电话给 A&K 太空团队的首席科学家和工程师,他曾在美国黑鸟间谍飞机上工作。"听我说,"我问他,"我只需要知道一件事。如果进入太空,零事故的概率是多少,能不能百分之百肯定不会发生事故?"

他说:"让我把你的话换个说法,杰弗里。会发生事故的概率是百分之百。"

"什么?我们百分之百会发生事故?"

"杰弗里，概率是百分之百。不要误会：太空是危险的。"

那天一整个晚上，我都躺在床上思考。第二天早上，我就剩下一件事情要做。我再次打电话给 A&K 的太空团队负责人。"我们需要让每个人都去试一下，"我告诉他，"全部的 20 个人。如果有这么大的风险，这个项目没有办法继续下去。"

一年以后，我终于明白，除了弹射系统，旧款英国闪电式战斗机的其他部件都需要进行电子测试。而且，那位将我带到太空边缘的飞行员大卫·斯托克也遭遇了悲惨的命运。当飞机全速飞行时，其主液压系统崩溃了，这意味着大卫无法继续控制飞机。他唯一的希望就是弹射出去——然而，弹射系统没有反应。飞机翻转着直线坠落在地，大卫遇难了。

我们不得不断定这是一种我们永远都无法做到的产品。时至今日，这是一种解脱，而非失望。启动 A&K 的太空计划是我最大胆，也最鲁莽的经营行为，但优秀的企业家知道什么时候应该壮士断腕。对我来说，这个时机就是在我们犯错之前。

伊瓜苏瀑布是世界上最令人印象深刻的景点之一，拥有 275 个令人叹为观止的瀑布，分布在近两英里（约合 3.2 千米）长的湾形河域之中。

第 18 章　伊瓜苏瀑布大冒险

◆◆◆◆◆

巴西和阿根廷，2010 年

　　和朋友出游，有一个普遍的规则：旅行结束时你会发现，要么更喜欢这个朋友，要么就更讨厌他！如果你和旅伴都是寻求惊险刺激的人，旅行会是友谊最好的试金石。

　　杰弗瑞·卡森伯格既是一位令人尊敬的客户，也是我亲密的朋友，他更是好莱坞最有影响力的人物之一。当我和他一同旅行时，公司上下竭尽全力确保行程无缝对接，后勤安排妥当无误。我永远也不会忘记早期陪同杰弗瑞前往肯尼亚马赛马拉旅行的情形。导游在路边发现了一群疣猪。"彭彭（Pumba）！"他喊道，"彭彭！"他眼望我们，兴奋不已，"你们没看过《狮子王》（The Lion King）吗？"

　　杰弗瑞笑了。我在导游背后轻声说："《狮子王》就是他拍的。"

　　所以，你可以想象，杰弗瑞旅行中需要刺激的冒险与极致的风景，这会激发他下一个大制作电影的灵感。他还需要在尽可能短的行程中，拥有足够多的令人兴奋的体验：对于一位好莱坞的公司高管，每天工作 18 小时，三个星期的假期通常过于奢侈了。考虑到这一点，2010 年，杰弗瑞和我相约一道去南美洲的伊瓜苏瀑布（Iguaçu Falls），这是世界上最为气势磅礴的瀑布，位于阿根廷和巴西之间。

伊瓜苏瀑布是伊瓜苏河（Iguaçu River）的一部分，而光瀑布本身的长度就有一英里半（约合 2.4 千米）还多。瀑布形成一个马蹄形的曲线，三面环水，形成垂直的水瀑，非常壮观。下落的河水产生了一层层向上升腾的薄雾，给人一种慢镜头般的幻觉，仿佛瀑布正一层层地下落。而实际上，河水以惊人的速度流动——每秒 66000 多立方英尺（约合 1869 立方米），是维多利亚瀑布（Victoria Falls）平均流量的两倍。我从来不信神灵，但是不可否认，目睹这气势宏伟的瀑布，不禁会使人追问是谁或是什么创造出既如此美丽又令人敬畏的奇观。

伊瓜苏瀑布最大落差为 269 英尺（约合 82 米），总长超过 1.7 英里（约合 2.7 千米），无论高度或长度，均为世界第二，仅次于非洲的维多利亚瀑布。但在我看来，伊瓜苏瀑布却是最具活力的地方。而且，伊瓜苏瀑布并非一下子倾倒而下，而是从一个弯月形的河道某处下落，之后在水平的河面上短暂地流淌，再轰然下降几百英尺到达更低的河面。这是一个天然的滑水道。

从这一点看，正是这种渐落的地形构造使它成为引人注目的瀑布。不过，一定要在巴西境内才能观赏到这一最佳的景观。但要找到此最佳观景点，需要机智和智慧，这是我与杰弗瑞一道飞行旅行时发现的。

我们的旅程开始于智利北部的阿塔卡马沙漠（Atacama Desert），这是世界上最古老的沙漠之一，也是最干燥的地区——沙漠中有些最高的山峰上连雪都没有。在沙漠的一个跑道上，我们登上了杰弗瑞的湾流宇航（Gulfstream）[1] V 喷气式飞机，这是一架非常酷的高性能喷气式飞机。

---

[1] 湾流宇航公司是制造公务喷气机的飞机制造厂，总厂位于美国格鲁吉亚州沙瓦纳市，为通用动力的子公司。

我们坐在柔软的真皮座椅中，中间隔着过道，在光亮的木制桌板上忙各自的事。

当我们系上安全带时，导游接了一个电话。他告诉我们一个好消息，并且再三强调，直升机已经准备就绪了，在伊瓜苏河巴西境内的岸边等候我们。第一天的第一站已经安排妥当。

飞机特别平稳地起飞了。杰弗瑞拥有世界上最好的飞行员。通过飞机的舷窗，我们凝视着沙漠。虽然如同死寂的大地，有些吓人，但沙漠浩瀚无边，值得一游。而且，如宣传册里描述的一般，沙漠中"时而可见生命的迹象"。在一瞥之下，充满活力的沙漠鲜花、孤独的美洲驼、点缀着红泥小房子的阿塔卡梅诺（Atacameno）村庄，都为我们的沙漠之行增加了兴致。

杰弗瑞和我一起坐下来讨论今天的行程：

三个小时后我们将在伊瓜苏着陆，接着登上一架直升机，在空中观赏瀑布。然后，一艘快艇大小的船将把我们直接带到瀑布上——那水流卷起的风暴与河流相遇的地方，去尽情体验一番水上狂欢的感觉。从那里开始，瀑布就会像一个变幻无常、娇美迷人的少女一般，用那无穷的魅力使你动心，吸引着你，却又用不可抗拒的力量将你推开。

从那里开始，行程只会越来越精彩：我们将登上河岸上的岩石，乘坐一艘可折叠的小船，体验一个下午的激流漂流。根据天气、水面及瀑布流速的不同，伊瓜苏漂流路线的评级为三到五星。一天的行程结束之后，我们将再次登上飞机——这次是飞往阿根廷，在阿根廷首都和最大城市布宜诺斯艾利斯（Buenos Aires）吃晚餐。

杰弗瑞打开 iPad，像往常一样工作，而我则将视线转向舷窗之外，感觉一切有序进行，尽在掌握之中。前半程的飞行完全是轻松悠闲的。我掏出黑莓手机，想处理一些电子邮件。

然而，光洁的厨房木门突然打开了，导游出现在门口，谨慎地向我招手示意。"肯特先生！"他着急地挥着手，让我过去。

巴塔哥尼亚的百内国家公园（Torres del Paine National Park）是地球上最偏远，也是人口最少的地区之一。

"你过来，"我用手势和他说，"怎么了？"

"肯特先生！"他打了更多的手势。

杰弗瑞在座位上转过身，对这场动静感到好奇。我冷静地站起来对他说："我去看看发生了什么事。"我小心翼翼地装作若无其事，不让他感到紧张，悄悄地走进厨房，轻轻关上身后的木门，问导游："怎么了？"

"肯特先生，你绝对不会相信发生了什么事。"

"什么？飞机出了什么问题吗？"

"不是飞机。"他说，"我刚刚和飞行员在一起，我看了飞行计划——肯特先生，我们有麻烦了。"

"什么麻烦？"

"我们正飞往伊瓜苏（Iguazú）。"

"我们当然正飞往伊瓜苏（Iguaçú），这是行程计划好的。"

"不对，肯特先生，我们正在飞往伊瓜苏（Iguazú）。"我注意到他重重地念出最后一个字，发音怪怪的，听起来就像人们没有时间去游猎，而只好去看某种傻乎乎的圈养动物。

"伊瓜苏，伊瓜猪——我没明白你的意思。有什么问题吗？"

"我们即将降落在阿根廷。"

"阿根廷！"

"是的，肯特先生。这是世界上仅有的两个地方，名字几乎完全一样，但是有两个完全不同的机场，在两个完全不同的国家[1]。"

不会吧。这种事绝对不能发生在杰弗瑞·卡森伯格身上。我感到额头上冒出了密密麻麻的汗珠。靠着厨房的橱柜，我把全部的细节梳理了一遍：按照飞行计划，我们飞到了阿根廷，而直升机、卡车、船只、导游和安保人员却全都在巴西等着我们。"我们必须改变飞行计划！"

---

[1]　伊瓜苏瀑布位于巴拉圭、阿根廷和巴西三国交界，后二者均有名为伊瓜苏的港口城市。阿根廷的伊瓜苏港市名为 Iguazú，而巴西的伊瓜苏港市名为 Iguaçú。除了个别字母，二者拼写几乎完全相同，发音也几乎完全一样。

"肯特先生，改变飞行计划为时已晚。还有不到 30 分钟我们就要降落了。飞机已经在下降了。"

"天哪……"我来回踱步了一会儿，思考可以做些什么。如果不作改变，就会浪费整整一天时间。突然，我灵机一动：只有一个解决办法，刚好我们有阿根廷的签证，因为我们要过去吃晚餐。"我来告诉你该怎么做，"我对导游说，"立刻把全部车辆从巴西开过来，让它们在阿根廷等我们。马上让所有人都过来。"我离开厨房，坐在座位上："杰弗瑞，很不幸，出了点差错。"

他平静地看着我。

"我们飞错机场了。"

杰弗瑞摘下眼镜，他看起来总是如此气定神闲："你有什么建议？"

"我们要在阿根廷着陆，车辆会赶到那儿去。我想可以从机场开车去巴西，到瀑布的另一边，路上只要几分钟时间。"

"我没有意见。"

着陆之后，搬运工帮忙卸下了行李，我们快速把行李塞进在跑道上等候的汽车。"走，快点，快走！"我对着司机喊道。他发动了汽车，加快速度，冲出机场的停车场，往阿根廷到巴西的边境桥开去——路程只有短短几英里，感觉却像永恒那么长。我们前方排了一条长龙，都是无可奈何在等待的旅游巴士。我盯着窗外，心想，我们第一眼看到伊瓜苏河时，第一感觉并不是应有的平静与完美，却是紧张与慌乱。像这样订制的紧凑行程往往精细到了每一分钟，如果不能弥补刚刚失去的时间，就将不得不缩短直升机游览与激流漂流的时间——而我们还可能无法赶上今晚在阿根廷的丰盛晚餐。

当我们靠近阿根廷与巴西的边境桥时，我屏住呼吸。这是最后一刻，我们将面临海关和入境检查。

司机清醒而冷静地摇下车窗。巴西海关官员拿过我们的护照，视线从太阳镜上方往汽车后座瞥过来，杰弗瑞和我就坐在那里。他对司机说了几句话，司机叹了口气，用拇指和食指捏了捏鼻梁，转过身来面对着我。"他们要检查车子。"司机说。

"检查车子？为了什么？"

"毒品。"

"毒品！"

"先生，你们两人衣着华丽，乘坐一辆豪华越野车接近巴西边境。他说必须搜查车子，否则禁止通行。"

这真是太不可思议了。

杰弗瑞处变不惊，很配合地走下越野车。我则挪到车子的另一边。"搜吧，别站着了。"我对官员说，"我们还要赶直升机呢。"

他厌恶地俯视着我。显然，他听不懂英语。他上身探进车内，肩膀还轻轻撞了我一下。他的同事则在另一边检查杰弗瑞的东西。我真想一把捂住脸。这一幕也太令人窘迫了。

他们在我们的物品中东搜西寻，把手伸进包里摸来摸去，掏着上衣的口袋，还检查电子设备。刚才那名官员拿过我的路易·威登公文包，搁在泥地上，我想要阻止，结果几乎撞在他身上，才发现他皮带枪套上有枪。我耸耸肩，举起双臂，不得不屈从，绝望地说道："好吧，随你便吧！"

"我要看。"他吐出几个简单的英文单词，指着公文包说。

我蹲在地上，在一片混乱中寻找包的钥匙。咔哒一声，公文包打开了。那名官员把我推开，从包里拿出我的两部手机，在手里翻来覆去地看。又把一大堆文件放在地上，结果一阵风吹来，文件一页一页都被吹飞了。"上帝啊！"我大声喊道，发了疯一样去追文件。

最后，这名官员抬起头来，打量着司机，慢悠悠地走到一边。他面无表情地打了个手势，让我们回到车内，给我们放行。

司机加大油门离开。在我们身后的海关官员挥舞着双手，挡开扬到脸上的灰土。

直升机正开着螺旋桨等待我们。我们登机以后，螺旋桨开始加速运

杰弗瑞·卡森伯格和我在一艘汽艇上，直奔瀑布的底部，水雾飞溅在我们头上。

转。我转向杰弗瑞，握紧拳头，作出胜利的手势。我们终于到了。

在直升机螺旋桨叶片的高速转动中，他大声向我喊道："胜利了！"

一瞬间，我们起飞了，在一片广阔的树丛上空快速上升，树丛之下河流蜿蜒。短短三分钟内，我们就得以俯瞰瀑布，那像是六道无尽的银河纷落涌入峡谷之中。直升机下面，灌木和松树郁郁葱葱，构成了一道弯曲的弧线围绕着瀑布，细看却带着尖锐的棱角。瀑布和流水吸收了树木和朗朗晴空的色彩，将碧绿与湛蓝的光芒返照在我们身上。就在我们靠近最高一道瀑布的那一刻，魔鬼的喉咙（Devil's Throat）出现了：就在瀑布马蹄形曲线的正上方，彩虹升起，在峡谷间架起一道完美的拱桥。直升机在空中盘旋，没有人说话，大家静静地欣赏着这令人陶醉的一幕。杰弗瑞看向我，嘴角浮起些许微笑，几不可察，随即又摇摇头。是啊，这般壮观的景象，若非亲见，谁能相信呢？

　　之后，这一天的行程有条不紊地按原计划进行。我们到瀑布附近荡舟，即便从头到脚穿着救生衣和雨衣，荡舟结束之后仍然发现全身上下无一干处。不过，这一天的高潮还是激流漂流。"这里的急流通常只有三级水平，"导游说，"不过，今天风向正与流水的方向相同，因此水流加强了，变成四级。你们确定准备好了吗？"

　　杰弗瑞转过头来看我。我们都点点头。

　　导游爬上了充气船的舵位。我发现，在众多选择中，漂流是一种对抗自然的挑战，我不禁爱上了它。我得意地朝杰弗瑞笑了笑：这样刺激的漂流，只有在巴西才能体验。两名桨手随我们一起上了船，我们将船推离岸边，驶上一条平缓的河流……不过这平缓只维持了区区几秒，接着导游大喊起来："前进！"桨手疯狂地划了起来。在我们面前，一个泡沫飞扬的波浪撞了上来，试图让船平静下来。"向前！"导游再次喊道，桨手的手臂猛力地前划。在流水中，我们既顺从于自然，同时却也违背着她。"向前！"导游第三次发出了命令。我们也叫喊起来，因为随着波浪，船也逐渐升起。当水平静下来时，我们慢慢不再感到头晕目眩，大家像孩子一样笑了起来。河水向着河岸的岩石轻轻荡漾，接着我们又突然跃进了下一组急流之中。

　　有一次，我告诉一位记者，最理想的旅行伙伴是那些随遇而安，保持行程紧凑流畅的人——不过，我的好朋友们都知道，如果和我一起旅行，将会体验世界上最为紧凑、最为流畅的行程。而这次伊瓜苏瀑布之旅如此激动人心，不久之后，我们计划再次游览南美洲，不错过任何一个景点。这一次，我们带上了各自的妻子：玛丽莲（Marilyn）和奥塔薇娅。同行的还有我们的好朋友马克·伯内特（Mark Burnett）和妻子罗玛·唐尼（Roma Downey）。马克是电视真人秀《幸存者》（Survivor）的制片人之一，他也曾在英国陆军中服役，是位训练有素的伞兵。马克和杰弗瑞一样，需要靠旅行给他们的工作带来灵感——马克和罗玛制作的《圣经故事》大受欢迎，这部电视系列节目就深受旅行的影响。就在此前不久，马克还问我："好吧，杰弗，世界上最不适宜人类生存的地方在哪里？我们可以去拍摄一集《幸存者》。"

所以，这样的一个旅客团队，可是需要最细致的计划。我们打算星期五离开，下一个星期日回到洛杉矶。这十天旅程的后勤安排必须做到完美无缺。

我们乘杰弗瑞的飞机离开。第一站是厄瓜多尔的基多，我们去了一家美妙的餐厅吃晚饭。第二天带他们去了加拉帕戈斯群岛，预订了岛上最美丽的旅馆，住了两个晚上。每天，在导游的带领下，我们出海观赏了许多野生动物，例如蓝脚鲣鸟、海豹和巨型海龟。马克和我一道浮潜，去看黄貂鱼。我再次没有让他失望……不过，乘船出发的时候，我有些紧张，因为有一次曾经被一条黄貂鱼刺伤，虽然并不像我喜爱的主持人史蒂夫·厄文 [1] 在 2006 年被鱼刺伤而死那般严重。

那次事故发生在佛罗里达州，我正与肯特的迈克尔王子一道玩风帆冲浪，我直接从冲浪板上跳到了一条黄貂鱼身上。它刺了我一下，就像一颗子弹射进了身体，鲜血涌了出来。我想到黄貂鱼是有毒的，突然害怕了起来：如果男人被刺伤，毒液会直接进入他的命根子那儿。我的儿子乔斯把我的胳膊环在肩上扛着我冲进医院。"你们在路上采取过什么救护措施吗？"医生问我。

"敷了冰。"

"这个处理办法真是太糟糕了。"他告诉我。显然，毒刺的末端是一块骨头，而骨头的末端是一种剧毒的酸液。他们用热水作解毒剂，将毒液稀释，我很快就恢复，又可以继续冲浪了——但是这次在加拉帕戈斯群岛和马克·伯内特浮潜，我紧贴水面，不敢往深处潜了。

---

[1]　史蒂夫·厄文（1962—2006），澳大利亚著名环保人士与电视节目主持人，因主持广为人知的《鳄鱼拍档》节目而得名"鳄鱼先生"。其浓重的澳大利亚英语口音和广大的知名度，使其成为澳大利亚的代表之一。2006 年 9 月，厄文在拍摄一部纪录片时，遭魟鱼（又称魔鬼鱼）袭击身亡。

奥塔薇娅是巴西人。我总是对她说非洲的维多利亚瀑布是世界上最大的瀑布。然而，看过伊瓜苏瀑布之后，现在我不确定了。

离开这些岛屿后，我们直接飞往秘鲁的伊基托斯（Iquitos），去亚马孙河上游漂流。我们租了两个晚上的船，悠闲地观赏美丽的鹦鹉和粉红色的亚马孙河豚，之后我们巡游至亚马孙主河河口。那里有一片热带雨林，一个高得离谱的树顶吊桥，我们都不得不单独摸索前行。"小心点，杰弗！"杰弗瑞叫道，"这儿很滑。"

"亲爱的，慢慢来。"我对奥塔薇娅说，她正在前面走过桥上的台阶，"这路很不平。"话音刚落，她的脚直接往前一滑，啪！

她在桥上湿滑的木条上摔倒了，臀部着地，一路下滑，卡在栏杆旁边的网上，不然她就从300英尺（约合91米）的高度掉到下方的丛林里了。我赶忙一路往下跑到她那儿，看看她有没有事。谢天谢地，她没事，也完全不感到害怕。我们去寻找蟒蛇和小凯门鳄，给它们拍了一些照片。

我们坐在轮船上，等着回伊基托斯的航班。我之前与秘鲁政府联系，为我们安排了一架赛斯纳208大篷车（Cessna 208 Caravan），这是一架最多可容纳 7 人的两栖空军飞机，它甚至可以降落在亚马孙河中部。但是，今天大雨瓢泼，水倾如注，河中波浪起伏，十分危险。"肯特先生！"导游在无线电里说，"我们不能关掉引擎，太危险了！"

为了能逆流而上接近飞机，我们登上了一艘停靠在飞机旁的小艇。小艇和飞机在水中上下浮摆，船员则把我们一个接着一个用力地推到一座浮桥上，再从那儿登机。"太太团"也都表现出巨大的勇气，但都有些精疲力竭了。我们还没来得及扣紧安全带，飞行员就急匆匆地宣布："我们必须走了！"

我们全部都登上飞机的那一刻，他加大油门，给引擎加速。我看到河里全是小圆木和各种漂流物，他不知使用了什么诀窍，都一一避开了。我屏住呼吸，直到引擎加速到把飞机抬升至湍急的河水之上。

"好吧，"我告诉杰弗瑞，"刚才这段经历可真不容易。"

"可不是嘛，"他说，"都可以出书了。"

待安全飞行后，我把随身携带的行程表拿出来，上面写满了后勤安排方面的笔记。我回顾一下，发现后面的安排非常紧张：在伊基托斯，我们将搭乘杰弗瑞·卡森伯格的 G5 飞机前往秘鲁的库斯科（Cusco），再搭乘火车前往马丘比丘（Machu Picchu），由一位人类学家带着我们参观一个古代遗址。它在 1450 年左右由印加人（Incas）建造，大约 100 年后被遗弃，最后于 20 世纪初被美国历史学家希拉姆·宾厄姆（Hiram Bingham）重新发现。离开马丘比丘后，我们乘火车返回库斯科，再飞往的的喀喀（Titicaca）湖。但是，临起飞之际，我的办公室发来无线电，说玻利维亚现在正在进行示威游行，太危险了。

我们很快重新部署，设计了一个新的飞行计划——直接飞往我最喜欢的目的地之一巴塔哥尼亚。它位于南美洲大陆最南端，是世界上人口最少的地区之一。

百内国家公园本身包罗万象：高山、冰川、湖泊和塞拉诺河，乘船周游一圈会是一段惊心动魄的旅程。此外，公园还以大量人迹未至的生态系我们徒步前往百内国家公园的小径，为梦幻般的森林、美丽的湖泊和原始冰川的壮观景色而惊叹。

统而闻名。

巴塔哥尼亚探险酒店（Explora Patagonia Lodge）位于裴恩（Pehoe）湖岸边的公园中心，可以看到潘恩山脊和其他花岗岩山峰的壮丽景色。

从公园内，游客可以乘车、骑马，或乘船穿过格雷湖（Lake Grey），欣赏与它同名的冰川的胜景。不过，因为这个团内大家身体都很好，所以我们就步行。天气怡人，第一天我们徒步六个小时左右到达了格雷冰川，目睹了它正崩解掉入格雷湖的惊人景观。

马克和罗玛夫妇是我们所有人中体力最好的，在最后一天凌晨四点就起床了，徒步八个小时将近 11 英里（约合 18 千米）到达百内峰（Paine Towers）脚下。他们回来时累坏了，但充满了胜利的喜悦。

在去机场的路上，大家都在极力赞美在荒野里的日子。我倾听着所有人的话，心里有一种满足感。陪伴着超棒的客户和好友，这又是一次成功的南美冒险之旅！

与朋友泰德·特纳（Ted Turner）一起同大象贾布（Jabu）合影。

第 19 章　博茨瓦纳的酋长营地

······

2000 年

2014 年，我参与了美国公共广播公司（PBS）在全美，乃至全世界播出的一个电视系列节目《点燃激情》（*In Pursuit of Passion*）。在其中一集，节目聚焦于 Abercrombie & Kent，探寻它如何从一家家庭式旅游公司，通过提供不同寻常的荒野路线与舒适、高端的旅游体验，而成长为全球奢华旅游的领导者之一。拍摄期间，我也经历了一些自己人生中的第一次：我直接坐在维多利亚瀑布的边缘，在魔鬼池（Devil's Pool）里游泳，英国《每日邮报》（*Daily Mail*）给它取了个绰号，叫"世界上最极致（也是最危险）的无边泳池"。我还驾驶一架使用小"割草机"发动机的微型飞机从瀑布顶上飞过，在峡谷中一路翱翔。此外，我们乘坐敞开机门的直升机到上游，在瀑布之下的赞比西河上进行世界上最惊心动魄的五级激流漂流。结果，当第一个巨浪朝我打过来时，我就掉进水里了……在河里，我和鳄鱼一道顺着瀑布的流水往下游游去。我最重要的旅伴奥塔薇娅把自己牢牢固定在木筏上，她伸手试着让我停下来，尽力让周围一切保持平衡。船赶上来并救了我之后，她不禁大声欢呼。如今，这是我们最为开心快乐的旅行记忆之一。

拍摄这部作品期间，有一次我冷静地反思并分享了职业生涯中得出的最重要的一个结论。也许我们在巴西的新家的邻居对此概括得最好，当时他正在海滩上遛狗，奥塔薇娅遇见他，停下来同他打招呼。"很高兴见到你们俩，"他说，然后问我，"你是做什么的？"我告诉了他。他感到十分震惊。"你知道吗，"他说，"我参加了很多次你们推出的假期旅行。奇怪的是，我在你们公司消费越多，却挣钱越多。"

（这番话令我感触良深。同样的，几十年前，有一位客户向我表达感谢，因为当时帐篷外响起狮子的咆哮，把他妻子吓得从床上跳起来，冲进他的被窝。他们已经分居25年了，然而因为这次事件，又重新在一起了！）

我可以认真而严肃地告诉你，这一切都是真的。无论你是谁、在哪里，旅行最重要的影响就是它实际上会改变人们的生活，以及人们对世界的看法。这一时刻往往发生在个人发展的关键时期……有时，它甚至发生在历史的关键时刻。

在我一生中，或许有一次旅行比其他任何事情都更能体现这一点。

1997年9月1日早上，我醒来时看到一则消息，让我震惊万分：8月31日晚上，戴安娜王妃在巴黎的一场车祸中丧生。我身在佛罗里达州，看到美国有线电视新闻网（CNN）上的消息。冥冥之中好像有谁在支配我的动作，我下意识地拨了查尔斯王子的电话。在这样紧张的日子里，他接起我电话的可能性非常小……所以，电话铃声一响起，我的脑子里就开始左思右想。

我想起了查尔斯王子的儿子们，那两位快乐、善良的男孩。早年我曾和他们以及他们的父亲一起去肯尼亚游猎。我回忆起那次旅行，想起年少的威廉王子和哈里王子都明显继承了他们父亲对野生动物的欣赏与对大自然的好奇。曾经年幼的亲密兄弟，如今已成长为优秀的年轻人，开始明白他们在这个世界上所扮演的角色——他们都非常重视这个角色。

我想起1992年，查尔斯王子及戴安娜王妃前往印度进行国事访问，我也同行——就是那一次，戴安娜王妃在泰姬陵外的长椅上接受了媒体采访。她显得很忧郁，不久之后，他们就宣布准备离婚。

我也想起了我非常敬重的朋友查尔斯王子……就在这时，他接起了我的电话。

"先生，"我说，"我是杰弗里·肯特。"我感到词穷，不知如何开口，言语此时何其苍白，"我非常难过……"

他深感悲痛，当然，也非常担心他的儿子。

我说着话，喉咙里像火灼过一样："如果需要我做些什么，真的，我的意思是——"

"实际上还真有。"他说，第一次听起来有点儿松了一口气，"10 月，哈里在拉德格罗夫（Ludgrove）的上半学期就要结束，开始放假。本来他打算和他母亲一起度假……"查尔斯王子接着解释说，他已经计划到南非进行国事访问，而那时威廉王子在伊顿公学（Eton）的上半学期也结束并开始放假了。"对哈里来说，尽管……我想，也许去游猎几天对他有好处。然后再到南非与我见面。你怎么看？"

查尔斯王子知道他的孩子们和我一起旅行会玩得很开心，但是如今他的话语之中更有深意：他可不是把哈里随便托付给什么人。在家庭最为痛苦、压力最大的时刻，他把自己儿子交托给了我，让我负责他的安全，照料他的健康。这可是全世界最受欢迎的 13 岁男孩呀。

我告诉他，没有问题，我会把哈里带去度假。我不想让他有一丝一毫的担心。挂断电话时，我又打了一个电话给卡罗琳："我们需要设计一条从乞力马扎罗山机场出发的行程。"

"但是，杰弗，记得琼·里弗斯（Joan Rivers）那次去塞伦盖蒂吗？即使在那儿，那些部落里的人也认出了她。"

"你不记得了吗，那一幕是我故意设计的玩笑？"1994 年，一个马赛族人叫住琼·里弗斯，喊道："你不是琼·里弗斯吗？你怎么也来游猎了？"琼是喜剧演员，我知道她会从中感到新鲜刺激……但是，对于哈里王子，我们会绝对保密和低调。"杰弗，"卡罗琳继续说，"皇室很喜爱东非，新闻界首先会怀疑哈里王子将去坦桑尼亚。"

"我知道，"我告诉她，"所以我要带他去博茨瓦纳。"

时间回到 1968 年，我第一次去博茨瓦纳拜访老朋友约翰·金斯利-希思（John Kingsley-Heath），他是一名巨兽猎人，在东非，以及更远、更南的博茨瓦纳都广为人知。我和约翰是多年的朋友了。他资源多，人脉广，在我们打造营地帐篷游猎业务时，他给了很大的帮助。

在那第一次的旅行中，我花了大约三周时间从内罗毕开车到马翁（Maun）。那时马翁只有一个小小的简易机场和一间只有八个房间的莱利酒店（Riley's Hotel）。博茨瓦纳以有着世界上最好的猎物而闻名。然而，我们会面的目的却不尽相同：约翰·金斯利-希思希望我为博茨瓦纳带来摄影之旅。"杰弗，"他说，"你有这样的眼光。"

于是我这么做了。从业务一开始，博茨瓦纳就一直是游猎观光的最佳目的地之一。基于我对这个国家的熟悉，我知道可以安排一个令人难以置信的游猎，没有人会看到哈里王子。

我起草了一份假的坦桑尼亚旅行计划，并和伦敦的公关机构合作，将这个诱饵抛给媒体。媒体发狂了，许多人前往乞力马扎罗山，在营地前摆满相机，等待哈里王子到达的那一刻。

而与此同时，我们在马翁着陆了。相比 1968 年的一派简陋，1997 年的马翁已经成为一个比较繁华的旅游枢纽。我们一行只有五个人：哈里王子和他的同学查理·亨德森（Charlie Henderson）、一名武装警察、王子的长期保姆蒂吉·莱格-伯克（Tiggy Legge-Bourke）和我——一切显得安全、稳妥、隐秘、有保障。除了我们，在场的就只有狮子和长颈鹿。

哈里王子拿着相机和双筒望远镜，兴致勃勃。三天时间里，我们乘坐一辆敞篷的陆虎汽车观看动物，在奥卡万戈三角洲（Okavango Delta）划独木舟和捕鱼。在这片地带有成千上万只大象、稀有鸟类，以及大量的狮子和花豹。

但是，博茨瓦纳还有其他东西让我真切牵挂。我们遇到一位美国人道格·罗夫斯（Doug Groves），他的一生都献给了三只大象孤儿——两只雌象辛比（Thembi）和马鲁拉（Marula）以及一只雄象贾布（Jabu）。道格告诉我："杰弗里，它们没有家。它们只是四处游荡，不愿离开彼此。"听到此话，我的内心被深深触动了。

当时，哈里王子也在场，我感悟到生活并不是带妆彩排，现在不开始为后人留下一些东西，还等什么时候？不知何故，我告诉自己，不久后的一天，我就会为这些大象建一个保护区。

哈里王子离开我的时候，他满脸欢笑……不过，我不得不承认，也许这是因为他和查理·亨德森正在前往约翰内斯堡去看辣妹（Spice Girls）的表演吧。

我也继续自己的下一场冒险。首先，我同博茨瓦纳副总统伊恩·卡马（Ian Khama）（他在 2008 年成为总统）见了面。伊恩在桑德赫斯特受过训，他让我乘坐私人军用直升机去考察 A&K 可能建造营地的地区。"天哪，我真想在酋长岛（Chief's Island）上做点什么。"我对他说，我指的是被称为"非洲的捕食者之都（the predator capital of Africa）"的地区。

"好的。"伊恩说，"只要你能提供正确的方案，我会给你投标的莫博地区（Mombo）的特许权。你的方案要环保，为当地社区提供就业机会和经济收益。"

我们所讨论的地方，土地之大，靠一家公司经营独木难支。但是，这个地方又恰好位于我所知道的世界上最好的游猎观赏之地。于是，我去找查尔斯王子。他关于设计和可持续发展的想法对我影响至深。在《每日电讯报》2013 年的一篇报道中，记者查尔斯·伍兹（Charles Woods）描述了威尔士亲王殿下对社会的影响，他指出："（查尔斯王子）相信，人们吃什么，怎样种植或培育，人们生活在什么地方，他们所创造的艺术，他们如何祈祷，如何彼此照料和关心彼此的健康，这些相互之间都息息相关。"我一直认为他是一位他人至上的领导者，他教导我说，只要我们把握了重点，确立了正确的方向，就可以取得伟大的成就。

我想了解该如何设计一个营地而不留下任何痕迹。查尔斯王子把我介绍给一些他熟知的世界级建筑师。乔丽和我当时还未分开，她与这些建

圣殿集团贝恩斯营地（Sanctuary Baines' Camp）的设计与周围的环境相融合。

筑师紧密合作，编写了一本厚度足足有两英寸（约合 5 厘米）的巨著，书中充满了以致力于生态旅游为中心的理念。整个小屋将由帆布、木材和粗绳建成，家具将从当地采购，整个小屋都是环保的。几年前，我们在肯尼亚率先建起了带游泳池的游猎营地，一旦我获得所有的正当特许权，博茨瓦纳营地也将设有游泳池。游泳池由塑料制成，分拆成两个部分从外部装运进来，然后再拼接起来。依靠这个设计，我们可以移动整个营地，除了工作坊里用于给路虎汽车加油的油槽，什么都不会留下。而这个油槽我们也将谨慎合理地处置。

虽然同我们竞标的有很多公司，但我们赢得了开发酋长营地（Chief's Camp）的特许经营权，与另一个营地分享特许区域，每个营地只限 12 个房间。因此，不论何时，这 74131 英亩（约合 300 平方千米）的广大区域中，至多只有 48 位客人。我们还获得了 NG32 的土地，这是一片位于莫雷米野生动物保护区（Moremi Game Reserve）旁边的土地，面积

道格·罗夫斯与贾布、辛比和马鲁拉合影。

有 302457 英亩（约合 1224 平方千米）。在这里，我们建立了斯坦利营地（Stanley's Camp）。我们还同道格·罗夫斯合作，将大象辛比、马鲁拉和贾布搬到这片土地上，为他们提供一个安全的家。游客可以在观赏动物的同时，帮助和保护它们。

贝恩斯营地是第二个营地，建在加高的平台上，这样客人可以俯瞰博罗河（Boro River）。我们使用可持续种植的木材，从周围社区购买回收的铝罐，来作为修建营地的材料。我最喜欢的特色是星空卧榻，就是把床推到私人露天平台上，让客人在夜空之下安睡。

另外还有一个特色吸引了我的眼球：那里有几座看起来不太美观的平房，外形像英语字母 A，可以俯瞰乔贝河（Chobe River）。这些房子的设计毫无美感，缺乏想象力，但在那儿却可以看到博茨瓦纳最棒的景观，更不用说野生动物了：大象、河马、鳄鱼，还有各种不可思议的鸟类。乔贝有七万多只大象，是非洲大象密度最高的地方。这是个令人梦寐以求的地方。

在开发酋长营地期间，我遇到了职业生涯中最危险的事情之一。我连夜从洛杉矶直飞伦敦，接着飞到约翰内斯堡，再到马翁，到达营地时累坏了。我拿出一大片安眠药放在身边。"我是否应该吃一片，睡个好觉？"我想。最后决定，"不，我太累了，不用安眠药也会很快睡着。"

我把蚊帐在床边拢好，就睡着了。深夜，突然一种可怕的声音吵醒了我：有只动物在咆哮，还在咀嚼着什么，就离我的耳边不到 12 英尺（约合 3.7 米）。我伸出手，打开手电筒。光线透过蚊帐，但反射的光线很亮，什么都看不见。于是我把它关掉。

这时，四周漆黑一片，不过我可以隐约看到一只动物的头部，它已经咬穿了纱门。起先，我以为是只狮子，但不确定它到底是什么。我使用了客人在紧急状况下寻求帮助用的喇叭。

但这只动物一动不动，实际上它的头被卡在了纱门上。

我从床上跳起来，把枕头一只一只扔到还在低声咆哮的动物头上，然后拿起一本重重的大开本精装画册，用力向它砸去。我慢慢靠近以后，才认出这只动物：它是一只鬣狗，一种最致命的食肉动物，一次迅猛攻击就能致一只河马于死地。

我回想起同塞伦盖蒂草原著名的游猎管理员迈尔斯·特纳（Myles Turner）一起旅行的经历。当时，我们听说有两位志愿者，来自美国志愿服务组织和平护卫队（Peace Corps）。有一天晚上，他们在外露营。第二天早上，一位志愿者醒来发现身边的朋友已经死去。后者的头完全被咬掉，脖子之上什么也没有。而整个晚上，那位幸存者什么都没有听见。要知道，鬣狗是动物世界中咬噬力最为强大的动物之一，每平方英寸（约合 6.45 平方厘米）的咬力大约有 1000 磅（约合 454 千克）。

我缩回手臂，一拳狠狠地砸在这家伙头上。

我知道，这可能会造成两个结果：它要么向前冲来，把我活生生地吃掉，要么最终不情愿地退走。谢天谢地，鬣狗的头被卡在了纱门上，它别无选择，只能往后慢慢移动，再转过身消失在夜色里。

工作人员赶了过来，一片混乱中查看我是否受伤。我这才得知，这只动物曾在营地附近现身，但它好像出了什么问题，迟迟才开始进攻。这个隐患早该清除了。

这是一个警钟。我知道自己真是命悬一线，如果服用了安眠药，鬣狗就会袭击我，而我最终会落得与和平护卫队志愿者一样的结局，成为一个无头冤魂。

尽管发生了这个可怕的事件，我仍致力于让 Abercrombie & Kent 的行程在博茨瓦纳成为最好的旅行体验。所以我们先用更坚固的物件替换掉纱门，然后继续工作。我们在所有的营地附近都加强了安保。

之后，我劝说房主将那造型奇特而河岸景致绝好的平房出售给我。售房协议上的墨水还未干透，我就打电话给威尔士前职业橄榄球运动员兼 A&K 南非总经理杰夫·斯奎尔（Jeff Squire）。他是个行动派，负责在博茨瓦纳经营我们的营地开发，我对他说："杰夫，把那几座房子推倒。"

然后我们开始建造美丽的乔贝保护区山林小屋（Chobe Chilwero Lodge）。

我们还在乔贝河上拥有了自己的船，每天下午和晚上都进行一次巡航。在这些旅行中，有一个地方对我来说有一种回到原点的意义，把我的现在和过去连接起来：我们路过了理查德·伯顿娶伊丽莎白·泰勒的那个水边小屋……这是第二次了。

我们聘请了一位了不起的博物学家兼导游加文·福特（Gavin Ford），创建了游猎联合会，将博茨瓦纳最好的旅游公司都联合起来。如果说竞争对手只是建一个营地，我们则是首先开发体验，之后再围绕体验建立营地。

然而，我们一直绞尽脑汁地为营地取名。竞争对手给他们营地的命名方式是先以品牌名开始，再加上些一般性的名字，譬如费尔蒙山肯尼亚游猎俱乐部（Fairmont Mount Kenya Safari Club）。我们决定颠覆这种传统，将营地名称放前而品牌名置后，所以命名的公式是：酋长营地，Abercrombie & Kent。不过，我们很快也发现，其他旅游经营者并不热衷于推销营地，因为他们还忙着直接同 A&K 竞争其他旅游路线。

我们需要创新，以别出心裁的方式营销营地。我们在博茨瓦纳建起的第一批可持续营地的体验，是他人无法提供的。我想起了自己和博茨瓦纳的情感纽带——哈里王子、三头流浪的大象。一切回忆涌上心头。不论是动物还是皇室成员，这里都为他们逃离日常生活的风暴提供了一个避难所。我们决定把这些营地称作"圣殿集团度假酒店（Sanctuary Retreats）"。

这背后的想法是基于创造真正的可持续性整体经验。我们为客人提供"自然的奢华"。每个圣殿集团度假酒店都凸显出其独特的地理特征，有些则与周围社区合作发展。我们的想法是，一切资源都应从当地采购，为那些愿意与客人分享生活的当地人提供就业机会，而旅游业的发展则为当地经济带来充分的收益。在写作本书的时候，整个东非和南部非洲有16个圣殿集团度假酒店，还有河轮，可以将客户带入缅甸、中国和埃及的中心地区。

同时，通过 Abercrombie & Kent 的多家分公司，我们致力于实现环境、经济和社会责任的三重基本目标。

比尔·盖茨曾于 2013 年在《连线》（Wired）杂志上发表了一篇文章，谈及 20 年前他和未婚妻梅林达（Melinda）的第一次游猎如何影响了盖茨基金会（Gates Foundation）的经营目标。盖茨写道："我们在游猎中观赏野生动物，但最终我们第一次看到了人们生活在极度的贫困中。此后，我们仍保持关注。"在那次游猎前的几个月，盖茨邀请我到西雅图，帮助他设计一个他从未去过的度假行程。

"你想去哪里？"我问他。

"杰弗里，"比尔·盖茨说，"如果你想知道关于软件的任何事情，你都可以来问我。而我听说，如果大家有任何关于旅行的问题要问，你就是可以咨询的人。你有什么建议？"我策划了一个游猎行程，和以往的完全

圣殿集团贝恩斯营地的日落。你可以睡在星空下，与动物相伴。

不同，而且难以复制。

"我知道哪里适合你。"我告诉他。我知道公司在非洲的工作人员将提供一流的体验。我们规划了一趟行程，乘水陆两栖飞机从埃塞俄比亚飞到坦桑尼亚，再飞到肯尼亚以及马赛马拉，入住我们的营地克奇瓦坦博（Kichwa Tembo）酒店。最终，这次旅行为盖茨创立"催化性慈善（catalytic philanthropy）"的模式激发了灵感。这种模式利用金融投资产生非营利的净收益，接受者只要有一定付出，就可以得到巨大的利益帮助。盖茨基金会在发展中国家取得了长足的发展，最为突出的是在非洲，这个模式普及了疾病预防、农业、卫生和教育。今天，它是世界上最大的私人基金会，已经为非洲提供了数百万美元的援助。

当父母和我于 1962 年开始从事旅游行业时，即便对发达国家的大多数人而言，旅行都是一件难得的乐事。今天，旅行不仅是一种生活方式，也是一种改变生活的方式：旅游业已经成为世界上最为重要的服务业，提供的就业机会最多，也是主要的经济驱动力之一。全球有 2.35 亿人从事旅游业，占全部就业人数的 8% 以上，产值占全球国内生产总值的近 9.5%。旅游业大大推动了就业，并且有助于经济复苏和发展。

早些时候我就认识到，为了取得长期的成功，旅游业必须将可持续发展作为重点。我参与创建了世界旅游业理事会，并担任了六年的主席。通过这样的行业组织，我们正寻找越来越多的方式，丰富旅行者、旅游企业以及旅游地居民的生活。

所有这一切确实丰富了我的生活。2010 年 1 月，我与奥塔薇娅结了婚。她和我一样精力无限，又喜爱冒险。我们经常与亲密的朋友们一道，享受世界上最棒的体验。人生中的这个特殊阶段也影响了我对公司下一步的构想。今天，客户选择与我们旅行，因为他们追求极致的体验。他们仍然想要体验最令人兴奋和独特的游猎……但他们也想去可可·香奈儿（Coco Chanel）在巴黎的公寓，还希望专为他们开放。他们想要在路易·威登的专卖店内闭店购物一小时，还希望晚宴上有"维多利亚的秘密"的超模陪同……而我们所做的，就是让这一切实现。当我在 2014 年年底编辑这本书的时候，我刚刚从"私人飞机环游世界之旅"返回，我们还推出了一个路虎冒险旅行计划。整体而言，我们的超级奢华旅行的业务正进行得如火如荼：超级别墅、超级游艇、私人飞机，还与佳士得（Christie's）和耐特杰航空（NetJets）等公司合作。这就是我们今天所取得的成绩。

在早期，我们在喝不到水的地方找到了商机；今天，在发展中国家，A&K 提供清洁的水井，让当地人能够喝上洁净的水。我们是第一家谴责传统游猎，而推广摄影旅行的公司。我们尽最大的努力不去破坏客人旅行路线上的野生动物或环境——事实上，我最重要的一个举措是与密友泰德·特纳合作拯救濒临灭绝的矮黑猩猩的项目。矮黑猩猩高达 98.7% 的 DNA 与人类相同，和大猩猩一样，是最接近人类的物种。另一个我们始终关注的重要项目是联合国的"类人猿生存伙伴（Great Apes Survival Partnership，GRASP）"，我正同哥伦比亚大学地球研究所所长杰弗里·萨克斯（Jeffrey Sachs）教授合作，为此我加入了联合国可持续发展行动网络（United Nations Sustainable Development Solutions Network）领导委员会。我从小与野生动物为伴，同他们一道长大成人。正如本书所述的诸多故事一样，有时候，我与动物彼此亲近，互求安慰与依赖。它们的福祉是我最为关心的事情之一。

我们还将继续与当地社区合作，建立医院和学校，同时保护森林资源，这是我们公司主要和优先的事项。肯尼亚人说，来的时候种几棵树，就代表着过几年，你还会再来。他们还说，在非洲的土地上要是做了可耻的事弄脏了手，就种树来清洗。这是一种祝福，你种的树会比邻居家的更强壮也更健康。

旅程结束之时，任何充满激情的旅行者都会明了旅行会产生怎样的矛盾：看到的目的地越多，就希望看到更多。我的工作也是如此。我小的时候，母亲就总说我是个不容易满足的人。完成的目标越多，我就渴望征服更多。下一个目的地永远都在前方，总会有新的领域需要去探索和建设。当然，曾经的最爱，也可能会是永恒的最爱。就像哈里王子，自 13 岁那年第一次到了奥卡万戈三角洲之后，他多次重返那里。对于大多数男孩来说，失去母亲之后的那几个月时间是始终想遗忘的阶段……但是那次旅行他是真的喜欢，于是他一次又一次地重回故地，找寻那种完全远离尘嚣的感觉。在荒野无与伦比的安全感之中，他成长起来了。我常常想，要是查尔斯王子没有请求我将哈里王子带回非洲，我是否仍会经历那种"我终于发现了！"的惊奇时刻，并在那里开发那些保护区？这些灵感应归功于他们。

对于我自己的生活，相信这段旅程仍然会继续。在 A&K 的早期，我会坐在会议桌边的椅子上，问员工："我们怎样才能赢得世界？"我们稳步前行，一次一个旅行目的地，我们始终领先。只要我还活着，这个进程便不会停止。我们并没有松一口气……事实上，我们才刚刚上紧了发条。

建立圣殿集团度假酒店，这种做法正体现了我们的核心理念：昨日欢声易逝，心系未来悠长。

致　谢

如果没有作家克里斯蒂娜·加斯巴尔（Kristine Gasbarre）的帮助，就不会有本书的问世。她通读了我的日记，并努力帮助我寻求一种独特而生动有力的方式，来讲述这些故事。我们曾一起在日本冒险巡航，在肯尼亚游猎，还去了伊比沙（Ibiza）岛[1]的海滩。一路上，她聆听了我无数的故事。

我把最诚挚的感谢送给家人和老朋友，还有同事。他们抽出时间，有的提供了特定故事的背景信息，有的安排访谈以协助我们的研究。除此以外，感谢所有对本书顺利完成贡献良多的人：乔丽·巴特勒·肯特和她的女儿鲁特·巴特勒（Reute Butler）总结了自 1982 年以来动物保护区之友（Friends of Conservation）和 Abercrombie & Kent 在慈善事业方面所取得的成就；我的妹妹安妮·肯特·泰勒和她在马赛马拉的保护主义学校及员工；马雷特·泰勒（Marett Taylor）、法利·泰勒·兰辛（Farley Taylor Lansing）、布雷特·费希特（Brett Fichte）、诺玛·库克（Norma Cooke）、让·福塞特（Jean Fawcett）、大卫·斯托格代尔（David Stogdale）、罗兰·明斯（Roland Minns）、大卫·马卡姆（David Markham）、托尼·丘奇（Tony Church）、杰拉尔德·哈瑟利（Gerald Hatherly）、艾伦·罗特（Alan Root）、理查德·利基、菲奥娜·班戈（Fiona Bangua）、彼得·恩戈里（Peter Ngori）、伯纳黛特·尼班布拉·吉蒂吉（Bernadette Nyambura Githigi），以及 A&K 肯尼亚分公司的员工。

感谢我的长期私人助理卡罗琳·惠勒，我曾两次试着动笔，均未能坚持下去。她却始终不放弃，每次都帮我从几乎针插不入的差旅时间表（每年达三百多天）里挤出必要的时间来写作本书。我还要感谢帕梅拉·拉瑟斯（Pamela Lassers），是她鼓励我写下这些故事，并督促我笔耕不辍。

此外，我还要感谢由丽莎·夏基（Lisa Sharkey）领导的整个哈珀·柯林斯（Harper Collins）出版团队，他们给予了我诸多灵感，又以坚持到底的毅力使本书最终成为现实，尤其是乔纳森·伯恩罕（Jonathan Burnham）、艾米·本戴尔（Amy Bendell）、艾列莎·施维米尔（Alieza Schvimer）、凯茜·施耐德（Kathy Schneider）、凯瑟琳·贝特纳（Katherine Beitner）、小汤姆·霍普科（Tom Hopke Jr）、米兰·博兹奇（Milan Bozic）、乔安妮·奥尼尔（Joanne O'Neill）、莉娅·卡尔森-斯坦尼西奇（Leah Carlson-Stanisic）、罗宾·比拉德罗（Robin Bilardello）和纳特·克莱贝尔（Nate Knaebel）。

---

[1]　亦译作伊维萨岛，西班牙城市，是肖邦的故居，因其丰富的夜生活和电子音乐闻名于世。

图片来源

责任编辑：许运娜

图书在版编目（CIP）数据

华丽的冒险——环球奢游帝国开创者杰弗里·肯特回忆录 /［英］杰弗里·肯特，
　［美］克莉丝汀·加斯巴尔 著；黄杨勋 译. —北京：人民出版社，2018.7
ISBN 978 - 7 - 01 - 019382 - 3

I. ①华…　II. ①杰…②克…③黄…　III. ①回忆录 - 英国 - 现代　IV. ① I561.55

中国版本图书馆 CIP 数据核字（2018）第 109131 号

版权登记号：01 - 2018 - 3170

Safari: A Memoir of a Worldwide Travel Pioneer

Copyright©2015 by Geoffrey Kent.

Published by arrangement with Harper Collins Publishers.

华丽的冒险
HUALI DE MAOXIAN
——环球奢游帝国开创者杰弗里·肯特回忆录

［英］杰弗里·肯特　［美］克莉丝汀·加斯巴尔　著　黄杨勋　译

人民出版社 出版发行
（100706　北京市东城区隆福寺街 99 号）

北京汇林印务有限公司印刷　新华书店经销

2018 年 7 月第 1 版　2018 年 7 月北京第 1 次印刷
开本：710 毫米 ×1000 毫米 1/16　印张：20
字数：268 千字

ISBN 978 - 7 - 01 - 019382 - 3　定价：65.00 元

邮购地址 100706　北京市东城区隆福寺街 99 号
人民东方图书销售中心　电话（010）65250042　65289539